新 潮 文 庫

柳橋物語・むかしも今も

山本周五郎著

新 潮 社 版

1627

目次

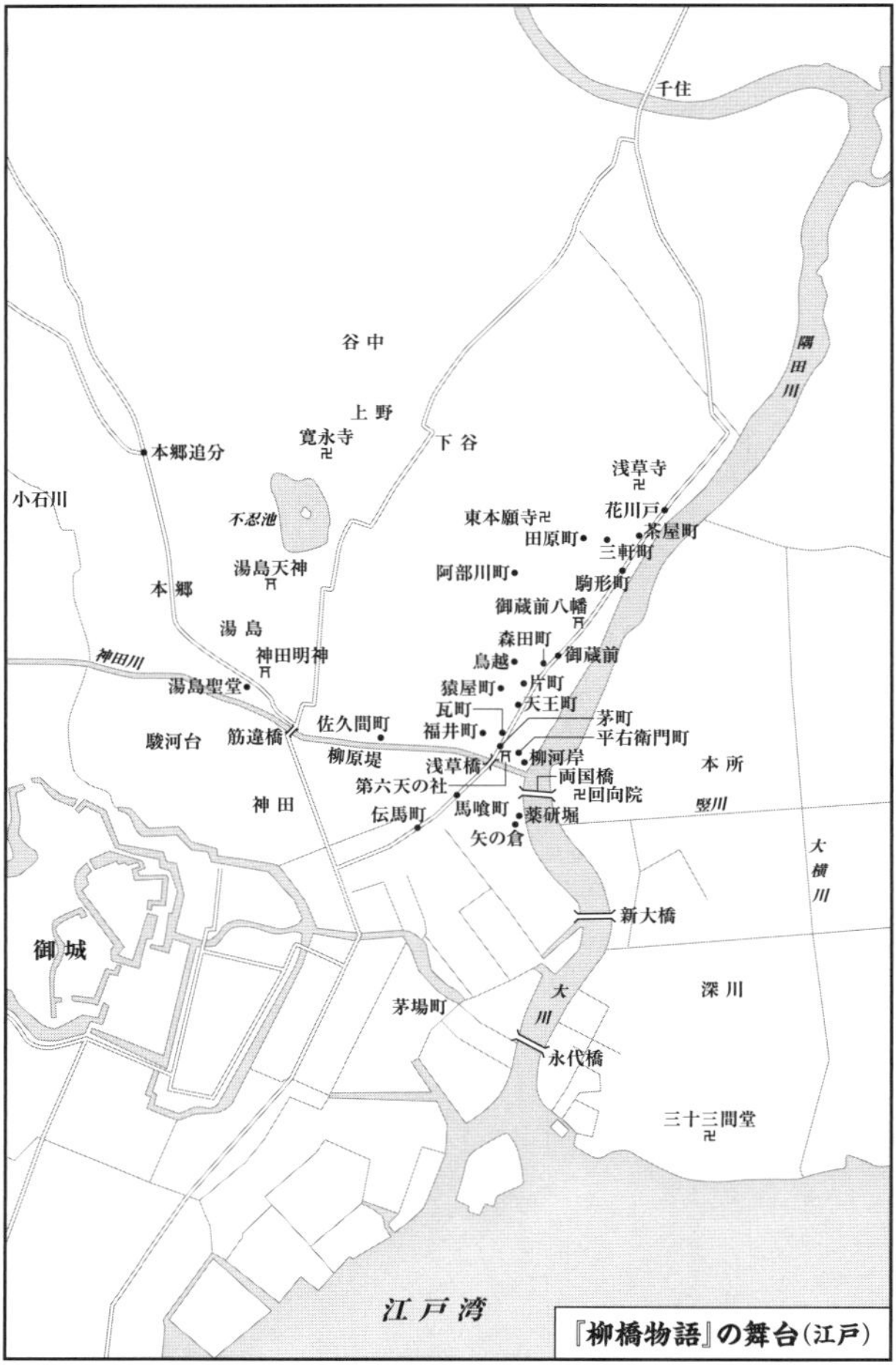
千住
隅田川
谷中
上野
寛永寺
下谷
本郷追分
浅草寺
小石川
花川戸
東本願寺
茶屋町
不忍池
田原町
三軒町
湯島天神
阿部川町
本郷
駒形町
御蔵前八幡
湯島
森田町
神田明神
御蔵前
神田川
鳥越
湯島聖堂
猿屋町
片町
瓦町
天王町
佐久間町
茅町
駿河台
筋違橋
福井町
平右衛門町
柳原堤
柳河岸
本所
浅草橋
両国橋
第六天の社
回向院
神田
竪川
馬喰町
薬研堀
伝馬町
矢の倉
大横川
新大橋
御城
大川
深川
茅場町
永代橋
三十三間堂
江戸湾

『柳橋物語』の舞台（江戸）

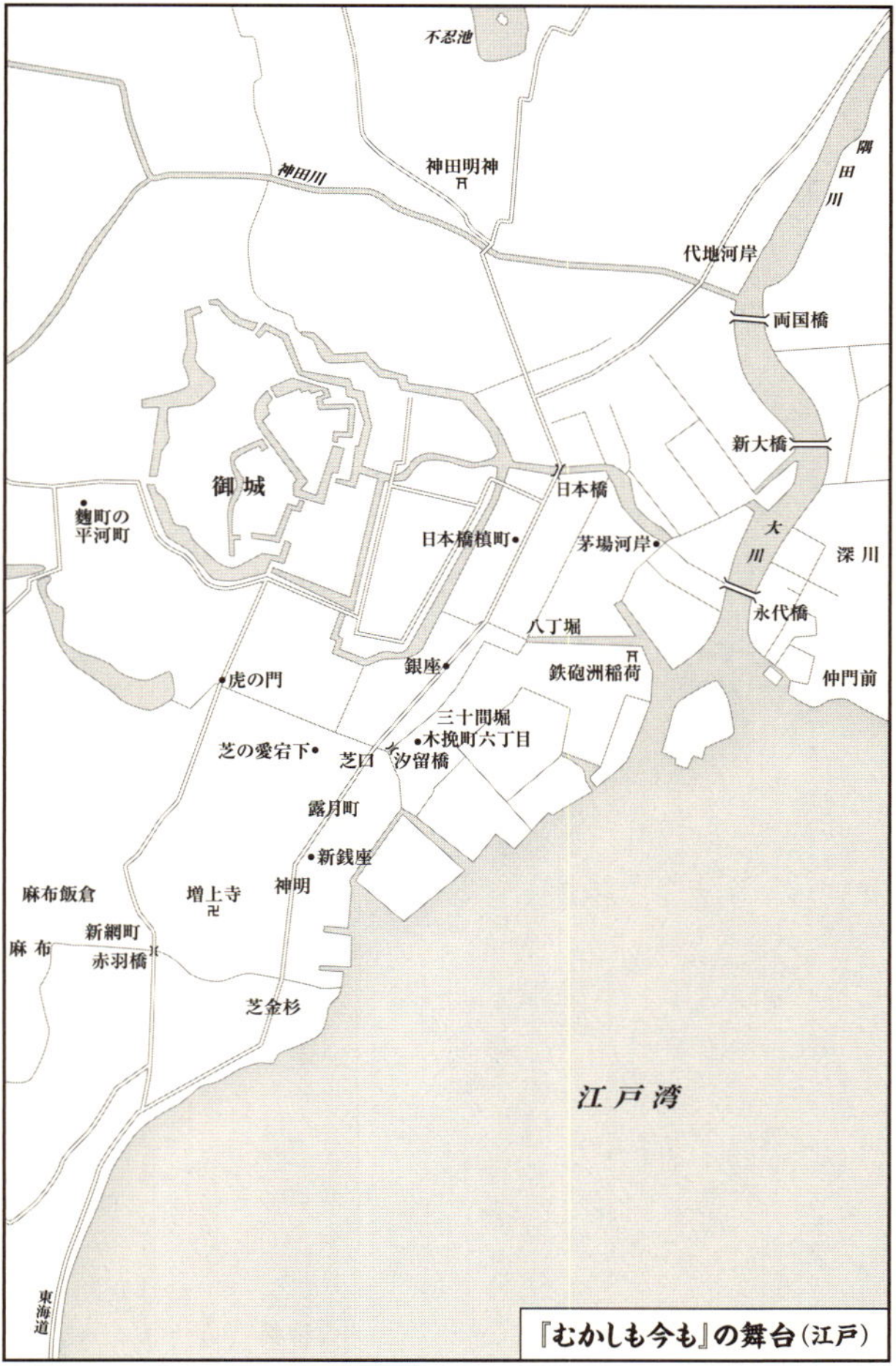

『むかしも今も』の舞台（江戸）

主要登場人物一覧

『柳橋物語』

せん……源六の孫娘。
源六……研物師。
庄吉……大工。せんの幼な馴染。
幸太……大工。せんの幼な馴染。「杉田屋」の養子。
巳之吉…大工。「杉田屋」の頭梁。
蝶………巳之吉の妻。
幸太郎…大火のなかで、せんが拾った赤子。
勘十……藁屋。
常………勘十の女房。
松造……常の兄。
友助……材木問屋「梶平」の奉公人。勘十の幼な馴染。

たか……　友助の女房。
権二郎…　飛脚。「山崎屋」の雇い人。
もん……　せんのお針の稽古仲間。

『むかしも今も』

直吉……　指物屋「紀六」の職人。
まき……　六兵衛と幸の一人娘。
六兵衛…　「紀六」の親方。
幸………　六兵衛の妻。
清次……　「紀六」の職人。まきと結婚。
文吉……　清次とまきの息子。
島造……　「紀六」の職人。のちに愛宕下に店を構える。
平五……　「紀六」の職人。のちに八丁堀に店を構える。
又二郎…　「紀六」の元職人。博徒。

倉造……　古金買。直吉が住む長屋の隣人。
いと……　倉造の女房。
金助……　「紀六」の跡地に建った魚屋「魚金」の主人。
とみ……　金助の女房。

柳橋物語・むかしも今も

地図製作　アトリエ・プラン

柳橋物語

前篇

一

青みを帯びた皮の、まだ玉虫色に光っている、活《い》きのいいみごとな秋鰺《あきあじ》だった。皮をひき三枚におろして、塩で緊《し》めて、そぎ身に作って、鉢に盛った上から針しょうがを散らして、酢をかけた。……見るまに肉がちりちりと縮んでゆくようだ、心はずむように楽しい、つまには、青じそを刻もうか、それとも蓼酢《たでず》を作ろうか、歌うような気持でそんなことを考えていると、店のほうから人のはなし声が聞えて来た。

「いったいいつまでにやればいいんだ」

「無理だろうが明日のひるまでに頼みたいんだ」

「そいつはむつかしいや、明日までというのがまだ此処《ここ》にこれだけあるんだから、まずできない相談だよ」

「そうだろうけれど、どうしても爺《じい》さんの手で研いで貰《もら》いたいんだ、そいつを持って旅に出るんだから」

「旅へ出るって」源六のびっくりしたような声が聞えた、「……おまえが旅へ出るのかい」

「だから頼むのさ、爺さんに研ぎこんで置いて貰えば安心だからな、無理だろうけれどそれでやって来たんだよ」

庄吉の声だった。おせんは胸がどきっとした、庄さんが旅に出る、出仕事だろうかそれとも、そう思ってわれにもなく耳を澄ました。

「そうかい」と源六が返辞をするまでにはかなりの間があった、「……じゃいいよ、やっておくから置いてゆきな」

「済まない、恩に衣《き》るよ爺さん」

そしてその声の主は店を出た。おせんがその足音を耳で追うと、それが忍びやかに、けれどすばやくこの勝手口へ近づいて来た。おせんはそこの腰高障子《しょうじ》をそっと明けた、庄吉が追われてでもいるような身ぶりですっと寄って来た。血のけのひいた顔に、両の眼が怖いような光を帯びておせんを見た、彼は唇を舐《な》めながら囁《ささや》くように云《い》った。

「これから柳河岸《やなぎがし》へいって待っているよ、大事なはなしがあるんだ、おせんちゃん、来て呉《く》れるかい」

「ええ」おせんは夢中で頷《うなず》いた「……ええいくわ」

「大川端《おおかわばた》のほうだからね、きっとだよ」

そう念を押すとすぐ庄吉は去っていった。おせんは誰かに見られはしなかったかと、……どうしてそんなことが気になるのかは意識せずに、……横丁の左右を見まわした。向う側には*かもじ屋に女客がいるきりで、貸本屋も糸屋も乾物屋もひっそりとしているし、主婦がおしゃべりでいつも人の絶えない山崎屋という飛脚屋の店も、珍しくがらんとして猫が寝ているばかりだった。障子を閉めたおせんは、笊《ざる》にあげてある青じそを取って、俎板《まないた》の上に一枚ずつ重ねて、庖丁《ほうちょう》をとりあげたまま暫《しばら》くそこに立ち竦《すく》んでいた。なんと云って家を出よう。そんなことは初めてなので、怖いようでもあるし、お祖父《じい》さんに嘘《うそ》を云うことが辛《つら》かった。けれども頭のなかでは庄吉の蒼《あお》ざめた顔や、思い詰めたようなうわずった眼や、旅に出るという言葉などが、くるくると渦を巻くように明滅し、彼女の心をはげしくせきたてた。……そうだ、おせんは俎板の上の青じそを見てふと気づいた。柳原堤《やなぎわらどて》へいつも出るはしり物屋がある、このあいだ通りかかったら独活《うど》があった、あれを買って来てつまにしよう、駆けてゆけば庄吉の話を聞くひまくらいはあるだろう、おせんは前垂で手を拭《ふ》きながら台所からあがった。

「お祖父さん、ちょっといって鯵のつまにする物を買って来ますよ」

「鯵のつまだって」源六は砥石《といし》から眼をあげずに云った、「……つまなんか有合せで結構だぜ、あんまり気取られると*膳《ぜん》が高くなっていかねえ」

「それほどの物じゃありませんよ、すぐ帰って来ますからね」

そしてなおなにか呼びかけられるのを恐れるように、店の脇《わき》から出て小走りに通りのほうへ急いでいった。……中通りをまっすぐにつき当ると第六天《だいろくてん》の社《やしろ》である、柳原へはそこを右へ曲るのだが、おせんは左へ折れ、平右衛門町《へいえもんちょう》をぬけて大川端へ出た。

隅田川《すみだがわ》は夕潮でいっぱいだった。石垣の八分めまでたぷたぷとあふれるような水からは、かなりつよく潮の香が匂《にお》ってきた、初秋の昏《く》れがたの残照をうけて、川波は冷たくにぶ色にひかり、ひとところだけ明るく雲をうつしていた。竹屋の渡しあたりを川上へいそぐ小舟が見えるほかは、広い川面《かわも》に珍しく*荷足《にたり》も動かず、鷗《かもめ》の飛ぶようすもなかった。……河岸ぞいに急いでゆくと、足音に驚いて小さな蟹《かに》が幾つも、すばやく石垣の間へ逃げこむのがみえる。ついするとそれを踏みつけそうで、おせんははらはらしながら歩いていった。神田川のおち口に近い柳の樹蔭《こかげ》の、もううす暗くなったところに庄吉は立っていた。柳の樹《き》に肩をもたせて、腕組みをして、どこやら力のぬけたような姿勢で、ぼんやり川波を見まもっていた。

「有難うよく来て呉れた」

彼はおせんを見ると縋《すが》りつくような眼をした。

「あたし柳原まで買い物をしにゆくつもりで出て来たの、遅くなっては困るし、もし人に見られるときまりが悪いから……」

「話はすぐ済むよ」庄吉はおせんよりおどおどしていた。ふだんから色の白い顔が、血のけもないほど蒼くなり、大きく瞠《みひら》いている眼は、不安そうに絶えずあたりを見まわすのだった、「……今朝とうとう幸太《こうた》と喧嘩《けんか》をしてしまった、おれはがまんして来た、きょうまでずいぶんできないがまんをして来たんだ、けれどもどうせいつかはこうなる。おれか幸太か、どっちか一人はこの土地を出なくちゃあならないんだ、そして幸太が頭梁《とうりょう》の養子ときまったからには、出てゆくのはおれとわかりきっていたんだ」

「でもどうして、どうして喧嘩になんぞなったの、幸さんとどんなことがあったの」

「今朝のことなんかたいしたことじゃあない、ただ喧嘩のきっかけがついたというだけで、はっきり云ってしまえば……」庄吉はそう云いかけてふと口を噤《つぐ》んだ、それから臆病《おくびょう》そうな、けれどくいいるような烈《はげ》しい眼つきで、おせんの顔をじっと見つめた、「……いやそれを云うまえに訊《き》いて置きたいことがあるんだ、おせんちゃん、おれは明日、上方《かみがた》へ旅に出るよ」

「…………」

おせんはこくっと生唾《なまつば》をのんだ。

「江戸にいれば頭梁の家で幸太の下風《かふう》につくか、とびだしたところで、一生叩《たた》き大工で終るよりほかはない、それより上方へいって、みっちり稼いで、頭梁の株*を買うだけの金をつかんで帰って来る、知らない土地ならばみえも外聞もなく稼げるし、あっちは諸式*がずっと安いそうだから、早ければ三年、おそくっても五年ぐらいで帰れるだろう、おせんちゃん、おまえそれまで待っていて呉れるか」

「待っているって」

おせんは声がふるえた、「……あたし、庄さん」

「そうなんだ、きょうまで口ではなんにも云わなかったけれど、おれがおせんちゃんをどう思っていたかということはわかっていて呉れた筈《はず》だ、おそくとも五年、帰って来れば頭梁の株を買って、きっとおまえを仕合せにしてみせる、おせんちゃん、それまでお嫁にゆかないで待っていて呉れるか」

「待っているわ」おせんはからだじゅうが火のように熱くなった。そして殆《ほと》んど自分ではなにを云うのかわからずにこう答えた、「……ええ待っているわ、庄さん」

「ああ」庄吉はいっそう蒼くなった。「……有難うおせんちゃん、おかげで江戸を立つにもはりあいがある、そしてその返辞を聞いたから云うが、実は幸太もおせんちゃんを欲しがっているんだ、喧嘩のもとは詰りそれなんだ、だからおれがいなくなれば、きっと幸太はおまえに云い寄るだろう、そいつは今から眼に見えている、だがおれはこれっぽっちも心配なんかしやあしない、おせんちゃんはおれを待っていて呉れるんだ、どんなことがあっても、そう思っていていいな、おせんちゃん」

そのときおせんは譬《たと》えようもなく複雑な多くの感情を経験した。あとになって考えると、わずか*四半刻《しはんとき》ばかりのその時間は、彼女の一生の半分にも当るものだった。

……おせんは覚えている、そのときあたりは昏れかけていた。つい向うに見える両国の広小路も、川を隔てた本所《ほんじょ》の河岸も、このあいだまでは水茶屋*に灯がはいり、涼み客のざわめきで賑《にぎ》わっていたのに、いまは掛け行燈《あんどん》の光もなく、並んだ茶店はもう女たちも帰ったのだろう、ひっそりと暗く葭簾《よしず》が巻いてある、もう肌さむいくらいな川風に、柳の枯葉はあわれなほど脆《もろ》く舞い散り、往来の人の忙しげな足どりも、物売のかなしげな呼びごえも、すべてが秋の夕暮のはかなさを思わせるものばかりだった。

庄吉に別れるとそのまま家へ帰った、もう柳原へいって来るには遅いと思ったから。帰るみちみち、おせんの胸はあふれるような説明しようのない感動でいっぱいだった。それは生れて初めての、あまい、燃えるような胸ぐるしいほどの感動だった。庄吉と逢《あ》ったわずかな時間、庄吉から聞かされた短いその言葉、その二つが彼女のなかに眠っていた感情と感覚とをいっぺんによび醒《さ》ましたのである。街の家並もたそがれのあわただしい景色も、常と少しも違ってはいないのだが、今のおせんにはびっくりするほど新しくもの珍しいように思え、こんなにしっとりしたいい町だったのかと見なおすような気持だった、源六はもう灯をいれて、砥石に向っていた。

「おそくなって済みません」おせんはそう声をかけながら、店へはいろうとしてふと気がつき表に掛けてある看板を外した、雨かぜに曝《さら》されてすっかり古びているが、まん中に御研ぎ物、柏屋源六《かしわやげんろく》と書き、その脇へ小さな字で、但《ただ》し御槍《おんやり》なぎなた御腰の物はごめんを蒙《こうむ》ると書いてある、おせんは看板の表の埃《ほこり》を払いながらいった、「……このあいだ独活があったのでいってみたのだけれど、きょうはあいにくどこにもないのよ、おじいさん、かんにして下さいね」

「だから有合せでいいって云ったんだ、つまなんぞどうでも秋鯵の酢があればおれは殿様だぜ」

「それではすぐお膳にしますからね」そしておせんはもう暗くなった台所へはいっていった。

二

庄吉はその明くる日、たのんだ研ぎ物を受取りかたがた別れに来た。源六には「三年ばかり上方で稼いで来る」と云っただけで精《くわ》しい話はしなかった。おせんには達者でいるようにと云い、おもいをこめた眼でじっとみつめながら、まるで泣いているような微笑をうかべた。そしてその日午後、品川のほうにある親類の家から旅に立つ筈で、茅町《かやちょう》の土地を去っていった。

おせんは四五日ぼんやりと、気ぬけのしたような気持で日を送った。なにかしていてもふと庄吉のことを考えている。蒼ざめた顔や、思いつめたきみの悪いような眼や、おずおずした、けれど真実のこもった囁き声などを、繰り返し繰り返し考え耽《ふけ》っているような日が。……その次には旅のかなたが気になりだした。もうどのくらい行ったろう、箱根はぶじに越したろうか、馴《な》れない土地は水にあたり易《やす》いというう、病みつくようなことはないかしらん、そして、よく人の話に聞く道中の恐ろしい出来事や、思いがけない災難があれこれと想像されて、ぞっと寒くなるようなこともも度たびだった。こういうことが半月ほど続いたあと、少しずつ気持がおちついてくるとおせんは庄吉と幸太とのかかわり、かれらと自分との繋《つな》がりを思い返した。

茅町二丁目の中通りに杉田屋巳之吉《すぎたやみのきち》という頭梁が住んでいる、家にいる職人だけでも十人ほどあり、多く武家屋敷へ出入りをする名の売れた大工だった。おせんの家は元その隣りで髪結い床《どこ》をやっていた。父の茂七《もしち》は彼女が十二のとき死んだが、口の重い、癇《かん》の強い性質で、あいそというものがまったく無いため、よく知っている者のほかは余り客も来なかった。また母は病身で月のうち十日は寝たり起きたりのありさまだったから、家の中はいつも、鬱陶《うっとう》しく沈んだ空気に包まれ、いつもどこかに溜息《ためいき》が聞えるという風だった。……おせんはごく幼い頃から、一日じゅう杉田屋の家で遊び暮すことが多かった。巳之吉も妻のお蝶《ちょう》も子供が好きなのに、一粒だねの女児が生れて半年めに死んでしまい、そのあとずっと子が無かったので、おせんがまだ乳ばなれもしないうちから、よく来ては「なんだか膝《ひざ》さびしくって」などと云っては抱いてゆきゆきした。おせんのほうでもお蝶によく馴ついて、自分の家は狭くるしく陰気で、子供ごころにもなにやら息詰るような感じだったが、杉田屋は座敷も広く人も大勢いて賑やかだし、そこにはいつも玩具《おもちゃ》や菓子が待っていた。着物や帯もずいぶん買って貰った、春秋《はるあき》には白粉《おしろい》を付け髪を結い、美しく着飾って、そのころ杉田屋にながくいた定五郎《さだごろう》という老人の背に負われて、巳之吉夫妻といっしょに花を見にゆき、秋草を見にいった。王子権現《おうじごんげん》の滝も、谷中《やなか》の蛍沢《ほたるさわ》も、本所の牡丹《ぼたん》屋敷も、みなそうして知ったのである。

――おせんちゃん、小母《おば》さんの子におなりでないか、そのじぶんお蝶はよく頬ずりしながらそう云った。するとおせんは生まじめな顔になり、いかにも困ったというように首をかしげながら、あたしおっかさんの子でなければおばさんの子になるんだけれど、きまってそういう返辞をしたそうで、そんな幼さに似あわない、情の籠《こも》ったようすだったと、後になってからよく聞かされた。

おせんの九つの年に母が亡《な》くなった。そして間もなくお祖父さんが来ていっしょに住むようになった、源六は父にとって実の親だったが、気性が合わないため別居し、神田のほうで研屋をしながらずっと独りで暮していた。それが茂七が妻に死なれ、おせんを抱えて惘然《もうぜん》としているのをみて、自分からすすんでいっしょになったのである。それまでにも菓子や花簪《はなかんざし》などを持っては折おり訪ねて来たので、おせんはよく知ってもいたし母の亡くなったあとの淋《さび》しいときだったから、すぐ源六に馴ついて、夜なども抱かって寝るようになった。……幸太と庄吉とはその前後から知り合ったのだ、幸太は巳之吉の遠い親類すじに当り、十三の春から、杉田屋へ徒弟にはいった。口のきき方もすることも乱暴な、ひどくはしっこい少年で、来る早々から職人たちと達者に口喧嘩などするという風だった。庄吉は幸太より半年ほどあとから来た、不仕合せな身の上で、両親もきょうだいもなく、品川で漁師をしている遠縁の者が親元になっていた。彼は幸太とは反対にごくおとなしい性分で、おない年とはみえないほど背丈も低く、ひよわそうな女の子のような感じだった。母が亡くなってからはおせんはあまり杉田屋へゆかなくなった。お祖父さんが止めるし、父も好まないようすだったから、ずっとあとになってわかったことだが、杉田屋から養女に貰いたいという話があり、父との間が気まずくなったのだという、……けれども杉田屋のほうでは別に変ったようすもなく、お蝶が自分でなにか持って来て呉れたり、幸太や庄吉を使いによこして食事に呼んだり、芝居見物につれだしたりした。

茂七が死ぬとすぐ、源六はおもて通りの店をたたんで、中通りの今の住居へ移った。もうおせんも十二になっていたし家も離れたので、巳之吉やお蝶とはしだいに疎《うと》くなったが、職人たちは道具を研いで貰うためにしげしげやって来た。「いちにんまえの大工が自分の道具をひとに研がせて申しわけがあるのかい」源六はいつもそう叱《しか》りはしたが、そのあとでは彼らによく職人気質《かたぎ》というものを話して聞かせた、砥石に向って仕事をしながら訥々《とつとつ》とした調子で古い職人たちの逸話を語るとき、老人はいかにも楽しそうだし聴く者にとってもおもしろかった。世間は表裏さだめ難《がた》く人生の転変は暫《しばら》くもうつりやまない。生活はいつも酷薄できびしく些《いささ》かの仮藉《かしゃく》もない、そのあいだにあっていかに彼らが仕事に対する情熱の純粋さを保ったか、いかに自分の良心の誤りなさを信じたか、老人のしずかに語るそういう数かずの例は、聴く者にとってただおもしろいだけではなく、そういう人たちのように生きようということ、どんな苦しいことにも負けずに本当の仕事をしようという気持をよび起こされるのだった。……幸太も庄吉もしばしば来た、幸太は相変らず口が悪くすることも手荒かったが、仕事の腕はもういちにんまえだと云われていた。「へん腕で来い」そう云って兄弟子たちにも突っかかることが少なくなかった。芝居を見にゆくと花簪とか役者の紋を染めた手拭《てぬぐい》とか半衿《はんえり》などを買って来て呉れるが、決しておとなしく渡すようなことはない、そっぽを向いて「ほら取りな」などと云いながら投げてよこすのだった、そのくせおとなしい庄吉よりもおせんには彼のほうが近しい感じで、なにか頼んだりするにはいつも幸太ときまっていたのである。

幸太が杉田屋の養子にきまったのは、去年の冬のことだった。かなり派手な披露宴があり、源六やおせんも招かれた、十九という年になっても幸太は幸太らしく、巳之吉と親子の盃《さかずき》をするときには赤くなって神妙にしていたが、酒宴になるともう窮屈に坐《すわ》っているのが耐《たま》らないらしく、膝を崩して注意されたり、しきりに立ったり、また膳の物を遠慮もなく突っついて叱られたりした。それが十三四の頃のいたずらな彼そのままで、おせんは遠くから眺《なが》め乍ら幾たびもくすくすと笑った。……そのとき庄吉はひどく蒼い顔をして、元気のないようすで客の執持《とりもち》をしていた。おせんは別に気にもとめなかったが、暫く経《た》ってから、養子のはなしは幸太と庄吉の二人のうちということで始まり、結局は幸太にきまったのだと聞いてから、酒宴のときの庄吉の沈んだようすが思いだされてはげしく同情を唆《そそ》られた。

――庄さんのほうがおとなしくって人がらなのに、杉田屋さんではどうして庄さんをご養子にしなかったんでしょう。おせんはそれが不服でもあるように云ったものだ。

――どっちでもたいした違いはないのさ、と源六は笑いもせずに答えた。杉田屋の養子になったからといってゆくすえ仕合せとはきまらないし、なり損ねたからって一生うだつがあがらないわけではなかろう。運、不運なんというものは死んでみなければ知れないものさ。

元もと温順な庄吉は、それまでと少しも変らず黙ってよく稼いでいた。もう腕も幸太に負けなかったし、仕事に依《よ》っては彼のほうが上をゆくものもあった。然《しか》しおせんにはそれが幸太と張り合っているように、腕をあげることで意地を立てようとしているようにみえ、いっそう庄吉が孤独な者に思われて哀れだった。……だがいずれにしても、幸太と比べて庄吉のほうが好きだと考えたことなどはなかった、幸太のてきぱきした無遠慮さ、自分を信じきった強い性格はにくいと思っても不愉快ではない。庄吉の控えめなおとなしさ、いつもじっとなにかをがまんしているというようなところはあわれでもあり心を惹《ひ》かれる、二人とも幼な馴染《なじみ》で、どちらにも違った意味の近しさ親しさをもっていたのだ。

「けれどもうそれもおしまいなんだわ」おせんはあまいようなうら悲しい気持でそう呟《つぶや》く、「……庄さんはあたしの待っていることを信じて上方へいったのだもの、違った人情と雨かぜのなかで、あたしと二人のために苦労して稼いで来るのだもの、あたしだって庄さんだけを頼りに待っていなければならないわ、どんなことがあっても」

おせんは自分の心も感情も、庄吉のことでいっぱいだと思う。するとそれがさらに彼の*うえを思うさそいとなり、時には胸の切なくなるようなことさえあった。——もう大阪へ着いた頃であろう。宿はきまったかしらん。うまく稼ぎ場の口がみつかるだろうか、もう手紙くらい来てもいい筈だけれど、そんなことを思いつつ秋を送り、やがて季節は冬にはいった。

三

霜月はじめの或《あ》る日、向うの飛脚屋の店にいる権二《ごんじ》郎《ろう》という若者が、買い物に出たおせんのあとを追って来て手紙を渡した。「杉田屋にいた庄さんから頼まれてね」と、彼はにやにやしながら云った。

「まあ」おせんはかっと胸が熱くなった。

「……どこで、この手紙どこで頼まれたの」

「大阪でひょっくりぶっつかったんだ、そうしたらこれを内証で、おせんに渡して呉れと云われてね、元気でやっているからってさ」

「そう有難う、済みません」

権二郎はまだなにか云いたそうだったが、おせんは逃げるように彼から離れていった。……山崎屋はさして大きくはないがともかく*三度飛脚で、大阪の取組先があり若者も五人ばかり使っていた、権二郎はその一人だが、用達《ようたし》には誰よりも早く、十日限《ぎり》、六日限などという期限つきの飛脚は彼の役ときまっているくらいなのに、酒癖が悪くて時どき失敗し、店を逐《お》われてはまた詫《わ》びを入れて戻るという風だった。

「どうして庄さんはあんな人に頼んだのかしら」おせんは買い物をして家へ帰るまでそれが気になった、「……また酒にでも酔って、近所の人にでも話されたらどうしよう、そんなことのないようにしては呉れたろうけれど、あの人の酒癖を知っていたらよして呉れればよかった」たぶん遠いところで同じ土地の者に会ったなつかしさと、手紙を内証で渡したさについ頼んだものに違いない。そう考えたものの、おせんにはなにかよくないことが起こりそうに思え、どうしても不安な気持をうち消すことができなかった。

その夜お祖父さんが寝てから、おせんは行燈《あんどん》の火を暗くして手紙を読んだ。それはごく短いものだった。道中なにごともなく大阪へ着いたこと、道修町《どしょうまち》というところの建具屋《たてぐ》へひとまず草鞋《わらじ》をぬぎ、いまその世話で或る普請場《ふしんば》へかよっていること、江戸とは違って人情は冷たいが、詰らぬ義理やみえはりがなく、どんなに倹約な暮しでもできることなど簡単に記してあり、終りに「手紙の遣《や》り取りなどすると心がぐらつくから当分は便りをしない。そちらからも呉れるな」ということが書いてあった。おせんは飽きるまで読み返した。もちろん、仮名ばかりだし、云いたいことの半分も表わせない、もどかしさの感じられる筆つきだったが、読むうちに異郷の空の寒ざむとした色がみえ、暗い街筋や橋や、乾いた風の吹きわたる埃立《ほこりだ》った道などが眼にうかんだ、そしてそういう風景のなかで、知り人もなく友もない彼が、たったひとり道具箱を肩にして道をゆき、どこかの暗い部屋の中でひっそりと冷たい食事をする、そういう姿が哀《かな》しい歌かなにかのように想像されるのであった。

自分では意識しなかったが、その手紙のおせんに与えた印象は決定的だった、突込んで云えばおせんは顔つきまで変った、庄吉を思うそれまでの感情は、十七になった少女のものでしかなかった、現実と夢とのけじめさえ定かならぬ、ほのかな憧憬《あこがれ》に似てあまやかなものだった。然しその手紙を読み遠い見知らぬ土地と、そこでひたむきに稼いでいる彼の姿を想《おも》いやったとき、おせんの感情は情熱のかたちをとりだした、十七歳という年齢はもはや成長して達した頂点ではなく、そこからおんなに繋がる始点というべきものとなったのである。

或る日の午後、杉田屋から源六を呼びに使いが来た、そんなことは絶えてなかったし、用事もはっきりしないので、源六はちょっとゆき渋ったが、追っかけ催促があったのでやむなくでかけていった。……それは夕餉《ゆうげ》のあとだったが、一*刻《とき》ほどすると赤い顔をして帰った。

「あらおよばれだったんですか」

「なにそうでもないんだが」上へあがるとき源六はふらふらした、「……これはひどく酔った」

「たいそうあがったのね、臭いわ」

「水を貰おうかな」

「床がとってありますから横におなりなさいな」

おせんはお祖父さんを援《たす》けて寝かしながら、老人が自分のほうを見ようとしないのに気づいた。なんとなくおせんの眼を避けているようだった。どうしたのかしら、水を汲《く》んでゆきながらおせんは微《かす》かに不安を感じた。

「済まないもう一杯くんな」源六は湯呑《ゆのみ》の水をたてつづけに三杯もあおった、「……何百ぺん云っても酔醒《よいざ》めの水はうまいもんだ、若いじぶんまだ酒の味を覚えはじめた頃だったが、酔醒めの水のうまさを味わうために、まだうまくもない酒を呑《の》んだことさえあった」

「ねえお祖父さん」と、おせんは源六の眼をみつめながら云った、「……杉田屋さんではなにか御用でもあったんですか」

「そうなんだ」源六はなにか思案するように、ちょっと間を置いて頷《うなず》いた、それから仰向《あおむ》けに寝たままで、しずかにこちらへ顔を向けた、「……話というのはな、おせん、正直に云ってしまうが、おまえを嫁に呉れということなんだ」

まあとおせんは打《ぶ》たれでもしたように片手で頰を押えた。源六はそれを見て眉《まゆ》をしかめ、良心の苛責《かしゃく》を受ける者のように眼を伏せた。そして重たげに身を起こし、自分で湯呑に水を注いで喉《のど》を鳴らしながら飲んだ。

「それで、お祖父さんは、どう返辞をなすったの」

「おまえには済まないが断わった」

「…………」

「本当に済まないと思う、杉田屋はあれだけの株*だし、幸太はどこに一つ難のない男だ、そればかりじゃあない、杉田屋の御夫婦とおまえとは、乳呑み児《ちのみご》のじぶんから馴染だ、おまえはきっと仕合せになるだろう、だがおれにはできなかった、どうにも頼むと云えなかった」源六はそこでぐったりと寝床の上に身を伏せた、「……人間には意地というものがある。貧乏人ほどそいつが強いものだ、なぜかといえば、この世間で貧乏人を支えて呉れるのはそいつだけなんだから、おまえはなにも知らないだろうが、おまえのおっ母《か》さんがまだ生きていた頃のことだ、杉田屋のおかみさんが来て、枕《まくら》もとへ坐って、おまえを養女に貰《もら》いたいと云いだした、そのときお蝶さんはこういうことを云ったそうだ、茂七さんはあんな性質だから、これからさき当てもたいてい知れたものだ、そのうえおまえさんはその病身で、いつどんなことがあるかもわからない、杉田屋へ貰えば着たいものを着せ、喰《た》べたい物を喰べ、観《み》たいものを観せて気楽に育てられる、わが子を仕合せにしたいというのが親の情なら、きっとよろこんでおせんちゃんを養女に呉れる筈だ」

源六はそこまで云ってふと言葉を切った。灰色の薄くなった髪のほつれたのが、行燈の光をうけてきらきらと顫《ふる》えている、苦しかった六十七年の風霜を刻みつけたような皺《しわ》の多い日に焦《や》けた渋色の顔は、そのときの回想の辛《つら》さに歪《ゆが》んだ。

「杉田屋のおかみさんに悪気はなかったろう、けれども聞くほうにはずいぶん辛い言葉だった、というのは、……おまえのおっ母さんという人は、初め杉田屋の頭《とう》梁《りょう》のところへ嫁にゆく筈だった。けれどおっ母さんは茂七が好きだったので、いったん親たちのきめた縁談を断わって茂七といっしょになった」源六はそこでほっと太息《といき》をついた、「……その頃はうちでも下職《したしょく》の二人くらいは使っていた。さして余りもしないが不自由な思いをするほどでもなく、好きでいっしょになった夫婦にはまず頃合の暮しだった、やがて頭梁のとこへもお蝶さんが来て、表面は茂七と巳之《みの》さんのつきあいも元どおりになったが、根からさっぱりしたわけではなかったようだ、そして間もなく茂七に悪い運が向いてきた、下職の一人が剃刀《かみそり》を使いそくなって、酔っていたんだな、客の顔に傷をつけてしまった、然《しか》もそれがふりの客だったし、傷はかなり大きかった。茂七はなんども町役*に呼ばれたり、法外な治療代を取られたりした、くさっていたところへ、こんどは別の下職が簞笥《たんす》の中の物や少しばかり貯《た》めた金を掠《さら》って逃げた……おまえが生れたのはそのじぶんだったが、もともとあまり達者でもなかったおまえのおっ母さんは、お産をしたあとずっと弱くなって、月のうち半分寝たり起きたりしているようになった、客に傷をさせてから店もさびれだし、だんだん暮しが詰っていった。杉田屋のおかみさんがおまえを抱きに来はじめたのはその頃のことだった、お蝶さんは少しまえに、生れて半年足らずの女の児《こ》に死なれていた、けれどもおまえを抱いてゆき、着物や帯を買ったり、玩具《おもちゃ》や菓子を呉《く》れたりするのは、ただお蝶さんが膝《ひざ》さみしいというだけのことではなかった、こっちの落ち目になったのを憐《あわ》れむ巳之さんの気持がはたらいていたんだ、……おまえのお父《と》っさんやおっ母さんにとって、それがどんなに辛いことだったかわかるだろう、おっ母さんは巳之さんを断わって茂七といっしょになった、そういう因縁のある相手から、落ち目になって情をかけられるということは、嗤《わら》われるよりも辛い堪《たま》らないものだ、おまえを養女に呉れという相談のとき、お蝶さんの言葉を聞いておまえのおっ母さんはずいぶん、口惜しがって泣いたそうだ」

　おせんは胸が詰りそうだった。茂七さんのゆくすえも知れたものだとか、おまえさんは病身でいつどうなるかわからないとか、うちへ来れば着たいものを着、喰べたい物を喰べておもしろ可笑《おか》しく育てられるとか、……恐らく親切から出た言葉だろう、うちとけた狎《な》れた気持で云ったのではあろうが、貧苦のなかで病んでいる者にとっては、然も過去にそういう因縁のある者からすると、おせんにも母や父の辛さ口惜しさがよく察しられた。

「あたしが死んだらすぐ*あとを貰って下さい。そしてどうかおせんはうちで育てて下さい、杉田屋さんへは、どんなことがあっても遣らないで下さい、おっ母さんはなんどもなんどもそう念を押した、おれもそれを聞いているんだ、おせん、もうおまえも十七だ、これだけ話せば、おれが縁談を断わった気持もわかって呉れるだろう」

「わかってよお祖父さん」おせんは指尖《ゆびさき》で眼を拭《ふ》きながら頷いた、「……そんな話を聞かなくったって、あたし杉田屋へお嫁になんかいかないわ、だって」

「ああわかって呉れればいいんだ、金があって好き勝手な暮しができたとしても、それで仕合せとはきまらないものだ、人間はどっちにしても苦労するようにできているんだから」

四

いろいろなことがわかった。母親が死んだあと、父やお祖父さんが杉田屋へやりたがらなくなったこと、あんなに親しくしていたのに、杉田屋の小父《おじ》さんは決してうちへ来なかったこと、そして父が亡くなるとすぐお祖父さんが店をたたんでこっちへ移転したことなど……これらのなかでいちばんおせんの胸にこたえたのは、「……どんなことがあってもおせんを杉田屋へ遣らないように」という母親の言葉だった。お祖父さんはそれを貧しい者の意地だと云ったが、おせんはそうは考えなかった、杉田屋はおっ母さんが嫁に望まれたのを断わった家だ、自分の選ばなかった人に自分の娘を託すことができるだろうか、意地ではなかった、もっと純粋な女の誇りだったというべきである、おせんには母親の気持が手でさぐるようにわかるのだった。

「お父っさんもおっ母さんもずいぶん苦労したようだ、贅沢《ぜいたく》などということはいちどもできなかったかも知れない、でもお互いに好きあっていっしょになったのだもの、貧乏も苦労もきっと仕がいがあったに違いない、お祖父さんの云うとおりもし人間が苦労するように生れついたものなら、ほんとうに心から好き同志がいっしょになって、互いに、慰めたり励ましたりしながら、つつましく生きてゆける仕合せに越したものはない、おっ母さんが亡くなって四年目にお父っさんも死んだ、そんなにも好き合っていたんだから、お二人ともきっと満足していらっしゃるに違いないわ」

おせんはそれを疑わなかった、なぜなら、彼女もいま人から愛され、自分もその人を愛していたからである。

外へ出るときには、おせんはきまって柳河岸《やなぎがし》を通った。柳はすっかり裸になり、川水は研いだような光を湛《たた》えて、河岸の道にいつも風が吹きわたっていた。おせんはいっとき柳の樹《き》のそばに佇《たたず》む、それはいつか庄吉が肩を凭《もた》せていたあの柳である、すでに何年か昔のようにも思えるし、つい昨日のことのようでもあった、蒼《あお》ざめた庄吉の顔がたそがれの光のなかで顫え、つきつめた烈《はげ》しいまなざしでこっちを見ていた。激してくる情をじっと抑えながら、あたりを憚《はばか》るように囁《ささや》いた言葉の数かず、……庄さん、とおせんは幾たびも口のうちで呼びかけるのだった、あたしたちもお父っさんやおっ母さんのようにきっといっしょになって、二人でどんな苦労にも耐えてゆきましょうね、おせんは待っていてよ、庄さんの帰って来るまでは、どんなことがあってもきっと待っていてよ。

寒さの厳しい年だった。師走《しわす》にはいると昼のうちでも流し元の凍っていることが多く、うっかり野菜などしまい忘れると、ひと晩でばりばりに凍ることが度たびだった。……杉田屋の幸太がしげしげ店へ来はじめたのは、その頃からのことだ、年が詰ってきたのでほかの職人たちは姿をみせなかったが、幸太はなにか口実をみつけては訪ねて来た。源六はべつに愛相《あいそ》も云わないし冷淡にあしらうこともなく、求められれば気持よくいつものとおり昔ばなしをした。

「そういう風にまっすぐに生きられればいいいな」幸太は話を聞きながらよくそう云った、性質のはっきり現われている線の勁《つよ》い彼の顔が、そんなときふと思い沈むように見えることがあった。

「……この頃の職人はなっちゃあいないよ、爺《じい》さん、一日に三匁《もんめ》＊とる職人が逆目《さかめ》に鉋《かんな》をかけて恥ずかしいとも思わない、ひどいのになると尺を当てる手間を惜しんで押っ付けて鋸《のこ》＊を使うんだ、そのうえ云いぐさが、そんなくそまじめな仕事をしていたら口が干上ってしまうぜ、こうなんだ」

「それは今にはじまったことじゃあないのさ」と源六は穏やかに笑う、「……どんなに結構な御治世だって、良い仕事をする人間はそうたくさんいるもんじゃあない、たいていはいま幸さんの云ったような者ばかりなんだ、それで済んでゆくんだからな、けれどもどこかにほんとうに良い仕事をする人間はいるんだ、いつの世にも、どこかにそういう人間がいて、見えないところで、世の中の楔《くさび》になっている、それでいいんだよ、たとえば三十年ばかりまえのことだったが……」

こうしてまた昔語りが始まるのだった。

幸太が来ているとき、おせんはなるべく店へ出ないようにした。偶《たま》に顔が合うと、幸太はきまって眼で笑いかけた。粗暴な向う気の強い彼には珍しく、おとなしいというよりはなにか乞《こ》い求めるような表情だった。あの人はなにか考えているのだろう、お祖父さんがはっきり断わったというのに、まだあたしのことをなんとか思っているのかしら、……おせんは彼のそういう眼つきが不愉快で、いつもすげなく顔をそむけ、さっさと台所のほうへ去って来るのだが、幸太はそれで気を悪くするようすもなく、殆《ほと》んど三日にあげずやって来ては話しこんでいった。

おせんはその前の年の春から、午《ひる》まえだけお針の稽古《けいこ》にかよっていた。そこは大通りを越した福井町《ふくいちょう》の裏にあり、お師匠さんはよねという五十あまりの後家《ごけ》で、教えるのは嫁入り前の娘にかぎられていた。おせんは無口でもあり、家も貧しかったから、そこではかくべつ親しくする者もなかった。出入りの挨拶《あいさつ》をするほかは世間ばなしにも加わらず、たいてい隅のほうに独りで坐《すわ》っていた。娘たちもしいて馴染《なじ》もうとはしなかったが、そのなかで天王町《てんのうちょう》のほうから来るおもんという娘だけは、しきりにおせんに近づきたがった。家は油屋だそうで、年は同じ十七だった、丸顔の色は黒かったが、眼と唇のいつも笑っているような、明るい人なつっこい性質である。……その月の半ばも過ぎた或《あ》る日、稽古をしまって帰ろうとすると、おもんが追って来てそこまでいっしょにゆこうと云った。

「だって道がまるで違うじゃないの」

「いいのよまわり道をするから」おもんは肩をすり寄せるようにした、「……ちょっとあんたに話があるの」

おせんは身を離すようにして相手を見た、おもんはなにか気がかりなことでもあるように、じっとこちらを見かえしながら「あんた杉田屋の幸太さんという人を知っていて」と云いだした。おせんは思いがけない人の名が出たので、なにを云われるかとちょっと不安になった。

「知っていてよ、それがどうかしたの」

「あんたがその人のお嫁さんになるのだって、みんながその噂《うわさ》ばかりしているのだけれど」

「嘘《うそ》だわそんなこと」おせんは相手がびっくりするような強い調子で云った、「……誰が云ったか知らないけれどそんなこと嘘よ、根も葉もないことだわおもんちゃん」

「でも幸太さんという人は毎日あんたの家《うち》へ入り浸りになっているというのよ、そしてもっとひどいことを……あたしの口では云えないようなことさえ噂になっていてよ」

「いったい誰が」おせんはからだが震えてきた、「……そんなひどいことを、いったい誰が云いだしたの」

「元は知らないけれど、あんたの家の前にいる人が見ていたっていうことだわ、でも嘘だわねえおせんちゃん、あたしはそんなこと嘘だと思ったわ、おせんちゃんに限ってそんなことがある筈《はず》はないんですもの、あたしだけは信じていてよ」

　飛脚屋の者から出た噂だ、おせんはすぐにそう思った。山崎屋の主婦はおしゃべりで、いつも店先には近所のおかみさんや暇な男たちが集まる、お祖父さんがそれを嫌ってつきあわないため、常づねずいぶん意地の悪いことをされていた、その店からは斜《はす》かいにこちらが見えるので、幸太が話しに来るのをいつも見ていたのに違いない。そしてもしかすると、杉田屋から縁談のあったことも知っているのかもしれなかった。……おもんに別れて家へ帰ると、彼女はすぐお祖父さんにその話をした。そしてこれからもう幸太の来ないようにはっきり断わって貰いたいとたのんだ。

「人の口に戸は立てられないというのはつまりこういうことなのさ」源六は研いでいた剃刀の刃を、拇指《おやゆび》の腹で当ってみながらそう云った、「……どんなに身を慎んでも、悪口の立つときは立つものだ、幸さんが来なくなれば来なくなったでまた悪口の種になる、そんなことは気にしないでうっちゃっとくがいいんだ、一年も経てばしぜんとわかってくるよ」

「おじいさんはそれでいいだろうけれど、あたしそんな噂をされるのは厭《いや》よ」いつにも似ずおせんは烈しくかぶりを振った、「……ほかの悪口とは違うんですもの、こんなことが弘《ひろ》まったらあたし恥ずかしくって外へも出られやあしないわ」

「いいよいいよ、そんなに厭ならそのうち折をみて断わるよ、いきなり来るなとも云えないからな、まあもう少し眼をつぶっていな」

然《しか》しそれから数日して、赤穂《あこう》浪士《ろうし》の吉良家《きらけ》討入という出来事が起こり、どこもかしこもその評判でもちきったまま年が暮れた。

正月には度たび杉田屋から迎えがあった。けれど縁談を断わったあとでもあり、これからのこともあるので、源六もおせんもゆかずにいると、四日の夕方になって幸太が松造《まつぞう》という職人といっしょに、酒肴《さけさかな》の遣い物を届けに来た。義理にもそのままは帰せなかった、上へあげて膳拵《ぜんごしら》えをすると、もう少し呑《の》んでいるらしい幸太は、源六と差向いになって盃《さかずき》を取った。ほかの日ではないので、おせんも燗徳利《かんどくり》を持って膳のそばに坐り、浮かない気持で二人に酌をした。……幸太はしきりに思い出ばなしをした、杉田屋へはじめて住込んだ頃から、十五六じぶんまでのことを、おせんなどすっかり忘れていて、云われてびっくりするようなことも多かった。このあいだにかなり盃を重ねて酔ったのだろう、源六はふと調子を改めてこう云いだした。

「なあ幸さん、こんな時に云いだすことじゃあないが、いつか頭梁からおせんのことに就いて話があったとき、わけを云って断わったのはおまえさんもたぶん知っているだろう、無いまえならいいが、あんなことがあったあとではお互いに気まずくってていけない、済まないがこれからはあまり来て呉れないようにたのみたいんだがな」

「悲しいことを聞くなあ」幸太も酔っていたらしいが、ぎくっとしたようすで坐り直した、「……断わられたのは知っているよ、まだおせんちゃんが若すぎるということ、爺さんがおせんちゃんにかかる積りだからということ、ああたしかに聞いているよ、けれども、それは、……それは、それとこれとは違うんだ」

「どう違うと云うんだね」

「おれは十三で杉田屋へ来た、おせんちゃんとはそのときからの馴染なんだ、爺さんとだって、今さらのつきあいじゃあない、なにも縁談が纏《まと》まらなかったからって、つきあいまで断わるということはないと思う、そいつは、あんまりだぜ爺さん」

「つきあいを断わるなんということじゃないのさ、なにしろこっちはこの老ぼれと娘だけの暮しだ、そこへ若頭梁がしげしげ来るというのは人眼につくし、ひょんな噂でも立つと杉田屋さんへおれが申しわけがないからな」

「ひょんな噂か……」幸太はぐらっと頭を垂れた、「……そうだ噂なんか構わないとは、おれに云えることじゃあない、世間なんてものは、平気で人を生かしも殺しもするからな、わかったよ爺さん」

「悪くとって呉れちゃあ困るぜ幸さん、おまえだって杉田屋の名跡《みょうせき》を継ぐ大事なからだ、嫁でも取って身が固まったら、また元どおり来て貰いたいんだ、ゆくさきおせんのためにも、ちからになって呉れるのは幸さんだからな」

「遠のくよ、爺さん」幸太は頭を垂れたまま独り言のように云《い》った、「……悪い噂なんぞ立っちゃあ済まないからな」

「それでいいんだ、そこでまあ一杯いこう、おせん酒が冷えているぜ」

なんというしっこし＊のない幸さんだろう、おせんはこの問答を聞いて歯痒《はがゆ》くなった。もっとてきぱきした男だった。向っ気の強い代りにはわかりも早く、諄《くど》いところなどは薬＊ほどもない人だったのに、「……どうかしているんだわ」酒の燗を直しながら、おせんは苛《いら》いらしい気持でそう呟《つぶや》いた。……幸太はそれから半刻《はんとき》あまりして帰った、ひどく酔って、草履を穿《は》くのに足がきまらないくらいだった。彼が外へ出て二三間＊《けん》いったとき、

「おや若頭梁じゃありませんか」という声がした、「……たいそういいきげんで御妾宅《しょうたく》のお帰りですか、偶《たま》にはあやからして呉れてもようござんすぜ」

「聞いた風なことを云うな、誰だ」幸太の高ごえが更《ふ》けた横丁に大きく反響した、

「……なんだ権二郎か、つまらねえ顔をしてこんなところになんだって突っ立ってるんだ、呑みたければ呑ましてやるからいっしょに来な」

「そうくるだろうと待ってました、ひとつ北＊へでもお供をしようじゃあありませんか」

「うわごとを云うな、来いというのは大川端だ、おまえなんぞは隅田川の水が柄相《がら》応だぜ、たっぷり呑ませてやるからついて来な」

「若頭梁は口が悪くっていけねえ」

話しごえはそのまま遠のいていった。おせんは雨戸を閉めようとしてこれだけのやりとりを聞いたが、権二郎という名とその卑《いや》しげな声とが、いつまでも耳について離れなかった。

五

酔ってした約束なのでどうかと思っていたが、幸太はそれから遠のきはじめ、たまに来てもちょっと立ち話をするくらいで、すぐに帰ってゆくようになった。

二月になって赤穂浪士たちに切腹の沙汰《さた》があった。去年からひき続いての評判が、もういちど、江戸の街巷《まちまち》をわきたたせ、春の終るころまで瓦版《かわらばん》や、絵入りの小冊子類がいろいろと出た。おせんもその二三種を買い、仮名を拾いながら読んでみたが、どれもこれも公儀を憚って時代や人名を変えてあるし、まるっきり作りごとのようで、心をうつものは無かった。……こうして夏になった、六月はじめの或る日、お針の稽古を終って帰って来ると、源六が昼食《ちゅうじき》のしたくをして待っていた。

「さっき状*がまわって来て、きょう茶屋町《ちゃやまち》の伊賀屋《いがや》でなかまの寄合《よりあい》があるというんだ、飯をたべたらちょっといって来るからな」

「帰りはおそくなるんですか」

「ながくったって昏《く》れるまでには帰れるだろう、台所に泥鰌《どじょう》が買ってあるから、晩飯にはあれで味噌汁《みそしる》を拵えておいて呉んな」

「あら泥鰌があったんですか、それじゃあお酒も買っておきましょうね」

「酒は寄合で出るだろうが」

「でも初ものだから無くっては淋《さび》しいでしょう」

話しながら食事を終ると、源六は着替えをして出ていった。久しぶりで店があいたので、おせんは一刻もかかって掃除をし、床板の隅ずみまで丹念に拭《ふ》きあげた。それから酒を買って来て、火をおこし、笹《ささ》がき牛蒡《ごぼう》を作って泥鰌を鍋《なべ》に入れ、酒で酔わせて、味噌汁にしかけてから、坐って縫物をとりひろげた。……昼のうちは風があって凌《しの》ぎよかったが、日の傾きだす頃からぱったりと風がおち、昏れかかると共にひどく蒸しはじめた。

「お祖父《じい》さんのおそいこと」手許《てもと》が暗くなりだしたので、おせんはそう呟きながら縫物を片づけ、膳立てをするために立った。汁のかげんはちょうどよかった、いちど下ろして、燗をする湯を掛け、漬物を出した。もう帰りそうなものだと思いながら、足音のするたびに勝手口の簾《すだれ》を透かして見た、然しすっかり昏れて行燈《あんどん》の火をいれても源六の帰るようすはなかった、「……どうかしたのかしら、少しおそすぎるわね」すっかり支度のできた膳を前にして、おせんはふと、もの淋しい気持におそわれた。……大川端の茶店には、もう涼み客が出はじめたのであろう、時どき三味線の音《ね》や、人のざわめきが遠く聞えてくる、そのもの音の遠さと賑《にぎ》やかさは、まるで過去からの呼びごえのように遥《はる》かで、夏の宵の侘《わび》しさをいっそう際《きわ》だてるように思えた。

「そこだそこだ、その障子《しょうじ》の立ててある家がそうだ」

とつぜん表のほうでそういう声がした。

「……いま明けるからそのまま入れよう、しずかにしずかに」

そして誰かが店の障子を明けた。おせんは不吉な予感にぎょっとしながら立った。

入って来たのは同じ研屋なかまの久造《きゅうぞう》という人だった。おせんの眼はその人よりも、そのうしろに四五人の男たちが、蔽《おお》いを掛けた戸板を担《かつ》いでいるのを見た、そして思わずあっと叫びごえをあげた。

「騒いじゃあいかねえおせんちゃん」久造は両手で彼女を押えるようにした、「……たいしたことはないんだ、ちっとばかり酒が過ぎて立ちくらみがしただけなんだ、もう医者にもみせたしなにしてあるんだから、心配しないでとにかく先《ま》ず寝床をとって呉んな」

おせんは返辞もできず、なかば、夢中ですぐに寝床を敷いた。久造が指図をして、男たちは上まで戸板を舁《かつ》ぎあげ、まるで意識のない源六を床の上へ寝かした。……久造はその枕許《まくらもと》へ坐ったがおちつかぬようすで、汗を拭き拭き始終を語った、源六は寄合の席へ来たときから顔色が悪かった、酒が出てからもどこやら沈んだようすをしているので、たぶん暑気に中《あた》ったのだろうから熱燗で一杯やるがいいとすすめ、自分でもその気になって呑みだした。それから少し元気が出て、みんなと話しながらかなり呑んだが、やがて手洗いに立とうとしていきなりどしんと倒れてしまった。

「そう巌丈《がんじょう》な軀《からだ》でもないのだが、人間の倒れる音というものは大きなもので、階下《した》からもびっくりして人が駆け上って来たくらいだ、みんなで呼び起こしたが、大きな鼾《いびき》をかくばかりで返辞がない、とにかく頭を冷やしながら医者に来て貰った」久造はそこでまた忙しげに汗を拭いた、「……医者はいろいろ診たが、ごく軽い卒中だから案ずることはない、じっとして静かに寝ていればすぐ治るだろう、こう云って薬を置いて帰った、そういうわけなんだから決して心配することはない、わかったなおせんちゃん、決してよけいな心配はしなさんなよ」

おせんは乾いてくる唇を舐《な》め舐め、黙って頷《うなず》きながら聞いていた。そして彼らが薬を置いて去るときも、

「色いろおせわさまでした」

と云うだけが精いっぱいだった。……源六は微《かす》かに鼾をかきながら眠っていた、そっとして置くようにと云われたので、呼び起こしたいのをがまんしながら、おせんはじっと枕許に坐っていた。ほんとうに病気は軽いのだろうか、もしやこのままになってしまうのではなかろうか、たとえ死なないでも、卒中といえば寝たきりになることが多いという、そんなことになったらどうしよう、どうして暮していったらいいだろうか。幾たび考えても同じことを、おせんは繰り返し考え続けるのだった。然しやがて食事をしていないことに気づき、朝まで寝られないのだからと、しずかに立って膳に向ってみた。もちろん喰《た》べられはしなかった。鍋の蓋《ふた》をとって、

泥鰌汁を掬《すく》おうとすると、昼間の元気なお祖父さんの姿が思いだされ、胸がいっぱいになってとうとう泣きだしてしまった。

明くる日は朝から見舞い客が来た。食事拵えや茶の接待は近所の人びとがして呉れた、そのなかでも、すぐ裏にいる魚屋のおらくという女房がいちばん手まめで、まるで自分の家のことのように気をいれて働いて呉れた。夜どおし寝なかったおせんは、午《ひる》すぎになるとさすがに疲れが出た、みんなもすすめるし自分でも堪《たま》らなくなったので、隅のほうへ夜具を敷いて横になったが、すぐに熟睡して眼がさめたときはもう昏れかけていた。

「眼がおさめかい」膳拵えをしていたおらくが、立ちながらそう云った、「……つい今しがたおもんさんという娘が見舞いに来て呉れたけれど、あんまりよく眠っておいでだから帰って貰いましたよ」

「おもんちゃんが、どこで聞いたのかしら」

「また明日来ますとさ、それから晩の支度はここにできているからね、お湯もすぐ沸くからおあがんなさいよ、あたしはちょっと家のほうを片づけて来ますからね」

そう云っておらくは帰っていった。

空腹ではあったが食欲はなかった、ほんのまねごとのように箸《はし》を取っただけで、あと片づけをしていると杉田屋からお蝶が来た。こっちへ越して来てから数えるほどしか会っていない、ずいぶん久しぶりだったし、こころ淋しいときだったので、とびついてゆきたいほど懐《なつ》かしかった。けれども、すぐにお祖父さんから聞いた話を思いだし、つとめてあたりまえなさりげない挨拶《あいさつ》をした。お蝶のほうでも縁談のことなどが胸に閊《つか》えているのだろう、昔ほどには親しいようすをみせず、ほんの暫《しば》くいたきりで、見舞いの包を置いて帰った。……おらくは夕食を済ませてもういちど来たが、客もなし用事もみつからないので、茶を一杯すると間もなく去り、おせんはようやく一人になった。

源六の容態は少しも変らなかった。意識がないので薬の飲ませようもなくただ濡《ぬ》れ手拭《てぬぐい》で頭を冷やすほかにはなにも手当のしようがなかった。午後から熟睡したので、幾らか気持はおちついてきたが、一人になって、昏々《こんこん》と眠っているお祖父さんの顔を見ていると、かなしさ心ぼそさが犇《ひし》ひしと胸をしめつけ、身もだえをしたいほど息苦しくなった。

「庄さん」おせんは小さな声で、西の方を見やりながらそう囁《ささや》いた、「……あなたはなんにも知らないのね、なんにも、あたしどうしたらいいの、お医者にもかからなければならないし、薬も買わなければならないし、これからどうして生きていったらいいのかしら、庄さん、おまえが今ここにいてお呉れだったらねえ」

庄吉はあのように自分を想《おも》っていて呉れた。近いところにいたらすぐ駆けつけて、どんなにもちからになって呉れるだろう、だが大阪では知らせてやることもできず、知らせたところで来て貰うわけにもいかない。おせんにはそれが、自分の運命を暗示するもののように感じられた。自分がふしあわせな生れつきで、これからもだんだん不幸になり、いつも泣いたり苦しんだりしながら、寂しいはかない一生をおくるのだ、そういう風に思えてならなかった。……そうだ。十八になる今日まで、ほんとうに楽しいと思うことが一度でもあったろうか、いつもしんと病床に寝ていた母、むっつりとふきげんな眼をして溜息《ためいき》ばかりついていた父、客の少ない、がらんとした埃《ほこり》っぽい店、張《はり》もなく明日への希望もなく、ただその日その日の窮乏に追われていた生活、父母に死なれて中通りへ移って来てからも、祖父と二人の暮しは苦しかった、同い年のよその娘たちが、人形あそびや毬《まり》つきに興じているとき、おせんは米を洗い釜戸《かまど》の火を焚《た》いた、朝早くまだ暗いうちに豆腐屋へ走り、雨に濡れながら、研ぎ物を届けにいった。幼いころ杉田屋でして貰ったきり、着物や帯はもちろん簪《かんざし》ひとつ新しく買ったことはない、然《しか》もそんなことを考えるいとまもないほど、時間のないいつましい生活を続けて来たのだ。もちろんそのことをそれほど辛《つら》いとか苦しいとか考えていたわけではない、そういう日々のなかにも、それはそれなりに楽しみも歓《よろこ》びもあった。人はたいていな環境に順応するものなのだから、……然しいまふり返って思いなおすと、それがどんなに慰めのない困難な暗いものだったかということがわかるのであった、そして幾ら思いさぐってみても、そこには将来に希望をつなぐことのできる一つの萌芽《ほうが》さえみつけることはできない、なにもかもが不幸と悲しみを予告するように思えるのだった。

「庄さん、あんただけがたのみよ」おせんはとり縋《すが》るような気持でそう呟いた、「……どうしていいかまだわからないけれど、でもあんたが帰るまでは、どんなにしてもやってゆくわ、だからあんたも忘れないでね、きっとここへ帰って来てね、庄さん」

六

源六はその翌日ようやく意識をとり戻した。四日めには口もきくようになったが、舌がもつれて言葉がよくわからなかった、眼から絶えず涙がながれ、涎《よだれ》ですぐ枕が濡れた。医者はたいしたことはないと繰り返していたが、左の半身が殆《ほと》んど動かせないし、頭のはたらきも鈍っていた。涙や涎は病気のためだろうが、それはかりではなく、源六はおせんを見るとすぐに泣いた、そして舌の硬《こわ》ばったひどくもつれる言葉でしきりになにか云おうとする、はじめはなにを云うのかわからなかったが、よく気をつけて聞くとおせんを哀れがっているのだった。

「可哀《かわい》そうにな、おせん可哀そうにな」

「わかったわお祖父さん」と、おせんは、祖父に笑ってみせた、「……でも大丈夫よ、お祖父さんはすぐ治るの、いつもお医者さまがそう云うのを聞いているでしょう、そんなに心配することはないわ、これまで休みなしに働いてきたんですもの、湯治《とうじ》でもしている積りでのんきに寝ていらっしゃるがいいわ、あたしちっとも可哀そうでなんかないんだから」

「ああ、おれにはわかってるんだ」聞きとりにくい言葉つきで源六はこう云った、「……おせん、おれにはわかってるんだよ、すっかり眼に見えるようなんだ、可哀そうにな」

　云わないで、お祖父さん、おせんはそう叫びたかった、抱きついていっしょにえかぎり泣きたかった、そうすることができたら幾らか胸が軽くなるだろうに、……けれども泣いてはいけなかった、そんなことをしたら、お祖父さんは気落ちがしてしまって、病気も悪くなるに違いないから。おせんは笑ってみせなければならない、心配そうな顔をしてもいけなかったのだ。

　見舞いに来る客も、段だん少なくなり、魚屋の女房のほかは、近所の人たちもあまり顔をみせなくなった。或《あ》る日の午さがり、おらくが来て「きょうは桃の湯*がたったからはいっておいでな」とすすめた、いつかもう土用になっていたのだ、暫くお風呂《ふろ》へゆかないで、からだが汗臭かったし、できたら髪も洗いたかったので、おらくにあとを頼んでおせんは風呂へいった。……六月土用の桃葉の湯は、端午《たんご》の菖蒲《しょうぶ》湯、冬至《とうじ》の柚子湯《ゆずゆ》とともに待たれているものなので、とうてい髪を洗うことなどはできなかったが、汗をながして出ると身が軽くなったようにさばさばとした。

「ただいま、おばさん有難う」

　そう云いながら勝手口からはいった、返辞がないので、風呂道具を片づけて覗《のぞ》いてみると、おらくの姿はみえず、源六の枕許には幸太が坐っていた。おせんはどきっとして、立止った。幸太はしずかにふり返った。

「近所の人の家から迎えが来てさっき帰っていったよ」彼はなんとなく冷やかな調子でそう云った、「……留守を頼まれたものだからね」

「済みません、有難うございました」

「もっと早く来る積りだったんだが、手放せない仕事があったもんでね……たいへんだったな、おせんちゃん」

「ええあんまり思いがけなくって」

「でもまあお爺《じい》さんのほうはもうたいしたことはないようだから、そいつはさほど心配しなくてもいいだろうけれど、このままじゃあおせんちゃんが堪らないな、なんとか考えなくっちゃあいけないと思うんだが」

「いいえあたしは大丈夫ですよ」おせんは煎《せん》じ薬のかげんをみながら、かなりきっぱりした口ぶりで云った、「……お祖父さんだってそんなに手が掛るわけじゃあないし、近所の人たちが、よくみに来て呉《く》れるのですもの、ちっともたいへんでなんかありゃあしません」

「それも十日や二十日はいいだろうがね」

　幸太はもっとなにか云いたそうだったが、おせんのようすがあまりきっぱりしているので口を噤《つぐ》み、間もなく見舞いの物を置いて帰っていった。……それをきっかけのように幸太はまたしばしば来はじめた、「中風《ちゅうぶう》によく利《き》く薬があったから」とか「少しばかりだがこれを喰べさせてやって呉れ」とか云いながら、そして源六に薬を飲ませたり、額の濡れ手拭を絞りなおしたり、時には足をさすったりした。

「なにか不自由なものがあったら、遠慮なくそう云って呉んな」幸太は帰りがけにきまってこう云った、「……困るときはお互いさまだ、おれにできることならよろこんでさせて貰うからな、ほんとうに遠慮はいらないんだぜ」

「ええ有難う」

おせんはそう答えるが、伏し眼になった姿勢はそういう好意を受ける気持のないことを頑《かたく》なほど表明していた。……そうなのだ、幸太の言葉を聞きながら、おせんは心のうちで庄吉に呼びかけていた。おれがいなくなればきっと幸太は云い寄るだろう、あれもおまえを思っているんだから、そう云い遺《のこ》していったことが改めて思いだされた、縁談を断わられてももう来て呉れるなと云われても、こうしてがまん強くやって来るのはあたりまえの好意ではない。そしてなに事もないときならいいが、こういうせっぱ詰った苦しい場合に、そのように根づよい態度で迫られては、どんな隙《すき》へどのようにつけ込まれるかわからない。操《みさお》を守ろうとするおんなの本能が、そのときはじめておせんをちからづよく立直らせた。

——そうだ、幸太さんに限らず誰の世話にもなってはいけない、近所の洗濯や使い走りをしても、お祖父さんと二人くらいはやってゆける筈《はず》だ、世間にためしのないことではないのだから。

そう決心するとさばさばした気持になった。そしてそのつぎに幸太が来たとき、はっきりとけじめをつけた口ぶりで、これからはもう来て貰っては困ると云った。それは雨もよいの宵のことで、湿気のある風が軒の風鈴を鳴らし、戸口に垂れてある簾《すだれ》を揺すって、部屋の中まで吹き入ってきた、源六はここちよさそうに眠っていた。

「そんなにおれが嫌いなのか」幸太は暫く、黙っていたのち、なにか挑みかかるような眼でこっちを見た、「……おれのどこがそんなに気に入らないんだ、おれはおためごかしや恩に衣《き》せる積りでよけいなおせっかいをするんじゃあないぜ、おまえとも爺さんとも幼な馴染《なじみ》だ、ことにおまえとはこんなじぶんから知り合って、おれにとっては……まったく、他人のような気持はしないんだ、そうでなくったって、こんな場合には助け合うのが人情じゃあないか、どうしてそれがいけないんだ、おせんちゃん」

「よくわかっているわ、でも幸さん、あんた覚えていないかしら、お正月あんたが家へ来て帰るとき、表で山崎屋の権二郎さんに会ったでしょう」

「山崎屋の権に、……そうだったかも知れない、だがもうよく覚えていないよ」

「あたしは覚えているわ、そして、一生忘れられないと思うの」おせんはこみあげてくる怒りを押えながらそう云った、「……あのとき権二郎さんは、あんたの顔を見てこう云ってよ、若頭梁《わかとうりょう》いまごろ妾宅《しょうたく》のお帰りですかって」

「冗談じゃあない、あんな酔っぱらいの寝言を、そんなまじめに聞く者があるものか」

「それならよそでも聞いてごらんなさい、世間にはもっとひどいことさえ伝わっているのよ、あんたは男だから、そんな噂《うわさ》もみえの一つかも知れないけれど、おんなのあたしには一生の瑾《きず》にもなりかねないことよ」

「おれはなんにも知らなかった」幸太は頭を垂れ、またながいこと黙っていた、それからこんどはまるで精のぬけたような声で、吃《ども》り吃りこう続けた、「……そんな噂は、まったく聞いたこともない。そして、それがおせんちゃんには、そんなに迷惑だったんだな」

「考えてみて頂戴《ちょうだい》、これまでもそうだったけれど、こんなになったお祖父さんを抱えてやってゆくとすれば、これからはよっぽど身を慎まないかぎり、どんな情けないことを云われるかわからないじゃないの」

「そいつをきれいにする方法はあるんだ、おせんちゃん、おまえさえその気になって呉れれば」

「それはもうはっきりしている筈だわ」

「おれが改めて、おれの口から、たのむと云っても、だめだろうか」幸太の眼は忿《いか》りを帯びたように鋭く光った、「……おれは本気なんだ。口がへただからうまく云えないが、もしおせんちゃんが望むなら、おれはこれからどんなにでも」

「あたしにこれ以上いやなことを云わせないで、幸さん、それだけがお願いよ、どうぞおせんを、可哀そうだと思って頂戴」

「おまえを可哀そうだと思えって」とつぜんまったくとつぜん幸太は蒼《あお》くなった。そして、ふしぎなものでも見るように、まじまじとおせんの顔を見つめていたが、やがて慄然《りつぜん》としたように身を震わせた、「……おせんちゃん、おまえもう誰か、誰かほかに、――ああそうだったのか」

おせんは頷いた、自分でもびっくりするほどの勇気を以《もっ》て、しずかに、むしろ誇りかに頷いた、そして立っていって、二つの紙包を持って来て、幸太の前へさしだした。それはお蝶と幸太の持って来た見舞いの金である。菓子や薬はとにかく、金に手をつけてはいけないと思い、そのまま納《しま》って置いたものだった。

「ほかの物はうれしく頂きました、でもお金だけは頂けませんから、おばさんにもどうぞ気を悪くなさらないようにと云って下さいな」

「……あばよ」幸太は二つの包を持って立った、「あばよ、おせんちゃん」

そして出ていった。

明くる日、おせんは裏の魚屋の女房に来て貰って、これからなにをしていったらいいかということを相談した。おらくは笑って、だってあんたには、杉田屋という後ろ盾がついているじゃあないか、なにもそんな心配をしなくったって困るようなことはありゃしないよ、と云った。もちろん悪気などは少しもない女で、ごく単純にそう信じていたものらしい、おせんがあらまし事情を話すとすぐ納得した。

「そうだったのかい、あたしはまた杉田屋さんでなにもかもして呉れるんだと思って安心していたのだよ、それじゃあなんとか考えなくちゃあいけないね」

「どんな苦労でもするわ、おばさん、あたしよりもっと小さい子だって、もっともっと辛い気の毒な身の上の人がいるんだもの、十八にもなったんだから、たいていのことはやってゆけると思うの」

「そうともさ、人間そう心をきめればずいぶんできない事もやれるものだよ、けれどもなにごとも取付《とつつき》が肝心だから、途中でいけなかったなんていうことになると虻《あぶ》蜂《はち》とらずだからね、あたしもよく考えてみて、それからもういちど相談しようよ」

おらくはこう云って、そのときは帰っていった、「……なにが野なかの一軒家じゃなし、近所だって黙って見ちゃあいないからね、決して心配おしでないよ」

七

おせんは足袋のこはぜかがりを始めた。お針の師匠にも話してみたのだが、まだ賃縫いをするには無理だというし、洗濯や使い走りでは幾らのものにもならない。結局おらくの捜してきて呉れたのがその仕事だった。その頃はまだ足袋は多く紐《ひも》で結んだものだったが、上方《かみがた》のほうで仕出したこはぜが穿《は》き脱ぎに手軽なのと穿いたかたちが緊《し》まるのとでその年の春あたりから江戸でも少しずつ用いはじめていた。まだ流行するまでにはなっていないので、仕事の数はそうたくさんはないが、手間賃がかなりよかったし、家にいてできることがなによりだった。足袋は革と木綿と二種あった。木綿は近年ひろまりだしたもので、穿きぐあいも値段も恰好《かっこう》なのだが、木綿よりは丈夫であり温かいので、一般にはまだ革を用いることが旺《さか》んだった。おせんの受取る仕事も、革のほうがむつかしかった。なにしろ熊《くま》の皮を鞣《なめ》して、型を置いたり染めたりしたものなので、針が通りにくく、すぐ指を傷つけたり針を折ったりする。然《しか》しそれだけ手間賃も高いから、馴《な》れてくれれば革足袋のほうが稼ぎが多くやり甲斐《がい》があった。

七月のなかば頃から源六はぼつぼつ起きはじめた。左の半身はやっぱり不自由で、手も足も、そっちだけは満足に動かせず、舌のもつれもなかなかとれなかった。十五日の中元には＊荷葉飯《かようめし》を炊《た》き、＊刺し鯖《さば》を付けるのが習わしである、おせんも久しぶりに庖丁《ほうちょう》を持って鯖を作り、膳《ぜん》には酒をつけた。医者から量さえ過さなければ呑《の》むほうがよいと云われていたのだが、源六は要心ぶかくなって、それまで盃《さかずき》を手にしなかったのである。

「久しいもんだが、はらわたへしみとおるようだ」源六はうっとりと眼を細くしながら云った、「……ほんとうに毒でなければ、これから少しずつやってみるかな、なんだか身内にぐっと精がつくようだ」

「お医者さまがそう云うんですもの、それはあがるほうがよくってよ」

「だがなにしろこんなからだで酒を呑むなんぞは、それこそ罰が当るというもんだからな、みんなおまえの苦労になるんだから」

「いやだわ、また同じことを」

「おまえに礼を云うんじゃあない、自分が仕合せだということを云いたいんだ、子にかかる親はざらにあるが、こうして孫にかかれる者は世間にもそうたくさん有るわけじゃあない、然《しか》もまだ十八やそこらの娘になにもかもおっかぶせて、こうして気楽に養生ができるということはたいへんなもんなんだ、まったくたいへんなもんなんだ、おれは、そいつが嬉《うれ》しいんだ」病気からなみだ脆《もろ》くなっていた源六は、もうぽろぽろと大きな涙をこぼしていた、「……おれはおまえになんにもしてやらなかった。十三や十四から飯を炊かせたり肴《さかな》を作らせたり、使い走りをさせたりしただけだ、帯ひと筋、いや簪《かんざし》一本買ってやったことがなかった、ところがおまえはむすめの手内職で、おれを医者にもかけ薬も買って呉れる、おれが好きだと思う物は、そう云わなくとも膳へのっけて呉れる、諄《くど》いようだが礼を云うんじゃあないぜ、おれは、来年はもう六十九だ、この年になって、はじめておれはおんなというものがわかった、おまえのして呉れることを見て、はじめておんなの有難さというものがわかったんだ、男のおれにできないことを、まだ十八のおまえがりっぱにやってのける、それはおまえがおんなだからだ、ああおせん、おれはこれが四十年むかしにわかっていたらと思うよ」

四十年むかしといえばまだ生きていたお祖母《ばあ》さんのことを云うのではなかろうか、おせんはお祖母さんのことはなに一つ聞いていない。父も母もそのことはついぞ口にしなかった。そこにはなにか事情があったに違いない、そして今源六は悔恨にうたれている、どんな事情かわからないけれど、おんなというものの有難さをその頃に知っていたら、そう云う言葉の中《うち》には、なにかとり返し難い後悔の思いが感じられるのだった。

「人間は調子のいいときは、自分のことしか考えないものだ」源六は涙をながれるままにしてそう続けた、「……自分に不運がまわってきて、人にも世間にも捨てられ、その日その日の苦労をするようになると、はじめて他人のことも考え、見るもの聞くものが身にしみるようになる、だがもうどうしようもない、花は散ってしまったし、水は流れていってしまったんだ、なに一つとり返しはつきあしない、ばかなもんだ、ほんとうに人間なんてばかなものだ」

「もうたくさんよお祖父さん、そんなに気を疲らせては病気に悪いわ、過ぎたことは過ぎたことじゃないの、それよりこれから先のことを考えましょう、あせらずゆっくり養生すれば、お祖父さんだってまた仕事ができるようになってよ、二人で稼げば暮しだって楽になるし、ときにはいっしょに見物あるきだってできるわ、今年は忘れずに染井《そめい》の菊を見にいきましょうよ」

「ああそうしよう、おせん、見せる見せるといって、ずいぶん前から約束ばかりしていたからな、そうだ今年こそきっと見にいこう」

けれども菊見にはゆけなかった。悪くはならないが、左半身がいつまでもはっきりせず、とうてい遠あるきなどできなかったから、……利くという薬はできる限り試してみた、加持《かじ》も祈禱《きとう》もして貰った、「夏に出た中風は霜がくれば治るものだ」そう云う人が多いので、おせんも源六もひそかにそれを楽しみにしていたが、霜月がきてもそんなようすはなく、やがて十一月も終りに近くなった。

その月は二十二日の夜にひどい地震があって、小田原から房州へかけてかなり被害があり、江戸でも家や土蔵が倒れたり崖《がけ》が崩れたりした。深川の三十三間堂が倒壊し、大川は一夜に四たびも潮*がさしひきした。地震は二十五日まで繰り返し揺ったが、二十六日に雨が降ってようやく歇《や》むと、安房《あわ》や上総《かずさ》では津浪《つなみ》があって十万人死んだとか、小田原がいちばん激震で何千人いっぺんに潰《つぶ》されたとか、色いろ恐ろしい噂が次から次へとひろまりだした。……こうして二十九日になった夜、四五日つめてした仕事がようやく片付いたので、おせんは珍しく宵のうちに寝床へはいった。地震の恐ろしさが解けたのと、仕事の疲れが出たのであろう、床にはいるとすぐ、なにも知らずにぐっすり熟睡した。あんまりよく眠ったせいだろう、それほど更《ふ》けたとも思えない頃にふと眼がさめた。そして眼のさめたときの習慣で、お祖父さんのほうへふり向いた。するとそこには枕紙《まくらがみ》が白く浮いて見えるだけで、夜具の中にはお祖父さんがいなかった。

おせんは身を起こした、たぶん後架*《こうか》だろうと考え、そちらへ耳を澄ましていると、戸外のひどい風の音に気がついた、いつ吹きはじめたものかひじょうな烈風で、露*次ぐちにある棗《なつめ》の枯枝や庇《ひさし》さきがひょうひょうとうめき、地震でゆるんだ雨戸や障《しょう》子《じ》はもちろん、柱や梁《はり》までがみじめなほどきいきいと悲鳴をあげていた。そのうちにおせんは、店のほうに灯《ほ》あかりが揺れているのに気づいた、なぜともなくどきっとして、寝衣《ねまき》の衿《えり》をかき合せながら立っていってみると、被《おおい》をかけた行燈《あんどん》のそばに、源六が前跼《まえかが》みになって、しきりになにかしていた。火桶《ひおけ》もなし、隙間から吹きこんで来る風で、板敷の店は凍るほど寒いに違いない。驚かしてはいけないと医者にきびしく注意されているので、おせんは、そっと近よっていった。……源六は庖丁を研いでいた。不自由なからだでどうしたものか、研ぎ台も水盥《みずだらい》もちゃんと揃《そろ》えてあった。蒲《がま》で編んだ敷物にきちんと坐《すわ》って、きわめてたどたどしい手つきで庖丁を研いでいる。然しそれはひじょうな努力を要するのだろう。鬢《びん》から頬にかけて汗が幾すじも条《すじ》を描いていた。

治りたいのだ、薬も祈禱も験《しるし》がない、だがどうかして治りたい一心から、せめて仕事で馴らしたらと考えたのではなかろうか、それともあまりながびくのが不安で自分をためすために砥石《といし》に向ってみたのだろうか、どちらにしてもこの寒夜に独り起きて汗をながしながらひっそりと研ぎものをしている、そのたどたどしい、けれどけんめいな姿は、哀れともいたましいとも云いようがなく、おせんは堪《たま》りかねてお祖父さんと叫び、その腕へとりついたまま泣きだしてしまった。

「泣くことはないじゃないかおせん」源六は穏やかに笑いながら孫の背へ手をやった、「……風が耳について、眠れないから、ちょっといたずらをしてみただけだよ」*

「わかってるわお祖父さん、でもあせっちゃあだめよ、ずいぶん焦《じ》れったいと思うわ、辛いこともよくわかるわ、でもこの病気はあせるのがいちばん悪いの、がまんして頂戴お祖父さん、もう少しの辛抱だわ」

「そういうことじゃないんだ、おれは決してあせったり焦れたりしやあしない、ただどうにも、どうにも砥石がいじりたくってしようがなかった、鹿礪石《ろくといし》のさらりとした肌理《きめ》、真礪《まと》、青砥《あおと》のなめらかな当り、刃物と石の互いに吸いつくようなしっとりした味が、なんだかもう思いだせなくなったようで、心ぼそくってしようがなかったんだ」

「よくわかってよお祖父さん」おせんはそこにあった手拭《てぬぐい》で源六の濡《ぬ》れた手を拭《ふ》いてやった、「……でもがまんしてね、これまで辛抱してきたんですもの、もう少しだから、なんにも考えないでのんきに養生をしましょう、もうすぐよくなるわ、来年はとしまわりがいいんだから、なにもかもきっとよくなってよ、ほんとうにもう少しの辛抱よ、お祖父さん」

「ああそうするよ、おせん、おまえに心配させちゃあ済まないからな」

さあ寝ましょうと云って、おせんが援《たす》け起こそうとしたとき、源六はふと顔をあげて、

「半鐘が鳴っているんじゃあないか」

と云った。おせんも耳を傾けた。たしかに、暴《あら》あらしく吹きたける風に乗って、微《かす》かに遠く半鐘の音が聞えている。然もそれが*三つばんだった。

「近いようじゃないか」

「ちょっと出て見るわ」

おせんはひき返して、着物を上からはおり、雨戸を明けて覗《のぞ》いてみた、凛寒《りんかん》と冴《さ》えわたった星空のかなたに、かなり近く赤あかと火がみえた。おそらく本郷台《ほんごうだい》であろう、煙が烈風に吹き払われるのでかがりは立っていないが、研ぎだしの金梨地《きんなしじ》のようなこまかい火の粉が、*条をなして駿河台《するがだい》のほうへ靡《なび》いていた、おせんは舌が硬《こわ》ばり、かちかちと歯の鳴るのを止めることができなかった。

「……大丈夫よお祖父さん、高いところだからたぶん本郷でしょう、風が東へ寄っているので、火は駿河台のほうへ向いているわ」

「地震のあとで火事か、今年の暮は困る人がまたたくさん出ることだろう」源六はゆらゆらと頭を振った、「……さあ、風邪をひかないうちに寝るとしよう」

八

横にはなったが眠れなかった。風はますます強くなるようすで、雨戸へばらばらと砂粒を叩《たた》きつけ、ともすると吹き外してしまいそうになった。そのうちに表で人の話しごえが聞えはじめた、「下谷《したや》へまわるぜ」とか「ああとうとう駿河台へ飛んだ」とか「いま焼けているのは明神様じゃあないか」などという言葉が、風にひきち切られてとぎれとぎれに聞えてくる。

「また大きくなるんじゃあないかしら」

おせんが眼をつむったままそう云った。源六はそれには答えず、やや暫《しばら》くして、「風が変ったな」と独り言のように呟《つぶや》いた。裏の魚屋の女房が来たのはそれから間もなくだった、表の戸を叩きながら呼ぶので、おせんが着物をはおって起きていった。

「のんきだねえおせんちゃん寝ていたのかえ」とおらくはまだ明けない戸の向うで云った、「……火が下谷へ飛んでこっちが風下になったよ、出てごらんな大変だから」

「さっき見たんだけれど」

おせんはそう云いながら雨戸を明けた。すると、いきなりぱっと赤い大きな火の色が眼へとびこんだ、こっちが見たというより、火明りのほうでとびこんだという感じだった。向うの家並はまっ暗で、その屋根の上はいちめんに赤く、眩《まぶ》しいほど空いっぱいに弘《ひろ》がっていた。

「……まあずいぶんひろがったわね」

「そんなこともないだろうけど、手まわりの物だけでも包んで置くほうがいいね、うちでもとにかくひと片付けしたところだよ、なにしろここにはお祖父さんがいるんだから」

「どうも有難う、そうするわおばさん」

「いざとなったらお祖父さんはうちが負《おぶ》ってゆかあね、それは心配はいらないからね」

おらくが去るとすぐ、おせんは手早く着替えをし、すぐ要ると思える物を集めて包を拵《こしら》えた。江戸には火事が多いので、ふだんから心の用意はできている、荷物はできるだけ少なくとか、米はどんなにしても二日分くらい持つとか、飯椀《めしわん》に箸《はし》は欠かせないとか、切傷、火傷《やけど》、毒消し薬などを忘れるなとか、みんな常づね口伝《くでん》のように戒め合い、いざというときまごつかないだけの手順はつけてあるのだった。

……包が出来ると、お祖父さんに起きて貰い、布子《ぬのこ》を二枚重ねた上から綿入半纏《わたいればんてん》をさらに二枚着せ、頭巾《ずきん》を冠《かぶ》らせた。このあいだにも表の人ごえは段だん高くなり、手荒く雨戸を繰る音や、荷車を曳《ひ》きだすけたたましい響きが起こったりした。

「もう支度はできたかえ」おらくがそう云って入って来た、「……慌《あわ》てなくってもいいんだよ、また少し風が変って、火先が西へ向ってるからね、こっちはたぶん大丈夫だろうって、うちじゃあいま馬喰町《ばくろちょう》のおとくいへ見舞いに出ていったよ」

「でもさっきよりかがりが大きくなったようじゃないの、おばさん」上り框《がまち》へ、出ていったおせんは、夜空を見やりながら、それでもややおちついた声でそう云った、「……厭《いや》だわねえ地震のあとでまた火事だなんて」

「お江戸の名物だもの、風が吹けば*じゃんとくるにきまっているのさ、それにしてもれっきとしたお上《かみ》があって、知恵才覚のある人もたくさんいるんだろうに、なんとか小さいうちに消すくふうはないもんかねえ、*番たび百軒二百軒と焼けるんじゃあもったいないはなしじゃあないか」

「あらおばさん」おせんは急に身をのり出した、「……こっちのほうが明るくなったけれど、どこかへ飛び火がしたんじゃあないかしら」

「あらほんとうだね、おまけに近そうじゃないか」

おらくはあたふたと外へ出た。たしかに飛び火らしい、元の火先は西へ靡いているのに、それとは方角の違う然《しか》もずっとこちらへ寄ったところに、新しい橙色《だいだいいろ》の明りが立ちはじめた。……通りには包を背負い、子供の手をひいた人びとの往来がしだいに繁《しげ》くなったが、その人たちの顔が見えるほど、空は赤あかと焦《こ》がされていた。家を見て来ると云っておらくが去ると、おせんは勝手へいって水を飲み、どうしようかと考え惑った。足の不自由なお祖父さんを、伴《つ》れてゆくには、あまりさし迫らないうちのほうが安全だ、然しよく話に聞くことだが、へたに逃げると却《かえ》って火に囲まれてしまう、立退《たちの》くなら火の風の向きをよほどよくみなければと云う、まだ経験のないおせんには、いまが逃げる時かどうか、どっちへゆくがいいのかまるっきり見当がつかなかった。どうしよう、おせんはまた表へ出ていった。

「おせんちゃんまだいたのか」と、右隣りの主人がびっくりしたように呼びかけた、「……もう逃げなくちゃあいけない、*立花《たちばな》さまへ火が移っている、早くしないととんだことになるぜ」

そう云うと、背中の大きな包を揺りあげながら、大通りのほうへと走っていった。

おせんは足がぶるぶると震えだした、よく気をつけてみると、僅《わず》かなあいだに近所ではだいぶ立退いたらしく、往来の激しい騒ぎとは反対に、たいていの家が雨戸を明けたまま、ちょうど黒い口をあけているようにひっそりと鎮《しず》まりかえっていた。おせんはぞっとして露次へとびこんだ。裏の魚屋へいって「おばさん」と呼んでみたが返辞はなく、包を背負った男たちがおせんを突きのけるように、溝板《どぶいた》を鳴らしながら駆けて通った。気もそぞろに、家へ戻ってくると、お祖父さんは仏壇を開いて、燈明《とうみょう》をあげているところだった。

「お祖父さん」おせんはできるだけしずかな調子で云った、「……たぶん大丈夫だと思うけれど、なんだか火が近くなるようだからともかく出てみましょう」

「おまえゆきな、おせん」と、源六は仏壇の前へ坐った、「……ここは焼けやあしない、おれにはわかってるんだ、ここは大丈夫だ、けれども万に一つということがあるからな、おまえだけは暫くどこかへいっているがいい」

「そんなことを云って、お祖父さんを置いてゆけると思うの、あたしを困らせないで」

「人間には定命《じょうみょう》というものがあるんだ。おせん」源六はしずかに笑った、「……どんなに逃げたって定命から逃げるわけにはいかない、おれはじたばたするのは嫌いなんだ」

「それじゃあ、あたしもここにいてよ」

「ばかなことを云《い》っちゃあいけない、おれとおまえとは違う、おまえはまだ若いんだ、おまえは、これから生きる人間なんだ、若さというものは、時に定命をひっくり返すこともできる、七十にもなれば、もうじたばたしても追っつかないが、おまえの年ごろにはやるだけやってみなくちゃあいけない、どん詰りまでもういけないというところから三段も五段もやってみるんだ、おせん、おれのことは構わずにゆきな、半刻《はんとき》もすればまた会えるんだから」

「お祖父さん」

おせんはお祖父さんの膝《ひざ》へ縋《すが》りついた。そのとき表から、「爺《じい》さん」と叫びながらとび込んで来た者があった。杉田屋の幸太だった。彼は頭巾付きの刺子《さしこ》を着ていたが、その頭巾をはねながら上り框へ片足をかけた。

「もう立退かなくちゃあいけないよ爺さん、立花様へ飛んだ火が御《お》蔵前《くらまえ》のほうへかぶさって来た、こいつはきっと大きくなる、いまのうちに川を越すほうがいい、おれが背負っていくぜ」

「よく来てお呉《く》んなすった、済まない」源六はじっと幸太の眼を見いった、「……

せっかくだがおれのことはいいから、どうかこのおせんを頼みますよ、おれはこんなからだだし、もう年が年だから」

「ばかなことを云っちゃあいけない」幸太は草鞋《わらじ》のまま上へあがった、「……としよりを置いて若い者が逃げられるものか、さあこの肩へつかまるんだ、おせんちゃん、持ってゆく物は出来ているのかい」

「ええもう包んであるわ」

「じゃちょっと手を貸して爺さんを負わして呉んな、なにか細帯でもあったら結びつけていこう。*色消しだがそのほうが楽だ」

構わないで呉れと泣くように云う源六を、幸太はむりに肩へひき寄せ、おせんの出して来た*さんじゃく帯で、しっかりと背へ括《くく》りつけた。おせんは歯をくいしばった。幸太とは単純でない*ゆくたてがある。どんなに苦しくとも彼にはものを頼みたくない、然しこのばあい他にどうしようがあろう、彼がとびこんで来たとき、おせんは嬉しさに思わず声をあげそうになった。ずいぶん勝手だけれど堪忍《かんにん》して、うしろからお祖父さんを負わせながら、おせんは心のうちで幸太にそう詫《わ》びを云った。

「よかったらゆくぜ、おせんちゃん」

「あたしはこれを持てばいいの、ああいけない火桶に火がいけてあったわ」

「いけてあれば大丈夫だ、そんなものはいいよ」

それでもと云っておせんは手早く火の始末をし、幸太といっしょに家を出た。

……大通りは人で揉《も》み返していた、浅草のほうはいちめんの火で、もうそのあたりまできな臭い煙がいっぱいだった。幸太はちょっと迷った、西を見ると駿河台から延びて来た火が、向《むこ》う柳原《やなぎわら》あたりまでかかっているようだ、北は湯島を焼いたのが片方は上野から片方は神田川にかけて燃え弘がっている。そして浅草のほうも火だ、つまり隅田川に向って三方から火が延びているのである。

「おうまやの渡しから向うは大丈夫だ」

そう云っている男があったので、幸太はその男をつかまえて訊《き》いた、「たしかだとも」と、*軽子《かるこ》らしいその男はいきごんだ調子で云った、「おれは駒形《こまがた》の者だ、おふくろが神田にいるんでゆくところだが、焼けているのはお厩《うまや》の渡しからこっちで、あれから向うは、煙も立っちゃあいない、逃げるんならあっちだ」幸太はそっちへ戻ろうと思った、然し道いっぱい怒濤《どとう》のように押して来る人の群を見ると、そのなかをゆくことがいかに不可能であるかすぐにわかった。彼は背負った源六を思い、左手に縋っているおせんを思った、――やっぱり本所へゆこう、おなじ火をくぐるなら、ゆき着いた先の安全なほうがいい。そう心をきめて歩きだした。

浅草橋まであとひと跨《また》ぎというところまで来た。湯島のほうから延びて来る火は、もう佐久間町《さくまちょう》あたりの大名屋敷を焼きはじめたとみえ、横さまに吹きつける風は燻《いぶ》されたように、煙と熱気に充《み》ちていた。おせんは絶えず幸太の背中にいるお祖父《じい》さんに話しかけ、元気をつけたり、励ましたりしていたが、このとき人の動きが止って、前のほうから逆に、押し戻して来るのに気がついた。

「押しちゃあだめだ、戻れもどれ」

「どうしたんだ先へゆかないのか」

「御門が閉った」

そんな声が前のほうから聞え、まるで堰止《せきと》められた洪水が逆流するかのように、犇《ひし》ひしと押詰めた群衆がうしろへと崩れて来た。おせんは幸太の腕へ両手でしがみついた。

「幸さん御門が閉ったんですって」

「そんなことはないよ」彼は頭を振った、「……なにかの間違いだ、この人数を抛《ほう》って門を閉めるなんて、そんなばかなことが」

「御門が閉ったぞ」そのとき前のほうからそう叫ぶ声がした、「……御門は、閉った、みんな戻れ、浅草橋は渡れないぞ」

その叫びは口から口へ伝わりあらゆる人々を絶望に叩きこんだ、沸き立つような喧騒《けんそう》がいっときしんと鎮まり、次いでひじょうな忿《いか》りの呶号《どごう》となって爆発した。浅草橋御門を閉められたとすれば、かれらが火からのがれる途《みち》はない、火事は北と西とから迫っている、然《しか》も恐るべき速さで迫って来ている、東は隅田川だ、浅草橋はたった一つ残された逃げ口だったのだ。

「門を叩き毀《こわ》せ」誰かがそう喚《わめ》いた。

「踏み潰《つぶ》して通れ」

するとあらゆる声がそれに和して鬨《とき》をつくった。

「門を毀せ」

「押しやぶってしまえ」

それは生死の際《きわ》に押詰められた者のしにものぐるいな響きをもっていた。群衆は眼にみえないちからに押しやられて、再び浅草橋のほうへと雪崩《なだれ》をうって動きだした。

九

幸太はここの群衆の中から脱けだした。彼には浅草橋の門の閉った理由がすぐわかった。門の彼方《かなた》もすでに焼けているのだ、風が強いから火はみえないが、さっき茅町の通りで見たとき、もう柳原のあたりが赤くなっていた、おそらく馬喰町の本通りあたりまで焼けてきたに違いない。よしそうでないにしても、「御門」という制度は厳しいもので、いちど閉められたらたやすく明く筈《はず》はなし、群衆の力ぐらいで毀せるものでもなかった。彼はすばやくみきわめをつけ、けんめいに人波を押し分けて神田川の岸へぬけ、そのまま平右衛門町から大川端へと出て来た。

神田川の落ち口に沿った河岸《かし》の角が、かなり広く石置き場になっていた。のちには家が建つようになったが、その頃はまだ河岸が通れるようになっていて、貸舟屋や石屋や材木屋などが、その道を前にして軒を並べていた。もし舟があったら本所へ渡ろうし、無かったにしても、石置き場は広いし水のそばだから、火に追い詰められてもたぶん凌《しの》ぎがつくだろう、幸太はそう考えて来たのだった。……けれども、そこはもう荷物と人でいっぱいだった、幸太はちょっと途方にくれたが、遠慮をしていてはだめだと思い、

「病人だから頼みます」

と繰り返し叫びながら、人と人とのあいだを踏み越えるようにして、いちばん河岸に近いところへぬけていった。そこは三方に胸の高さまで石が積んであり、その

間にちょうど人が三人ばかりはいれるほどの隙間《すきま》ができている。

「ここがいいだろう」そう云って幸太は源六をおろした、「……暫《しばら》くの辛抱だ、爺さん寒いだろうが、がまんして呉んな」

「それより幸さん、おまえ家へ帰らなくちゃあいけまい」

「なあに家はいいんだ」幸太は源六を積んである石の間へそっと坐《すわ》らせた、「……家はすっかり片付けて来たし、親たちは職人といっしょに立退いたんだ、おせんちゃんその包をこっちへ貸しな、そいつを背中へ当てて置けば爺さんが楽だろう」

「済みません、あたしがしますから」

おせんは背負って来た包をおろし、お祖父さんの後ろへ、倚《よ》り掛れるように置いて、自分もそこへ腰をおろした。

火のようすを見て来るといって、幸太は通りのほうへ出ていった。おせんはひきとめたかった、こんな混雑のなかで、もしはぐれでもしたらどうしようと思ったから。けれども呼びかけることはできなかった、幸太が火を見にゆくというのは口実で、ほんとうはおせんのそばにいることを憚《はばか》った。あのときの約束を守ろうとしているのだということがわかったからである。おせんは咎《とが》められるような気持で、お祖父さんにひき添いながら身のまわりを眺めやった。……積んである石の上も下も、大きな荷包と人でいっぱいだった、たいていの者が子供づれで、なかには背負ったり抱えたりで五人もの子をつれた女房がいた。かれらの多くは焼けだされて来たらしく、火あしの早かったこと、飛び火がひどくて逃げる先さきを塞《ふさ》がれ、危うく命びろいをして来たこと、どこそこでは煙に巻かれてなん十人も倒れているのを見たことなど、口ぐちに話し合っていた、「ええ此処《ここ》は大丈夫ですよ、いざとなったら川へはいって、石垣に捉《つか》まっていたって凌げますからね」そんなことを繰り返し云う男があり、「そうだ此処なら命だけは大丈夫だ」とか「水に浸《つか》って火の粉をあびれば水火の難だぜ」などと云って笑う声も聞えた。

暫くして幸太が蒲団《ふとん》を担《かつ》いで戻って来た、「ちょっと思いついたもんだから、断わりなしにはいって持って来たよ」彼はそう云って源六とおせんとをそれでくるむようにした、「……こうしていれば寒くもなく火除《ひよ》けにもなるからな、それから飯《めし》櫃《びつ》をみたら残ってたから、手ついでにこんな物を拵《こしら》えて来たよ」自分もそこへ坐りながら、湯沸しと握り飯の包をとりひろげた。

「あら、お握りなら持って来てあるのよ」

「そいつはとっとくんだ、明日がどうなるかわからないからな、爺さん一つ喰《た》べておかないか、ちょうどまだ湯が少し温かいんだがな、おせんちゃんもどうだ」

「ええ頂くわ、お祖父さんもそうなさいな」

「なんだか野駆けにでもいったようだな」

源六は独り言のように、そっとこう呟《つぶや》きながら一つ取った。おれも貰《もら》うぜと云って、幸太も取って頬張ったが、こいつは大笑いだと頭へ手をやった、「冗談じゃない、塩をつけるのを忘れちゃったよ」

「まあそんなものさ」源六が笑いながら云った、「男があんまりですぎるのもげび、たものだ」

「いいわよ、梅干を出すから待ってらっしゃい」

おせんは手早く包をひらき、重箱をとりだして蓋《ふた》をあけた。——ほんとうに野駆けにでもいったようだ、と思いながら……。

火事のことは源六も幸太も口にしなかった、火のようすを見にいった幸太がなにも云わないのは、云わないことがそのまま返辞だからである。それでなくとも、横なぐりに叩《たた》きつけて来るような烈風は、すでに濃密な煙とかなり高い熱さを伴っているし、頭上へは時おりこまかい火の粉が舞いはじめて来た。

「爺さんもおせんちゃんも、少し横になるほうがいい、火の粉はおれが払ってやるから」

そうすすめるので、源六とおせんは蒲団をかぶり、包に倚りかかって楽な姿勢をとった。……家は焼けてしまうだろう、おせんはそう思ったが、悲しくも辛《つら》くもなかった、お祖父さんが病気で倒れたり、地震があったり、今年はひどく運が悪かった、いっそ家もきれいさっぱり焼けて、どん詰りまでいってしまうほうがいい、悪い運が底をついてしまえば、こんどは良い運が始まるだろう、なにもかも新しくやり直すんだ、――庄さん、とおせんは眼をつむり遠い人のおもかげを空に思い描いた、あたし弱い気なんか起こさなくってよ、あんたが帰るまでは、どんなことがあっても他人の厄介にならないで待っているわ、今夜のことは堪忍してね庄さん、だってほかにしようがなかったんですもの、あんたがいたら幸さんなんかに頼みはしなかったのよ、わかるわね庄さん。

危険は考えたより遥《はる》かに早く迫って来た。幕を張ったように、するどい臭みのある煙が烈風に煽《あお》られて空を掩《おお》い地を這《は》って、あらゆるものを人々の眼から遮り隠していた、そのあいだに火は茅町から平右衛門町へと燃え移っていたのだ、誰かが「あんな処《ところ》へ火が来ている」と叫び、みんながふり返ったとき、河岸に面した家並の一部から焔《ほのお》があがった。風のために家から家と軒つづきに延びて来たのが、ひとところ屋根を焼きぬくと共に、撓《た》めるだけ撓めていたちからでどっと燃えあがったのだ、ちょうど巨大な坩堝《るつぼ》の蓋をとったように、それは焔の柱となって噴きあがり、眼のくらむような華麗な光の屑《くず》を八方へ撒《ま》きちらしながら、烈風に叩かれて横さまに靡《なび》き、渦を巻いて地面を掃いた。頭上は火の糸を張ったように、大小無数の火の粉が、筋をひきつつ飛んでいた、煙は火に焦《こ》がされて赤く染まり、喉《のど》を灼《や》くように熱くなった。煙に咽《む》せたのだろう、どこかで子供が泣きだすと、堰を切ったように、あっちからもこっちからも、子供の泣きごえが起こった。

「おいみんな荷物に気をつけて呉れ」とつぜん幸太が叫びだした、「……荷物へ火がつくとみんな焼け死ぬぞ、よけいな物は今のうちに河へ捨てるんだ」

彼は石の上へとびあがり、同じ言《こと》を幾たびも叫びたてた。それから両国のほうと本所河岸を眺めやった。煙がひどいのでよくわからないが両国広小路の向うも火のようだった。薬研堀《やげんぼり》から矢の倉へかけて、橙色《だいだいいろ》のすさまじい火が、上から抑えつけられたように横へ広くひろがっている、そしていつ飛び火がしたものか、本所河岸もすでに炎々と燃えていた。

「向う河岸も焼けてるのね、幸さん」おせんが立ちあがってそう云った、「……どこもかも焼けているわ、大丈夫かしら」

「出て来ちゃあいけない、蒲団をかぶってじっとしているんだ」幸太は叱《しか》りつけるように云った、「……馴《な》れない眼で火を見ると気があがって、それだけでまいってしまう、おれがいる以上は大丈夫だからじっとしていな」

おせんは坐って、頭からまた蒲団をかぶった、然《しか》し熱さと煙とで、息が苦しくなり、ながくはそうしていられなくなった。

「お祖父さん、苦しくない」

そう訊いたが「うん」というなりでなにも云わない、堪《たま》らなくなって、おせんは頭を出した。ごうごうと、大きな釜戸《かまど》の呻《うめ》きのような火の音と、咆《ほ》えたける烈風のなかに、苦痛を訴えるすさまじい人の声が聞えた。まるでそこにいる人たちを覘《ねら》ってくるかのように、熱風と煙が八方からのしかかり押し包んだ。……向うのほうで「荷物に火がついたぞ」と叫ぶ声がし、「みんな荷物を河へ抛りこめ」という叫びが続いた。おせんはするどい恐怖と息ぐるしさで胸をひき裂かれるように思い、

「幸さん」

と喉いっぱいに呼んだ。

「……幸さん、どこ」

「頭を出すな」そうどなりながら、石の上へ向うから幸太がとび上って来た、「……髪毛《かみ》へ火がつく、ひっこんでろ」

「苦しくってだめなの、息が詰るわ」

「苦しいぐらいがまんするんだ」そう云いながら彼は石から下りた、「……爺《じい》さんは大丈夫か、爺さん、もうひとがまんだぜ」

源六の返辞はなかった、身動きもしないので、幸太が蒲団を剝《は》いでみた。源六は包へがくりと頭をのけ反らせていた、幸太は手荒く老人の着物の衿《えり》をかき明け、心臓のところへ耳を当てた。……おせんは大きく眼をみはり、両手の拳《こぶし》を痛いほど握りしめながら見ていた、……お祖父さんは口をあいていた、眼もあいていた、ちょうど欠伸《あくび》でもしているようなのんびりとした顔である、然しそれにもかかわらずすべてが空虚で、なにかしらぬけがらをみるような物質化した感じが強かった。幸太は老人の肩を摑《つか》んで揺すぶった。それから湯沸しをあけ、手に当る紐《ひも》をひき千切ってつるを縛ると河の水を汲《く》みあげて老人の頭へあびせかけた、四たびばかりも繰り返して、また心臓へ耳を当てた。これらのことは敏捷《びんしょう》な動作と、ぜひとも呼び生かしてみせると云いたげな熱意に溢《あふ》れていた、おせんは震えながら見ていた、渦巻く煙も、頰を焦がしそうな火気も、泣き喚くまわりの人ごえも気づかずに、そして、やがて幸太が両手を垂れながら立つと、絞りだすような声で叫びながらお祖父さんの胸の上へ泣き伏した。

「済まない、勘弁して呉んな」幸太が泣くような声でそう云った、「……おれがへまだったんだ、もう少し早くいって伴《つ》れだせばよかったんだが、こんな処で死なせるなんて、ほんとうに済まなかった」

「いいえそんなことはなくってよ幸さん、ここまででも伴れて来られたのはあんたのおかげだわ、お祖父さんはどうしても逃げるのはいやだってきかなかったんですもの」

「おまえの足手まといになると思ったんだ、病気で倒れてっからも、爺さんはおまえの世話になることが辛くって、どんなに気をあせっていたか知れなかった、おれにはよくわかったんだ。他人ぎょうぎじゃあないぜ、爺さんはおまえを可愛《かわい》がっていた、どんなお祖父さんがどんな孫を可愛がるよりも可愛がっていたんだ、おまえに苦労させるくらいなら、いっそ死ぬほうがいいとさえ……おれにそう云ったことがあるんだ、だからおせんちゃん、薄情なようだが諦《あきら》めよう、爺さんは楽になったんだ、ながい苦労が終ってもうなにも心配することもなく、安楽におちつくところへおちついたんだ、わかるなおせんちゃん」

「幸さん」

おせんが、そう呼びかけたとき、畳一枚もありそうな大きな板片が、燃えながら二人のすぐ傍らへ落ちて来た。

まるで雪崩《なだれ》の襲いかかるように、怖《おそ》ろしい瞬間がやって来た。苦しまぎれに河へはいる者がたくさんあった、然しそこは折あしく満潮で、はいるとすぐ溺《おぼ》れる者が相次いで、石垣にかじりついている者は頭から火の粉を浴び、それを払おうとして深みへ掠《さら》われた。たぶん頭が錯乱したのだろう、なにやら喚《わめ》きながら、まっすぐに燃えている火の中へとび込んでゆく者もあった。あたりに置いてある荷物はみなふすふすと煙をあげ、それが居竦《いすく》んでいる人々を焦がした。積んである石も、地面も、触っていられないほど熱くなり、水を掛けるとあらゆる物から湯気が立った。そうだ、おせんは初めて気がついた。彼女はいつか幸太の刺子半纏《さしこばんてん》を着せられ、頭巾《ずきん》を冠《かぶ》っていた。その上から、幸太が河の水を汲みあげては掛けていて呉れたのだ。

「苦しくなったら地面へ俯伏《うつぶ》すんだ」と幸太がどなった、「……地面へ鼻を押しつけて、そこのいきを吸うんだ、火の気も煙も地面まではいかないから、もうひとがまんだ」

おせんはとつぜん中腰になり、すぐ脇《わき》に積んである石の蔭《かげ》を覗《のぞ》いた。さっきから赤子の泣くこえが耳についていた、ひとところで、少しも動かずに、*たまぎるような声で泣いている、あんまりひとところで泣き続けるので、堪らなくなって覗いてみた、石の蔭には大きな包が二つあり、その上に誕生には間のありそうな赤子が、ねんねこにくるまって泣いていた、まわりには誰もいない、ねんねこも包も、ところどころ焦げて煙をだしている、おせんは衝動的に赤子を抱きあげ、刺子半纏のふところへ入れて元の場所へ戻った。

「ばかなことをするな」幸太が乱暴な声でどなった、「……親も死んでしまったのに、そんな小さな子をおまえがどうするんだ、死なしてやるのが慈悲じゃないか」

「みんなおんなじよ」おせんはかたく赤子を抱きしめた、「……あたしだってもうながいことないわ、助けようというんじゃないの、こうして抱いて、いっしょに死んであげるんだわ、一人で死なすのは可哀《かわい》そうだもの」

「おまえは助ける、おれが助けてみせる、おせんちゃん、おまえだけはおれが死なしあしないよ」彼はそう云って、刺子半纏の上から水を掛けると、おせんのそばへ踞《かが》んで彼女の眼を覗いた。「……おまえにあ、ずいぶん厭《いや》な思いをさせたな、済まなかった。堪忍《かんにん》して呉んなおせんちゃん」

「なに云うの幸さん、今になってそんなことを」

「いや云わせて呉んな、おれはおまえが欲しかった、おまえを女房に欲しかったんだ、おまえなしには、生きている張合もないほど、おれはおせんちゃんが欲しかったんだ」

　苦痛にひき歪《ゆが》んだ声つきと眸子《ひとみ》のつりあがったような烈《はげ》しい眼の色に、おせんはわれ知らずうしろへ身をずらせた。

「思いはじめたのは十七の夏からだ、それから五年、おれはどんなに苦しい日を送ったか知れない、おまえはおれを好いては呉れない、それがわかるんだ、でも逢《あ》いにゆかずにはいられなかった。いつかは好きになって呉れるかも知れない、そう思いながら、恥を忍んでおまえの家へゆきゆきした、だがおまえの気持はおれのほうへは向かなかった、それればかりじゃあない、とうとう……もう来て呉れるなと云われてしまったっけ」煙が巻いて来、彼は、こんこんと激しく咳《せ》きこんだ。それから両の拳へ顔を伏せながら、まるで苦しさに耐え兼ねて呻くような声で、続けた、「……そう云われたときの気持がどんなだったか、おせんちゃんおまえにはわかるまい、おれは苦しかった、息もつけないほど苦しかった、おせんちゃん、おれはほんとうに苦しかったぜ」

　おせんは胸いっぱいに庄吉の名を呼んでいた、できるなら耳を塞いで逃げたかった、「おれがいなくなれば幸太はきっと云い寄るだろう」そう云った庄吉の言葉がまたしても鮮やかに思いだされた、「だがおれは安心して上方《かみがた》へゆく、おせんちゃんはおれを待っていて呉れるだろうから」そうよ庄さん、あたしを守って頂戴《ちょうだい》、あたしをしっかり支えていて頂戴。おせんはこう呟きながらかたく眼をつむり、抱いている赤子の上へ顔を伏せた。

「だがもう迷惑はかけない、今夜でなにもかもきりがつくだろう」幸太は泣くような声でこう云った、「……どんな事だってきりというものがあるからな、おせんちゃん、これまでのことは忘れて呉んな、これまでの詫《わ》びにおまえだけはどんなことをしても助けてみせる、いいか、生きるんだぜ、諦めちゃあいけない、石にかじりついても生きる気持になるんだ、わかったか」

おせんは黙っていた、顔もあげなかった。幸太は立って再び水を汲んでは掛けはじめた。然し湯沸しなどでは間に合わなくなってきた。彼は蒲団を水に浸しておせんの上から冠せ、手《て》桶《おけ》かなにかないかと捜してみた、そのときはじめて、そのあたりいちめん人間の姿がひとりもなく、荷という荷が赤い火を巻きだしているのに気がついた、ついさっきまで犇《ひし》めいていた人たちが、かき消したように見えなくなり、有《あら》ゆる荷物が生き物のように赤い舌を吐いていた。眼のくらむような明るさのなかで、それは悪夢のように怖ろしい景色だった。

彼は湯沸しを投げだした。そして積んである石材を抱えあげ、石垣に添って河の中へ落し入れた、一尺角に長さ三尺あまりの大谷石《おおやいし》だった、殆《ほと》んど重さを感ずる暇もなく、凡《およ》そ十五六も同じ場所へ沈めた。それから石垣に捉まって水の中へはいってみた、石は偶然にも、ひとところに重なっていたが、満潮の水は彼の胸まで浸した、幸太はすぐに岸へ上り更に八つばかり沈めて、自分でいちど、試してからおせんを呼んだ。

「大丈夫だ、赤ん坊はおれが預かるから、そこへ足を掛けて下りな、落ちても腰っきりだ、よし、こんどはここへ捉まって、ゆっくりしな、そうそう、いいか」

「赤ちゃんを水に浸《つ》けていいの」

「焼け死ぬより腹くだしのほうがましだろう、いま上から蒲団を掛けるからな」

幸太は岸の上から蒲団を引き下ろし、いちど水につけておせんの頭から冠せた。

……水はおせんの腰の上まであった。然も潮はひきはじめているとみえ、神田川の落ち口なのでかなり強い流れが感じられる。おせんは赤子を抱いたからだを石垣へ貼《は》りつけるようにし、足は水の中でしっかりと石を踏ん張った。

「もう少しの辛抱だ、河岸《かし》の家が燃え落ちれば楽になる、まわりを見ちゃあいけない、なにも考えずにがまんするんだ、苦しくなったら水の面にあるいきを吸うんだぜ」幸太は手で蒲団へざぶざぶと水を掛け続けた、「……ちょっと待ちな、あそこへ手桶が流れて来る、手じゃ埒《らち》があかないからあいつを取って来て掛けよう、ちょっとのまがまんしてるんだ」

そう云って幸太は流れの中へすっと身*をのしだした、仕事着のずんどに股引《ももひき》だけである。手桶は三間ばかり向うを流れているので、なんのことはないと思った。然し彼は疲れきっていた、もう精も根も遣いきっていたのだ、二手、三手、泳ぎだすとすぐそれに気がつき、これはいけないと思った。そのうえ流れはまん中へゆくほど強くなり、ぐんぐんとからだを持ってゆかれそうだった。彼はひき返そうかと思ったが、眼の前にある手桶に気づき、それに捉まれば却《かえ》って安全だと考えた。そしてけんめいに身をのし、手をあげて手桶を摑んだ。あげた手はひじょうに重かった、まるで鉛の棒でもあるかのようにひじょうに重くて自由が利《き》かなかった。それで桶はくつがえり、ずぶりと水の中へ沈むのといっしょに、幸太もからだの重心を失って水にのまれた。

がぶっという異様な水音を聞いて、おせんが蒲団から頭を出した、河面《かわも》は真昼のように明るかったが、なにやら焼け落ちた物が流れてゆくほかには、どこにも幸太の姿が見えなかった。その人影のない、明るくがらんとした水面はおせんをぞっとさせた。

「幸さん」彼女はひきつるように叫んだ。

「……幸さん」

するど思ったよりずっと川口に近いほうで、はげしい水音がしたと思うと幸太がぽかっと頭を出した。彼は背伸びでもするように、顔だけ仰反《あおむ》けにしてこっちを見た。

「おせんちゃん」と、彼は喉《のど》に水のからんだ濁音で叫んだ、「……おせんちゃん」

そしてもういちどがぶっという音がし、幸太は水の中へ沈んでしまった。おせんは憑《つ》き物《もの》でもしたように、大きな、うつろな眼をみはって、いつまでもその水面を見つめていた。彼女のふところで、赤子がはげしく泣きだした。

中篇

一

江戸には珍しく粉雪をまじえた風が、焼けて黒い骨のようになった樹立《こだち》をひょうひょうと休みなしに吹き揺すっていた。寒いというより痛い、粟立《あわだ》った膚《はだ》を針でうたれるような感じである。どっちを眺めても焼け野原だった、屋根も観音開きも無くなり、みじめに白壁が剝《は》げ落ちて、がらん洞《どう》になった土蔵があちらこちらに見える。それは倒れ残った火除《ひよ》け塀や、きたならしく欠け崩れた石垣などと共に焼け跡のありさまを却《かえ》ってすさまじくかなしくみせるようだ。晴れていたら駿河台《するがだい》から湯島《ゆしま》、本郷《ほんごう》から上野《うえの》の丘までひと眼に見わたせるだろう、いまは舞いしきる粉雪で少し遠いところは朧《おぼろ》にかすんでいるが、焼け落ちた家いえの梁《はり》や柱や、焦《こ》げ毀《こわ》れた家財などの散乱するあいだを、ひどく狭くなった道がうねくねと消えてゆくはてまで、一望の荒涼とした廃墟《はいきょ》しか見られなかった。

手足はもちろん骨まで氷りそうな風に曝《さら》され、頭から白く粉雪に包まれた人々が、浅草橋の北詰から茅場町《かやばちょう》あたりまで列をつくっていた。傘をさしたり合羽《かっぱ》を着たりしているのはごく僅《わず》かで、たいていの者が風呂敷《ふろしき》やぼろや蓆《むしろ》をかむっていた。男も女も、老人も子供も、みんな肩をすくめ身を縮めて、おさえつけられるように前跼《まえかが》みになって、ほんの少しずつ、それこそ飽き飽きするほどのろのろと、列といっしょに動いている。誰もなにも云《い》わなかった、素足のままふところ手をして*瘧《おこり》にかかったかのようにがたがた震えている者、きみの悪いほど、白い硬《こわ》ばった顔でときどきびくんと発条《ばね》じかけのように首だけ後ろへ振向ける者、むきだしの頭から肩背へ雪まみれになったまま、払いおとす力もないかのようにじっとうなだれている老婆《ろうば》、これらの群のあいだから赤児《あかご》の弱よわしい泣きごえが聞える。前のほうでも後ろのほうでも、もう泣き疲れて喘《あえ》ぐように喉《のど》をぜいぜいさせるだけのものもある。しかし親たちのあやす声は聞えない、ひょうひょうと吹きたける風の音を縫って、その赤児の泣くこえだけが、列をつくっている人々ぜんたいの嘆きを表象するかのように、途絶えたり高くなったりしながらいつまでも続いていた。

「そっちへいっちゃだめじゃねえか、だめだって云ってるじゃねえか、ばか」

とつぜんこう喚《わめ》きだす者がいた。

「あの火が見えねえか、よね公、焼け死んじまうぞ、よね公、よね公、ばか」

そしてその喚きはすぐにううウという低い絞るような嗚咽《おえつ》になった。だがそのまわりにいる人たちはなにも云わず、振返りもしない、そんな喚きごえなど聞きもしなかったようである。いたましいその嗚咽はやがて鼻唄《はなうた》のような調子になり、まもなくかすれかすれに消えていった。

おせんは痴呆《ちほう》のように惘然《もうぜん》として、この人々といっしょに動いたり停ったりしていた。抱いている赤児が泣きだすと、鈍い手つきで布子《ぬのこ》半纏《ばんてん》をかき合せたり、ぼんやりと頬ずりをしたりするが、すぐにまた放心したような焦点の狂った眼をあらぬ方へそらしてしまう。時どきなにかが意識の表をかすめると、あらゆる神経がひきつり収縮するので、からだじゅうがぴくぴくと激しく痙攣《けいれん》する。それと同時にはっと夢から醒《さ》めたような気持になるが、それは極めて短い刹那《せつな》のことで、すぐに頭は朦朧《もうろう》となり、思考はふかい濃霧に包まれるように昏《くら》んでしまう。肉躰《にくたい》も精神もすっかり麻痺《まひ》して、自分がいまなにをしているかも、どうしてそんな処《ところ》に立っているかもわからなかった。――ただ時をきっていろいろな幻想があたまのなかを去来する、幼いころに浅草寺《せんそうじ》の虫干しで見た地獄絵のような、赤い怖《おそ》ろしい火焔《かえん》がめらめらと舌を吐くさま、ふりみだした髪の毛から青い火をはなちながら、その火焔の中へとびこんでゆく女の姿、渦を巻いておそいかかる咽《のど》を灼《や》くような熱い烈風、嘘《うそ》のように平安なお祖父《じい》さんの寝顔、そしてごうごうと咆《ほ》え狂う焔《ほのお》の音のなかから、哀訴しむせび泣くようなあの声が聞える。

――おせんちゃん、おらあ苦しかったぜ、本当におらあ辛《つら》かったぜ、おせんちゃん。おせんは濁った力のない眼をみはり、唇をだらんとあけて宙を見上げる、なんの感動もあらわれない白痴そのままの表情だ。それから急に眉《まゆ》をしかめ、眼をつむって頭を振る、そういう幻視や幻聴を払いのけたいとでもいうように、――赤児はぐずぐずと泣きだし、小さな唇でなにかを舐《な》めるような音をさせた。おせんは機械的に頬ずりをし、その唇へそっと自分の舌をさしいれた。赤児はとびつくように口をすり寄せ、びっくりするほどのちからでおせんの舌を吸う、ひじょうな力でちゅうちゅうと音を立てて吸うが、やがて口を放すとひき裂けるような声で泣きだすのであった。

「おまえさんお乳を含ませておやりな」すぐ前にいた中年の女がこっちへ振返ってからこう云った、「――舌なんかで騙《だま》すのは可哀《かわい》そうじゃないか、匂《にお》いだけでも気が済むんだから、お乳を含ませておやんなさいよ」

「そのひとはあたまがおかしいらしいだよ」脇《わき》にいる別の女がそう云った、「――藁屋《わらや》の勘《かん》さんとこで面倒みてやってるらしいんだけど、唖者《おし》みたいにものを云わないし、お乳をやることもお襁褓《むつ》を替えることも知らないらしいんですってよ」

「まあ可哀そうに、こんな若さでねえ、まだ十六七じゃないかね」

「いくら年がいかなくっても、わが腹を痛めた子に乳をやることも知らないなんて、本当に因果なはなしだよねえ」

そんな問答が聞えるのか聞えないのか、おせんは泣き叫ぶ子を揺すりながら、瞳《ひとみ》のぬけたような眼でじっとどこかをみつめるばかりだった。行列はそれでもしだいに前へ前へと進み、やがて蓆で囲った施粥小屋《せがゆごや》へと近づいた。そのあたりは群れたり散ったりする人影と、甲高い罵《のの》りごえや喚きなどでわきたち、雪まじりの風に煽《あお》られて、火を焚《た》く煙や白い温かそうな湯気が、空へまき上ったり横へ靡《なび》いたりしていた。――筍笠《たけのこがさ》を冠《かぶ》り合羽を着て、大きな鍋《なべ》を提げた男が向うから来た。鍋蓋《なべぶた》の隙《すき》から湯気が立っている、男は列の人々を眼さぐりしながら来たが、おせんを認めるとせかせか近寄って、

「おめえまた来てえるな、家にいなって云ってるのにどうして出て来るのだ、赤ん坊が凍えちまったらどうするだ、聞きわけのねえもてえげえにするがいい、さあ帰るだ、帰るだ」

「勘さんよ、たいへんだねえ」さっきの女の一人がこう声をかけた、「――おまえ

さんもお常さんもよく面倒をみなさる、こんななかで出来ねえこったよう」

「なにをするもんだお互えさまさ」男はぶあいそに云い捨て、片手でおせんをそっと押した、「――さあ帰るだ帰るだ」

おせんはすなおに歩きだした。男はときどき鍋を持ち替えながら、自分が風上のほうへまわって、往来を右へ曲り、もうかなり積って白くなった道を、平右衛門《へいえもん》町《ちょう》のほうへとはいっていった。このまわりはどこよりもひどいようにみえる、土蔵や火《ひ》防《よ》け壁などが無かったせいか、家という家がきれいに焼け失《う》せて、焚きおとしのようになった柱や綿屑《わたくず》やぼろが僅かにちらばっているだけであった。――しかし大川の河岸《かし》にあった梶平《かじへい》という材木問屋では、あの夜、筏《いかだ》にして川へ繋《つな》いだ材木をあげ、三棟《みむね》の小屋の仕事場を造り、もう四五日まえから活潑《かっぱつ》に鋸《のこぎり》や鉋《かんな》の音をさせていた。しぜん職人も大勢はいるのでそこを中心にぼつぼつ家が建ちだしている、もちろん板壁に屋根をのせたばかりの小屋であるが、酒肴《しゅこう》やそばきりなどを売る店もあって、ときには酔って唄《うた》うこえが聞えたりする。……勘さんと呼ばれる男の小屋もその一画にあった。これは古い板切れを継ぎはぎにした、少なからず片方へ傾《かし》がった、素人《しろうと》しごとと明らかにわかる雑なものだ。それにくっつけてやはりぶざまな、そのくせばかげて大きい物置が建っていて、空俵や蓆やあら縄などがいっぱい積込んである。勘さんはがたびしする戸をあけておせんを先にいれ、自分がはいるとすぐ戸をぴったり閉めた。

油障子《あぶらしょうじ》を嵌《は》めた小さな切窓から、朝あけのようにほの白い光がさしこんで、六帖《じょう》ばかりの狭い部屋の中をさむざむとうつし出している。ふちの欠けた火桶《ひおけ》に、古ぼけた茶棚と枕屏風《まくらびょうぶ》のほかはこれといって道具らしい物もみあたらないが、夜具や風呂敷包などきちんと隅に片付いているし、蒲《がま》で編んだ敷畳もきれいに掃除がしてあり、見つきよりはずっと住みごこちの好《よ》い感じがみなぎっていた。

「お常、帰ったぜ」勘さんはこう呼びながら笠と合羽をぬいだ、「――ひでえひでえ、骨まで氷ったあ」

「お帰んなさい、いま湯を取りますよ」

台所でこう答えるこえがし、すぐ障子をあけて、湯気の立つ手桶を持って女房が出て来た。二十八九になる小肥《こぶと》りの働き者らしいからだつきで、頬の赤いまるまるした顔に、思い遣《や》りのふかそうな眼をもっている。小さな髷《まげ》に結った髪もきっちり緊《し》まっておくれ毛ひとつないし、衿《えり》に掛けた手拭《てぬぐい》もあざやかに白い、手始末のいいきびきびした性質が、それらのすべてにあらわれていた。

「しようがねえ、この寒さにまた出て並んでるんだ」勘さんは足を洗いながら云った。

「——欠け丼《どんぶり》のひとつも持つならいいが、手ぶらで並んでてどうするつもりかさ、可哀そうに赤ん坊が泣きひいってたぜ」

「友《とも》さんのところへ乳を貰《もら》いにいっといでって出してやったんだよ、そこからいっちまったんだねきっと、あらまあ頭からこんなに濡《ぬ》れてるじゃないか、持ってった傘をどうしたろう」

「いいからあげてやんなよ、傘は友助《ともすけ》んとこへでも忘れて来たんだろう、ああ人ごこちがついたら腹が減ってきた、早いとこそいつを温《あっ》ためて貰うべえ」

「あいよ、さあおまえお掛けな、足を拭《ふ》いてあげるから」

お常は残った湯で雑巾《ぞうきん》を絞り、おせんを上り框《がまち》に掛けさせて、泥にまみれ、凍えて紫色に腫《は》れた足を手ばしこく拭いてやった。

二

おせんのそういう状態はかなり長く続いた。烈《はげ》しい感動からきた精神的虚脱とでもいうのであろう。もちろん白痴になったわけではない、その期間に経験したことは夢中のもののように朧げではあるがそれでも断片的にはたいてい記憶に残った。

ただそれ以前のことがまるで思いだせない、猛火に包まれた苦しさと、お祖父さんと誰かが死んだことは、遠いむかしそこだけの出来事のように覚えているが、それもぽつんと断《き》れていて前後のつながりがまるでわからなかった。

彼女の新しい記憶は*お救い小屋から始まっていた。それは蓆掛けに床を張っただけの、うす暗くて風の吹きとおす寒い建物で、身動きもならないほど人が混み合っていた。四五日いたのだろうか、赤児が泣くので隅へ隅へと追われた。自分がわからないありさまだし、もとより赤児の世話などしたことがないから、なかば夢のように揺すったり頬ずりしたりするばかりだった。憐《あわ》れがって乳を呉《く》れた女もいた。おむつを替えて、なお三組ばかりわけてくれた女房もあったが、長くは続かず、やがて小屋から押し出されてしまった。そうしてふらふら歩きまわっているうち、勘さんに呼びかけられてその住居へひきとられたのである。

——それから毎日、赤児を負《おぶ》ってはよく歩きまわった。誰かに呼ばれているような、誰かを捜さなければならないような気持で、ときには上野から湯島あたりまでうろうろしたこともある。しかし大川のほうへは決してゆかなかった、そこはひじように怖ろしい、遠くからちらと水を見るだけでも、身の竦《すく》むような恐怖におそわれるのである、理由はわからないが本能的にそっちへゆくことは避けた。……歩きまわることがやまると施粥を貰う行列に並びだした。お粥は勘さんが貰って呉れるので、むろんそのために並ぶのではない、そこには大勢の人がいた、いつも違った顔を見、違った話が聞ける、そこにいれば自分の捜すものがみつかるかもしれない、また自分を呼んでいる者にゆき会えるかもしれない、そういう漠然とした期待に唆《そそ》られるからであった。

——あの晩の火事は二カ所から出たんだってよ、一つは本郷追分《ほんごうおいわけ》から谷中《やなか》までひと舐めさ、こっちはおめえ小石川から出たやつが上野へぬけてよ、北風になったもんで湯島から筋違橋《すじかいばし》、向う柳原《むこうやなぎわら》、浅草は瓦町《かわらちょう》から茅町《かやちょう》、その一方は駿河台へ延びて神田を焼きさ、伝馬町《てんまちょう》から小舟町《こぶなちょう》、堀留《ほりどめ》、小網町《こあみちょう》、またこっちのやつは大川を本所《ほんじょ》に飛んで回向院《えこういん》あたりから深川永代橋《えいたいばし》まできれえにいかれちゃった、両国橋あたりじゃ焼け死んだり川へとびこんで溺《おぼ》れたりした者がたいへんな数だって云うぜ。

そんな話もその行列の中で聞いた。

——聖堂《せいどう》も湯島天神も焼けちゃったからな。

——回向院の一言観音《ひとことかんのん》の御本尊は山門におさめてあったものさ、ところが十一月はじめのある夜、観音さまが住持の夢枕に立って、ここでは悪いからおろせと仰《おっ》しゃる、そこで本堂へ移すと、二十二日の地震よ、山門は倒れてめちゃめちゃだ、追つかけて二十九日の大火に回向院はあのとおりさ、げんあらたかだてえんでいまたいそうな参詣人《さんけいにん》だそうだ。――地震のあとで火事、おまけに今年は凶作だというから、火を逃れても餓《う》え死《じに》をする者がだいぶ出るぜ。

そういう話もたびたび聞いたのである。殊《こと》に関東八州の凶作はあらゆる人々の懸《け》念《ねん》のたねで、相当の餓死者が出るだろうということは耳の痛くなるほど聞かされた。けれどそういうきびしい話も、その頃のおせんにとってはまるで縁のない余所《よそ》ごとのようなものであった。

勘さんは勘十といって向う両国に住んでいた。そこで煎餅《せんべい》屋をしていたのであるが、あの夜の火で焼けだされた。そのとき妻の妹を死なせたそうであるが、その始末もせずに勘さんは下総《しもうさ》の古河《こが》へとんでいった。そこには妻の実家が百姓をしている、彼はその家へいって藁や縄や蓆や空俵などを多量に買い入れ、舟と車とですぐ送る手筈《てはず》をきめて帰った。これらはみな家を建てるのにぜひ必要なものだ、勘さんはそれで商売にとり付こうと思ったのである。――材木問屋の梶平におさな馴染《なじみ》の友助という男が帳場をしていた、その男の手引きで現在の場所へ住居を建て、さっそく注文をとってまわったが、思ったよりうまくいって、半月ほど経《た》つうちには

「藁屋の勘さん」とすっかり名を知られるようになった。こうした事情をおせんが知ったのはずっとのちのことである、勘さん夫婦はごくしまった性分らしく、家で米を買っていながら施粥は施粥でちゃんと貰うし、おもても飾らず物の使いぶりも倹《つま》しい、商売が忙しくなっても人を雇うようすはなかった。……そんな風でいておせんの世話をよくして呉れたのは、下町人の人情もあるだろうが、火事で死んだお常の妹と年ごろが似ているそうで、それが夫婦の同情をひいたのだということも、かなり時日が経ってからわかったことであった。

おせんはごく僅《わず》かずつ恢復《かいふく》していった。まだはっきりとはしないが、勘さん夫婦と自分が他人であること、自分がなにか非常に不幸なめに遭ったこと、抱いている赤児が自分の子でないことなど、――そして困るのは夫婦の者がその子をおせんの実の子だと思っていることだった。そうではないと云っても信じて呉れない。記憶があいまいで説明することはできないが、繰り返して主張すると、「まだあたまが本当でないのだからそんなことは考えないほうがいい」などと云って相手にならなかった。それだけならまだいいけれども、十二月中旬ごろだったろう、新しく人別《＊にんべつ》を作るということで、町役の人たちが来て赤児とその父親の名をきかれた。おせんはなにも云えなかったが、勘さんがすぐに、

「これはあの晩の騒ぎであたまを悪くしてますから」

と、代りに答えて呉れた。

「なにしろお祖父さんと誰とかが死んじまったていことは知ってるだが、そのほかのことはなにも忘れちまったらしいんですよ、自分の名はおせん、赤ン坊はこう坊って呼んでますが、幸吉《こうきち》とか幸太郎とかいうんでしょう、そいつも覚えちゃいねえようです」

「父親知れず、母おせんか」町役の人はなんの関心もなくそう書き留めた、「――それじゃ子供の名は幸太郎とでもしておくか」

おせんはこの問答を黙って聞いていたのだが、幸太郎という名が耳についたとき危うく叫びそうになるほど吃驚《びっくり》した。なぜそんなに驚いたのか自分もわからない、ただその名が自分にとって不吉な、たいへん悪い意味のものだという感じだけは慥《たし》かだった。町役の人たちが去ってから、彼女はお常にこう訊《たず》ねた。

「おばさん、どうしてみんなこの子の名をこう坊って呼ぶんですか」

「それはあんたが初めにそう呼んだからじゃないの」お常は妙な顔をした、「――毎晩のように幸さんってうわ言を云ってたのよ、それであたしもうちのひともこの子の名だろうと思って呼んできたんだわ、そうじゃなかったのかえ」

「ええ違うんです、それは違う人の名なんです、あたしこの子の名は知らないんですもの」

「そんなら人別にそう書いちまったんだからそうして置きな、幸太郎ってちょっとすっきりした男らしい名じゃないの」

おせんは眉をしかめ、頭を振りながらなにか口の内でぶつぶつ呟《つぶや》いていた。いけない、その名を付けてはいけない、その名だけは決して、——だがなぜだろう、どうしてそんなに悪いだろう。その理由はそこまで出ている、もうひと息でそのわけがわかる、おせんはけんめいに思いつめていった、すると頭の中できらきらと美しい光の渦が巻きはじめ、全身の力がぬけるような気持で、赤児を負ったままそこへ倒れてしまった。

——それからまた痴呆《ちほう》のような虚脱状態にもどったので、これはそののちも一種の癖のようになった。ひじょうに驚くとか、ながく一つことを思いつめるとかすると、あたまが混沌《こんとん》となって数日のあいだ意識が昏《くら》んでしまう、そしてその期間にはまたあの怖《おそ》ろしい火焔《かえん》や、煙に巻かれて苦しむ人の姿がみえ、哀《かな》しい訴えるような声が聞えるのであった。

赤児は丈夫に育っていった。肥えてはいないが肉付きの緊まった、骨のしっかりしたからだつきでお常のみたところでは百日前後らしかった。乳は梶平の帳場をしている友助の妻のを貰った、ちょうど同じ月数くらいの子があり、絞って捨てるほどよく出る乳だった。住居も二町ばかりしか離れていないで、日になんども通うのにも都合がよかった。夜なかの分は片口に絞って置いて呉れる、それを温めたり水飴《みずあめ》を溶いたりして与えた。――初めはそばから教えられるままに、なんの感情もなくやっていたのであるが、毎日そうして肌を離さず世話をしているうち、しぜんに愛情が移ったのであろう、泣き方で空腹なのかおむつが汚れたのかわかるようになったし、添寝《そいね》をしていて少し動くと、眠ったまま背を叩《たた》いたり夜具を搔《か》き寄せたりするようにもなった。年を越すと赤児は笑い顔をしはじめ、ときにはなにか話でもするような声をだした。眼つきもしっかりしてきて、こちらを意味ありげにみつめたりする。そんなようすを見るとおせんは擽《くすぐ》られるような、切ないような気持になり、思わず抱き緊めては頰ずりをするのであった。

「あらそう、可笑《おか》しいの、幸ちゃんそんなに可笑しいの、へえ、そうでちゅか」それから急にまじめな顔をして睨《にら》む、「――いけまちぇん、お母ちゃんのこと笑ったりしちゃいけまちぇん、悪い子でちゅね、めっ」

そしてこの子とさえいっしょにいればそのほかの事はどうなってもいい、自分の幸福はこの子のなかにだけある、などと思うのであった。

三

三カ所にあった施粥小屋《せがゆごや》も十二月の末までで廃止になった。焼け跡もずんずん片付いて、翌年の二月ころになると道に沿ったところはあらかた家が建ち並んだ。もちろんそれは表がわのことで、裏へはいると蓆掛《むしろが》けのほったて小屋がたくさんある。これらのなかには「どうせまたすぐ焼けちまうんだ」と悟ったようなことを云っていて、そのとおりまもなく次の火事で焼かれ、「へん、どんなもんだい」などとへんないばり方をする者などが少なからずいた。

——家は建ってゆくが町のようすはだいぶ変った。当時は大火などのあとでよく道筋や地割の変更がある、そのときも両国橋から新大橋《しんおおはし》まで、河岸《かし》に沿って新しく道が出来た。浅草橋御門からこっちでは、瓦町と茅町二丁目の表通りから大川端まで九割がた町家が取払いになり、松平《まつだいら》なにがしの*下屋敷《しもやしき》と*書替役所《かきかえやくしょ》が建つことに定《きま》った。そのため梶平の仕事場が一丁目へ割り込んだので、順送りに勘十の住居なども平右衛門町へ移らなければならなかった。

——大きな火事があると住む人たちの顔ぶれも違ってくる、俗に一夜乞食《こじき》といって、家倉を張った大商人《おおあきんど》が根こそぎ焼かれて、田舎へ引込むとか他の町へ*逼息《ひっそく》するなどということも珍しくないし、貸家ずまいの者などは殆《ほと》んどが移転してしまう、その土地でなければならない条件のある者は別として、同じ町内へ戻って来る者の数はごく少なかった。……仮にもし町のようすがそんなに変らなかったら、そしてもとの町内の人たちがいてくれたとしたら、もう少し早くおせんの記憶力がよびさまされ、自分の身のうえや過去のことを思いだしたであろうし、したがって後にくるような悲しい出来事はなかったに違いない。おせんのためには不幸な、だがどうしようもない偶然の悪条件は、こうして早くも彼女のまわりに根を張りだしたのであった。

二月にはいってから、おせんの頭はしだいにはっきりし始めた。子供の世話をするひまひまに、炊事や洗濯くらいは出来るようになり、灯《あかり》のそばで縫いつくろいなどしていると、すっかりおちついて顔色も冴《さ》えてみえる。

「あら、おせんちゃんはきれいなんだね、今夜はまるで人が違ったようじゃないの」お常がそんな風に眼をみはることもあった、「――それだけよくなったんだね、自分でそんな気持がしやあしないかえ」

「ええ頭が軽くなったような気がするわ、なんとなくすうっとしてなにもかも思いだせそうになるの、ひょいと誰かの顔がみえるようなこともあるんだけれど」

「あせらないがいいよ、そうやってひととおりなにかが出来るようになったんだから、もう暫《しばら》く暢気《のんき》にしているのさ、そのうち本当におちついてくればすっかりわかるようになるからね」

「おばさん本所の牡丹《ぼたん》屋敷って知ってて」

「四《よ》つ目の牡丹屋敷かい、あたしはいったことはないけど、それがどうかしたのかえ」

「なんだかそのことがあたまにあるの」おせんは遠くを見るような眼をした、「――誰かと見にゆく筈だったのか、それとも見て来たのか、そこがはっきりしないんだけれど、それからどこかのきれいな菊畑、……いろんなことがここのところへ出かかっているんだけれど、捉《つか》まえようとするとすうっと消えてしまうのよ」

「もう少しだよ、おせんちゃん、もう少しの辛抱だよ」お常はもうその話題に興味がなくなった、「――でもすっかり治って、あんたが紀文*のお嬢さんだなんてことになっても、あたしたちを袖《そで》にしないでおくれよ」

世間の窮乏はその頃からめだってきた。幕府で米価の騰貴*《とうき》するのを抑えたからおもてむきの価格はそれほど高くはならないが、関東一帯の凶作に加えて地震と大火のあとなので、米穀その他の必要物資は極めて窮屈になり、またその流通が利を追う少数の商人たちの手に握られているため、庶民の生活は苦しく困難になるばかりだった。

――いったい*元禄《げんろく》という年代は華やかな話題が多かった、赤穂浪士《あこうろうし》のことは別として、*紀文大尽《だいじん》とよばれた紀伊国屋文左衛門《きのくにやぶんざえもん》や*奈良屋茂左衛門《ならやもざえもん》などの富豪が、花街や戯場《ぎじょう》で万金を捨てるようなばかげた遊蕩《ゆうとう》をしたのもこの頃である。*芭蕉《ばしょう》、*其《き》角《かく》、*嵐雪《らんせつ》などの俳諧師《はいかいし》、また絵師では*狩野家《かのうけ》の常信《つねのぶ》、探信守政《たんしんもりまさ》、友信《とものぶ》。浮世絵の*菱《ひし》川吉兵衛《かわきちべえ》、*鳥井清信《とりいきよのぶ》。浄瑠璃《じょうるり》にも*土佐掾《とさのじょう》、*江戸半太夫《えどはんだゆう》など高名な人たちもたくさん出ている。これは大雑把にいって社会経済が武家から町人の手に移りつつあった現われであろうが、その反面、これら新興の富豪商人らが幕府政治の枠内《わくない》で巨利を摑《つか》むために、大多数の庶民がひじょうな犠牲を払わされたことは云うまでもない。……幕府では物価の昂騰《こうとう》を抑えたが、日傭賃《ひやといちん》を上げることを禁じた。物価はそのまだったが、じっさいになると商人たちは品物を隠して出さない、ぜひ買うには高い代価を払わなければならぬ。だが日傭賃には裏がなかった、今もっとも忙しい大工や左官でさえ、手間賃のきびしい制限をうけた。これは一般の購買力を低くすると同時に、しぜん小さな商工業へもつよく影響した。じみちなあきないやまともな稼ぎでは、その日くらしも満足にはできなくなっていった。世帯をしまう者、夜逃げをする者、乞食が殖え、飢える者が出はじめた。

「浅草寺の境内にまたゆき倒れが五人もあったってさ」

「なかに死んだ赤ん坊を負った女がいたそうじゃないの、まだ若いんだって、そばには御亭主も倒れていたけれど、動かせないほどのひどい病人だったたって話よ」

「いやだねえ、昨日は御厩河岸《おうまやがし》に親子の抱き合い心中があがったし、なんて世の中だろう」

「いつになっても泣くのは貧乏人ばかりさ、ひとごとじゃあないよ」

そんな話が毎日のように出た。

三月になって年号が＊宝永《ほうえい》と改まった。ちょうど季節が春であったし、この改元は新しい希望を約束するようで、いっとき世間が明るくなったように見えた。しかしなに一つよくはならなかった。新しく建てる家はごく手軽にすべしとか、贅沢《ぜいたく》な品の贈答はならぬとか、祝儀《しゅうぎ》や不祝儀の宴会はいけないとか、富籤《とみくじ》は禁ずるなどという、緊縮の布令《ふれ》が出るばかりで、むしろ不況の度はひどくなっていった。

――焼け跡の木々にも新芽がふくらみはじめた。きみの悪いくらい暖かな日があるかと思うと、冬でもかえったように、とつぜん気温が下り、烈しい北風がいちめん茶色になるほど埃《ほこり》を巻きあげたりした。或《あ》る日、おせんが表で子供を遊ばせていると、長半纏《ながばんてん》にふところ手をした男が通りかかり、こっちを見て吃驚したように立停った。

「おや、おめえおせんちゃんじゃあねえか」

おせんは訝《いぶか》しげに顔をあげた。

「やっぱりおせんちゃんか」男は親しげに寄って来た、「――よくおめえ無事だったな、てっきり死んじまったとばかり思ってたぜ、おら正月こっちへ帰ったんだが、近所の知った顔にまるっきり会わねえ、おめえもやられたと思ってたんだが、なにはどうした、爺《じい》さんは、やっぱり無事でいるのかい」

おせんは子供を抱きあげ、不安そうにじりじりと戸口のほうへさがった。

「なんだえそんな妙な顔をして、おらだよ、山崎屋の権二郎《ごんじろう》だよ、忘れたのかい」男は片手をふところから出した、「――まさか忘れる筈はねえだろう、ほら、おめえんちのすぐ向いにいた権二郎だよ」

「おばさん、来て」おせんは蒼《あお》くなって叫んだ、「――おばさん来て下さい」

悲鳴のような叫びだった。お常は洗濯をしていたらしい、濡《ぬ》れ手のままとびだして来ると、慌《あわ》てておせんを背に庇《かば》った。

「どうしたんですか、この子がなにかしたんですか」

「冗談じゃねえ、なんでもねえんだよ」男は苦笑しながら手を振った、「——おらあこの娘を知ってるんで、いま通りがかりに見かけたからちょっと声をかけたんだよ」

「このひとを知ってるんですって」

「向う前に住んでたんだ、いま取払いになっちまったが三丁目の中通りで、この娘のうちは研屋、おらあ山崎屋という飛脚屋の若い者で権二郎っていうんだ」

「まあそうですか」お常はほっとしたように前掛で手を拭《ふ》いた、「——このひとは火事の晩にどうかしたとみえて、以前のことはなんにも覚えちゃいないんですよ、ついした縁であたしたちがひきとってお世話してるんですけれど、じゃあ親類かなんかあるんでしょうか」

「そいつはおいらも知らねえが、茅町二丁目に杉田屋てえ頭梁《とうりょう》があった。そこの若頭梁がよく出入りしていたっけよ」男はこう云っておせんのほうを眺め、ふと唇を歪《ゆが》めて妙な笑いかたをした、「——そこに抱いているのはおかみさんの子供かね」

「いいえ、このひとのなんでしょう、ひきとったときもう抱いてたんですよ」

「へええ、やっぱりね」

「この子の親を知ってるんですか」

権二郎はにやりと笑った。それからおせんの顔と子供を見比べ、肩をしゃくって嘲《あざけ》るようにこう云った。

「いま云った若頭梁に聞けあわかる、生きてさえいりゃあね」

そして自分には関係がないとでも云うように、よそよそしい顔をして去っていった。お常はそのうしろ姿を見やりながら、なんていやみったらしい人だろうと舌打ちをした。

「おせんちゃんあの男を覚えていないのかえ」

「いいえ」おせんは硬《こわ》ばった顔で、まだしっかりと、子供を抱いていた、「――いいえ知らないわ、あたし、あんなひと、誰かしら、幸坊を取りに来たんじゃないかしら」

「そんなんじゃないよ、もとあんたの近所にいて知ってるんだってさ、それならそれでもう少し挨拶《あいさつ》のしようがあろうじゃないか、歯に衣《きぬ》をきせたようなことを云って、ひとをばかにしてるよ、こんど会っても知らん顔をしておいで」

お常はこう云って裏へ去った。

四

勘十はこの話を聞いて、梶平へでかけていった。杉田屋が大工の頭梁なら、梶平に消息を知った者がいるかもしれないと思ったのだ。友助に話してきいて貰《もら》うと、主人の久兵衛が知っていた。けれどもそう親しくはなかったもようで、頭梁の巳之《みの》吉《きち》は火事のとき腰骨を折り、女房を伴《つ》れて水戸のほうへ引込んでしまった。が、その後は便りがないからわからないということだった。

「ところがわかっていねえというんだから手紙の出しようもねえ」帰って来た勘十はお常にこう云った、「——幸太てえ若頭梁もいたそうだが、これもあの晩どっかで死んだらしいってよ、おせん坊もよっぽど運がねえんだな」

こんなことがあってまもなく、神田川の落ち口に地蔵堂が出来た。その付近で火に焼かれたり川へはいって死んだりした者の供養《くよう》のためで、浅草寺からなにがし上《しょう》人《にん》とかいう尊い僧が来て開眼式《かいげんしき》がおこなわれ、数日のあいだ参詣《さんけい》の人たちで賑《にぎ》わった。——おせんもすすめられて、お常といっしょに焼香をしにいった。そしてあれ以来はじめて大川をまぢかに眺めた。

「此処《ここ》に橋があればよかったんだ」

参詣人のなかでそんな話をしている者があった。

「まったくよ、どんなに小さくとも橋があればあんなにたくさん死なずに済んだんだ、なにしろ浅草橋の御門は閉る、うしろは火で、どうしようもなく此処へ集まっちゃったんだ、見られたありさまじゃなかったぜ」

「橋を架けなくちゃあいけねえ、どうしても此処にあ橋が要るよ」

「そんな話も出ているそうだぜ」

おせんは河岸に立ってじっと川を眺めていた。少し暑いくらいの日で、満潮の川波がまぶしいくらい明るく光り、かなり高く潮の香が匂ってくる。両国広小路のほうにはもう水茶屋が出来て、葭簾《よしず》張りに色とりどりの暖簾《のれん》を掛けた小屋が並び、客を呼ぶ女たちの賑やかな声が聞えていた。――おせんは口の中でなにか呟《つぶや》いた。河岸に並んでいる古い柳、それはみんなまっ黒に焦《こ》げているが、枝の付根や幹のそこ此処からたいてい新しい芽が伸び、鮮やかな緑の葉が日にきらめいていた。おせんはその柳の並木を見まもった、なにかしら記憶がよみがえってくる、たぷたぷと波の寄せる石垣にも、水茶屋の女たちの遠い呼びごえにも、そして焦げたまま芽ぶいているその古い柳からは、誰かなつかしい人の話しかける言葉さえ聞えるようだ。……おせんは苦しそうに眉《まゆ》をしかめ、じっと眼をつむったり、頭を振ってみたりした。記憶はそこまで出ている。針の尖《さき》で突いてもすべてがぱっと明るくなりそうである。動悸《どうき》が高く、胸が熱くなって、額に汗がにじみだした。

「まあこんなとこにいたのかえ」

子供を抱いたお常が、こう云いながら近寄って来た。参詣する人たちの混雑で見はぐれていたらしい。

「どこへいったのかと思って捜してたじゃないの、どうしたのいったい」

「あたし此処に覚えがあるの」お常のほうは見ずにおせんがこう呟いた、「——あたし此処を知っているわ、いつのことかわからないけれど、慥《たし》かに覚えがあるし、それに、誰かの顔も見えるわ」

「たくさん、たくさん、そんなことであたまを使うとまたぶり返すよ、さあもう帰ろうおせんちゃん」

唯《ただ》ならぬ表情をしているので、お常はこう云いながら腕を取ってせきたてた。そのときおせんは「庄さん」と呟いた。お常に腕を取られたとたんに、ふっとその名が、あたまにうかんだのである。

「ああ」

おせんは身をふるわせ、両手の指をきりきりと絡《から》み合せた。

「――庄さん」

「おせんちゃん、どうしたのさ」

「おばさん、わかってきた、あたしわかってきたわ、庄さん、――と此処で逢《あ》った、あのひとは此処から上方《かみがた》へいったのよ」

「いいからおせんちゃん」お常は不安そうに遮った、「――とにかく家へ帰ろう、ね、幸坊がもうおなかをすかしてるよ」

「待って、もう少しだわ、だんだんわかってくるの、そうよ、庄さんは上方から手紙を呉《く》れたわ」

おせんは両手で面《おもて》を掩《おお》った。いろいろな影像があたまのなかで現われたり消えたりする。黄昏《たそがれ》の河岸、柳の枝から黄色くなった葉がしきりに散っていた。

――おれの帰るのを待っていて呉れるな、おせんちゃん、それを信じて、安心しておれは上方へゆくよ。

蒼白い思いつめたような庄吉の顔が、いま別れたばかりのようにありありとみえる。それから戸板で担《かつ》ぎこまれたお祖父さん、裏のさかな屋の女房、露次ぐちにあった棗《なつめ》の樹《き》、幾つもの研石や半挿《はんぞう》や小盥《こだらい》のある仕事場、みんなはっきりと眼にうかんできた。杉田屋のおじさんもお蝶《ちょう》おばさんも、幸太のことも。……おせんは顔を掩っていた手を放し、涙のたまった眼で、お常に頰笑みかけた。

「おばさん、あたしもう大丈夫よ」

「ああわかってるよ」お常はほっとしたように、しかしまだ半分は疑いながら頷《うなず》いた。

「――時が来さえすればよくなるんだから、とにかくいちどに考え過ぎないほうがいいよ、さあ帰りましょうね、幸坊」

「あたしが抱くわ、幸ちゃん、さあいらっちゃい」

おせんは幸太郎を抱きとり、固く肥えたその頰へそっと自分のをすりよせた。

それからは日にいちどずつ、願を掛けたようにお地蔵さまへおまいりにいった。あたまもはっきりしてきたし、気持もしっかりおちついて、からだにも精がはいったような感じである。例えば洗濯をしているとき、はっきり自分が洗濯をしているということを感ずる。道を歩きながら、自分がちゃんと地面を踏んで歩いていることを感ずる。あたりまえじゃないの、こう思いながらその「あたりまえ」が慥かなものだということに、形容しようのない嬉《うれ》しさを覚え、われ知らずそっと微笑するのであった。

――おまいりをする往《ゆ》き来《き》には河岸を通って、いっときあの柳の樹の下に佇《たたず》むのが定《きま》りだった。幹や大枝のすっかり焼け焦げたその樹は、そこ此処から新しい芽や若枝を伸ばしたもののそれが成長するだけのちからはないとみえ、若い枝はいかにも脆《もろ》そうだし、葉はもう縮れたり黄色くなったりしはじめた。けれどもおせんがその樹蔭《こかげ》に立てばなにもかもかえってくる、縦横に条《すじ》のはいった灰色の幹も、暗くなるほどしだれた細いたくさんの枝も、川風にひらひら揺れている茂った葉も、……庄吉の姿がそこにみえる、彼は笑おうとして泣くようなしかめ顔をしている、乾いたせかせかした声で、じっとこちらを見つめながら話す、それはますますはっきりと、いま耳もとで囁《ささや》かれるようによみがえってくる。

——待ってて呉れるね、おせんちゃん、おれの帰るまで、おれの帰るまで……。

勘十の商売はひと頃ほど儲《もう》からなくなっていた。家を建てるにはごく手軽にというお布令もあったし、それ以上一般の不況が祟《たた》って、ちゃんとした家を建てるものはごく少なく、なかにはお布令をしりめにみるような豪奢《ごうしゃ》な建物もなくはないが、たいていが仮造りでまにあわせるという風で、それも三月にはいってからはいちおう建つものは建ったというかたちで大きな注文が殆《ほと》んどなくなってしまった。古河のほうへはその後も大量に買いつけてあったので、四月になっても送られて来る荷が、はけきれないいまま物置からはみだし、空地に積まれて雨ざらしになるという始末だった。――売った代銀《だいぎん》の回収も思うようにいかないようで、荷主からの督促に追いかけられ、その云いわけや、買いつけたあとの荷を断わるために、勘十が幾たびも、古河へいったりした。

「馴《な》れねえことに手を出すもんじゃあねえ」

こんな風に云って溜息《ためいき》をつくことが多くなり、百姓たちの狡猾《こうかつ》さや、大工左官の親方たちのずるがしこさを罵《ののし》った。更《ふ》けてから行燈《あんどん》のそばで財布をひろげ、帳面と算盤《そろばん》を前に夫婦でながいことひそひそなにか話している、そんなときおせんは幸太郎と添寝をしながら、世の中のくらしにくさ、生きてゆくことの艱難《かんなん》を思い、冷たい隙間《すきま》風《かぜ》に身を曝《さら》しているような、さむざむとした心ぼそさにおそわれるのであった。

末すぼまりになったとはいえ、そのままでゆけばとにかくその商売にとりつくことはできたかもしれない。荷のはけも悪く儲けも少なくなったが、「藁屋《わらや》」としてはかなり知られてきたので小さなあきないはそれ相当にあった。また近いうちに町家を取払った跡へ書替役所《かきかえやくしょ》が建つそうだし、松平《まつだいら》なにがしの下屋《しもや》敷《しき》も地どりを始めたから、もしてがかりがつけばかなりな仕事になる。それでそのほうへも内々できっかけをつけていたのだが、不運なことにそこへ水禍が来て、すべてを押流されるようなことになってしまった。

——その年はから梅雨のようで、五月から六月の中旬まで照り続け、近在では田植あとの水が不足で困っているという噂《うわさ》もたびたび聞いた。それが六月十五日から雨になるとこんどはやむまもなく降りだし、三十日から七月の一日二日にかけて豪雨、それこそ車軸をながすようなどしゃ降りとなった。

「二度あることは三度というが、こいつはことによると水が出るぜ」

そう云う者もあったが、老人たちはたいてい笑って、

「昔からなが雨に出水《でみず》はないと云うくらいだ、心配するほどのことはないさ」

こんな風に云っていた。しかし、あとでわかったことだが、この豪雨は関東一帯に降ったもので、刀根川《とねがわ》や荒川の上流から山水が押し出し、下総猿《しもうささる》が股《また》のほか多くの堤が欠壊したため、隅田川の下流は三日の深夜からひじょうな洪水にみまわれたのであった。

五

幸太郎は粥《かゆ》を喰《た》べるようになってから却《かえ》っておせんの乳房を欲しがった。起きているときはさほどでもないが、寝るときは握っているか口に含んでいないと眠らな

い。初めはとても擽《くすぐ》ったくて我慢できなかったが、どうしてもきかないので少しずつ触らせているうち、慣れたというのだろうか、その頃ではさして苦にもならず、どちらかといえば自分から与えてやるようにさえなっていた。

「吸っちゃあいやよ、幸ちゃん、吸うと擽ったいからね、ただ銜《くわ》えてるだけ、そう、こっちのお手々もそうやって握るだけよ、乳首をつままないでね、ああちゃんとっても擽ったいんだからね、そうそう、そうやっておとなしくねんねするのよ」

添寝をして片乳《かたぢ》を口に含ませ片乳を握らせていると、ふしぎな一種の感情がわいてきて、思わず子供を抱きしめたり頬を吸ってやりたくなることがある、からだぜんたいが、あやされるような重さ、こころよいけだるさに包まれ、どこか深い空洞へでも落ちてゆく陶酔と、なんのわずらいも心配もない安定した気持とを感ずるのであった。

——三日の夜は幸太郎の寝つきが悪く、いくたびも乳をつよく吸っておせんを驚かした。十時ころにいちど用を達《た》させ、それから少しうとうとしたと思うと、痛いほど激しくまた乳を吸われた。からだじゅうの神経がひきつるような感覚におそわれ、おせんは思わず声をあげて乳を離させた。

「いやよ幸ちゃん、吃驚《びっくり》するじゃないの、どうして今夜はそうおとなしくないの」

「ああちゃん、ばぶばぶ、いやあよ」

「なあに、なにがいやなの」

こう云《い》って頭をもたげたとき、すぐ表のところで水の中を人の歩く音が聞えた。まだ眠けはさめきっていなかったが、おせんはただごとでないと思ってとび起き、「おばさん、おばさんたいへんよ」

と、叫びだした。

それからあとの出来事は記憶が慥かでない。勘十がまず表へ見に出ようとして、「これあいけねえ土間がもういっぺえだ」と喚《わめ》いたこと、なにかを取出したり包んだりする夫婦のひどく狼狽《ろうばい》したようす、すぐ近くで「水だ、水だ、みんな逃げろ」と呼びたてる声がしたこと、幸太郎を背負って、てまわりの物を包んで、お常の手から奪うようにかなり大きな包を受取って、裏へ出るとそこがもう膝《ひざ》につく水だったこと、まっ暗な夜空に遠くの寺で撞《つ》く早鐘*や半鐘の音が、女や子供たちの呼び交わす悲鳴とともに、悪夢のなかで聞くようなすさまじい響きを伝えていたことなど、殆んどがきれぎれの印象としてしか、残っていなかった――そのなかで忘れることのできないのは、背に負《お》ぶった幸太郎のことである。おせんは怖がらせまいと思って、絶えずなにかしら話しかけていた。

「ほらじゃぶじゃぶ、おもちろいわねえ、じゃぶじゃぶ、みんなしてじゃぶじゃぶ、幸坊も大きくなったらじゃぶじゃぶねえ」

「ああちゃん、ばぶばぶ、おもちよいね、はは」

子供は背中ではねた。笑いごえもたてた。しかし同時に震えていた。怖いのだ、怖いけれども自分でそれをまぎらわそうとしている、こんな幼い幸太郎が、……おせんはいじらしさに胸ぐるしくなり、いくら拭《ふ》いても涙が出てきてしかたがなかった。

「強いのね幸坊は」おせんは首をねじるようにして頬ずりした、「――なんにも怖くはないのよ、ね、じゃぶじゃぶ、みんなで観音さまへいきまちょ、はいじゃぶじゃぶ」

勘十夫婦とどこではぐれたかも覚えはなかった。猿屋町《さるやちょう》あたりでお常が忘れ物を思いだし、「あれだけは」と泣くような声をあげた。諦《あきら》めろとか引返すとか云うのを聞きながら、揉《も》み返すひとなみに押されてゆくうち、気がついてみると二人はみえなくなっていた。湯島の天神さまへということはうちあわせてあったので、いずれは会えると思い、そのまま避難者の群といっしょに湯島へいってしまったが、それが勘十夫婦との別れになったのであった。

聖堂の裏の空地に建てられたお救い小屋で、おせんはまる十日のあいだ窮屈なくらしをした。そのあいだにずいぶん捜しまわったが、勘十にもお常にも会えず、見たという者さえなかった。そのときの水は本所と深川を海のようにし、西岸も浅草通りを越して、上野の広小路あたりさえ道に溢《あふ》れ、四日ばかりは少しも減るようすがなかった。——だが夫婦はみがるのことでもあり二人いっしょだから、どう間違っても溺《おぼ》れるようなことはないであろう、家へ帰れば会えるにちがいないと思っていた。

水は七日めあたりから退《ひ》きはじめた。おせんは子供を負って、まだ泥水が脛《はぎ》まであるうちからなんども平右衛門町へいった。あたりはひどいありさまで、流されたり毀《こわ》れたりした家が多く、勘十の大きな物置などかたちも無かったが、住居のほうは小さいのと藁や蓆《むしろ》が絡みついたためか、少し傾いただけで残っていた。十日めには床もやや乾いたし、梶平にいる友助の女房がすすめるので、お救い小屋をひきはらって来たが、勘十夫婦はやはり姿をみせず、そのままついに会うことはできなかった。

おせんが本当に生きる苦しさを経験したのはそれからのちのことであった。それまでは勘十とお常がいて呉れたし、半分はあたまをいためてものけじめも明らかではなく、苦労というほどの思いはせずに済んで来た。けれどもこんどは自分のちからで生きなければならない、さいわい住居だけはある、友助の女房がいろいろ気を配って、古いものだが蒲《がま》の敷畳も入れて呉れたし、屋根や羽目板のいたんだところも直して呉れた。まだ暑い季節なので寝起きもすぐに困りはしなかった。だがたび重なる災難で世間一般に生活のゆきづまりがひどく、誰にしても他人の面倒などみている余裕はない、おせんはまず友助の好意で材木の屑《くず》をわけて貰《もら》い、それを売り歩いて僅《わず》かに飢をしのぐことから始めた。

——庄さんは帰って呉れないかしら。

心ぼそくなるとよくそう思った。

——去年の地震や火事のことを聞かなかったのかしら、あんなにひどかったのだもの、上方へだって評判がいった筈《はず》だのに、もしも聞いたとしたら、せめて手紙ぐらい呉れてもいい筈だのに。しかしそのあとからすぐ自分を叱《しか》った。

——手紙のやりとりなどすると心がぐらつくから当分は便りをしない、そっちからも呉れるな、いつかはっきりとそう書いて来たじゃないの、二人が早くいっしょになるために、あのひとは脇眼《わきめ》もふらず働いているんだわ、つまらない愚痴など云ってては済まないじゃないの。

秋風の立つじぶんから、おせんは足袋のこはぜかがりを始めた。まえに仕事を貰った家の親店《おやだな》だそうで、御蔵前《おくらまえ》に店があった。火事からこっち皮羽折《かわばおり》や皮の頭巾《ずきん》を作ることがたいそう流行したため、皮が高価でまわらず、足袋は木綿ひといろであったが、仕事は追われるほどあるし皮よりも手間が掛らないので、子供の相手をしながらでも粥ぐらいは啜《すす》れる稼ぎになった。――寒さがきびしくなり、朝な朝な霜のおりる頃に、おせんは仕事を届けにゆく道で思いがけない人に会った。天王町《てんのうちょう》から片町《かたまち》へはいるところに小さな橋がある。そこまで来ると横から名を呼ばれた。

「あら、おせんちゃんじゃないの」

振返ると若い女が立っていた。濃い白粉《おしろい》とあざやかすぎる口紅が眼をひいた。髪かたちも着ている物も派手なうえに品がない、誰だろう、思いだせずにいると女はふところ手をしたまま寄って来た。

「やっぱりおせんちゃんだね、あんた無事でいたんだね」女は上から見るような眼つきをした、「――あたし死んじゃったかと思ってたよ、いまどこにいるの、それあんたの子供なのかえ」

「まあ」おせんは息をひいて叫んだ、「――おもんちゃん、あんた、おもんちゃんじゃないの」

「なんだ、いまわかったの、薄情だね」

おもんは男のように脇を向いて唾《つば》をした。おせんはぞっと身ぶるいが出た、なつかしい友である。福井町《ふくいちょう》のお針の師匠でいっしょになり、ただ一人の仲良しとしてつきあっていた。家は天王町で丸半《まるはん》というかなりな油屋だったし、彼女はそのひとつぶだねで、縹緻《きりょう》もよしおっとりとしたやさしい気質《きだて》の娘だった。それがこんなに変ってしまった、変ったというよりまるで別人ではないか、濃く塗った白粉でも隠すことのできない膚《はだ》の荒れ、紅をさしたために却って醜く乾いてみえる唇、濁ったもの憂《う》げな眼の色、そしてからだ全体の、どこか線の崩れただるそうな姿勢、病気でもあるらしい嗄《しわ》がれてがさがさした声、――どの一つを取っても昔のおもかげはない、おもんであることは慥《たし》かだが、しかしそれはもう決しておもんではなかった。なつかしいという気持は一瞬に消えて、おせんはそのまま逃げだしたくなった。

「あたしの家もきれいに灰になったよ、感心するくらいきれいさっぱりさ」おもんはひとごとのようにこう云った、「――おっ母《か》さんと小僧が焼け死んじゃった、面白いもんだね、人間なんて、お酒もろくに飲まなかったお父《とっ》つぁんが、いまじゃあ酔っぱらって泥溝《どぶ》の中で寝るし、さもなきゃ番太*の木戸へ縛りつけられてるわ、そしてこれもまんざら悪くはねえなんて、……あんた御亭主をもったの」

「いいえ、この子はそうじゃないの、あたしひとりだわ」

「どうだかね」おもんは不遠慮にこちらを眺めまわした、「あんた楽じゃないらしいね、ふん、この不景気じゃ誰だって堪《たま》らないから、飢死をしないのがめっけものさ、いまどこにいるの」

「平右衛門町の中通りにいるわ」

「変ったわねあんた」もういちどじろじろ見まわしておもんは激しく咳《せ》いた、「――なにか困ることがあったらおいでよ、あたしお閻魔《えんま》さまのすぐ裏にいるからね、もしなんなら少しお小遣をあげようか」

そしてふところ手の肩を竦《すく》め、唾をして向うへゆきかかったが、ふとなにか思いだしたというように振返って云った。

「ああおせんちゃん、あんた庄吉っていうひと知ってるかい」

六

おせんは首を振った。それが自分の庄吉であろうとは夢にも思えなかったのだ。

「知らないの、へんだね」おもんはちょっと考えるように、「――あんたのことをとてもしつっこく訊《き》くんだよ、上方《かみがた》へいってこんど帰って来たんだって、じゃあひと違いなんだね」

おせんはああと叫び声をあげた。

「そのひと、おもんちゃん、そのひとどうしたの、あんた会ったの、どこで」

「あらいやだ、知ってるの」

「ええ知ってるわ」おせんは恥ずかしいほど声がふるえた、「教えて、いつ来たのそのひと、どこにいるの」

「そんなことわからないよ、お客で会ったんだもの、どこで聞いたのかあたしがおせんちゃんと仲良しだというんで来たらしいわ、そう、一昨日《おととい》の晩だったかしら、あたし生き死さえ知らないからそう云ったら、――そうそう、あたしあたまが悪いな、思いだしたよ、そのひと杉田屋の幸太さんのこと云ってたわ」

「幸さんのことを、……なんて、――」

「そんなこと覚えちゃいないさ、半刻《はんとき》ばかりじくじく云って、酒もひと猪口《ちょく》かふた猪口のんだくらいで帰っていったよ、あれ、あんたのなにかなのかい」

「どこにいるか云わなくって、あんたのところへまた来やしない」

「わからない、あたしあなんにも知らない、ただ思いだしたから聞いてみたまでのことさ、でもなにか言伝《ことづて》があるなら云ってあげるよ、たいてい来やしまいと思うけどね」

「お願いよ、おもんちゃん」息詰るような声でおせんは云った、「——会ったら云って頂戴《ちょうだい》、あたし生きてるって、平右衛門町の中通りにいるって、待っているって、そう云って頂戴、ねえ、待っているって、……」

風はないがひどく凍《い》てる夕方だった。寒いからであろう、背中でしきりに子供がぐずった、しかしおせんはあやすことも忘れた。お店へ仕上げ物を届け、手間賃と次の仕事を貰って家へ帰るまで往き来《ゆき》とも殆んど走りつづけた。そのあいだに庄吉が来ているかもしれない、留守で帰ってしまったらどうしよう。そう思うと足も地につかない感じだった。

——もちろん誰も来てはいなかったし、来たようすもなかった。おせんはその夜いつまでも寝ることができず、二時の鐘を聞いてからも行燈《あんどん》をあかあかとつけ、こごえる手指に息を吹きかけながら、足袋のこはぜをかがっていた。

——本当に庄さんだろうか、もしそうならどうして此処《ここ》へ来て呉れないのだろう、おもんちゃんを訪ねるくらいなら此処だってわかる筈だのに、……それとも人が違うのかしら。

そんなことを繰り返し思った。

なか二日おいた朝、粥を拵《こしら》えているところへ友助の女房が寄った。そっと覗《のぞ》いてから、そこまでわかめを買いに来たと云い云い土間へはいって来た。乳を貰ったので、幸太郎は彼女を見ると嬉しそうに手足をばたばたさせ、わけのわからないことを喚きたてる。友助の女房はその頭を撫《な》でながら、「庄さんてひとを知ってるかえ」と云った。――おせんはびくっとして振向いた。女房はちょっと云いにくそうな調子で、

「五日ばかりまえから梶平の旦那《だんな》のところへ泊ってるんだがね、なんでもあんたを知っているらしい、あたしゃなんだかわからない、うちのが聞いて来たんだけれどね」

「おばさん」おせんは叫んで立上った、「――そのひとまだいるの、梶平さんにまだいるのそのひと」

「今日はまだいるわ、でももうどこかへゆくらしいんだよ、あたしゃよく知らないんだけれどね、うちのが聞いた話だとなにかあんたとわけがあるらしい、それでちょいと耳に入れて来いと云われたもんだからね」

「有難う、おばさん、あたし会いたいの」おせんは息をはずませて云った、「――すぐにも会いたいの、おばさん、この子に喰《た》べさせたらゆくから会わせて頂戴」

「ああおいでよ、うちのがああ云うんだからなんとか出来るさ、でもあのひとあんたとどんなわけがあるの」

「あとで、あとで話すわ、おばさん、あたしすぐいきますからね」

子供に粥を喰べさせるあいだも、もどかしいおちつかない気持で、思わず叱る声のとげとげしさに幾たびもはっとした。自分は喰べないでそこそこにしまい、子供を抱いて梶平へいった。——仕事場のほうからはいってゆくと、店の裏にある長屋のかどぐちに、友助の女房が子供を負《おぶ》って誰かと立ち話をしていた。おせんが近寄ってゆくと、手を出してすぐに幸太郎を抱きとり、「向うの置き場のところにおいでな」と云って、あたふた店の脇のほうへいった。

新しい木肌《きはだ》をさらして、暖かい日をいっぱいにあびて、角《かく》に鋸《ひ》いた材木がずらっと並んでいる。あたりは酸《す》いような木の香がつよく匂《にお》い、すぐ向うの小屋から職人たちの鋸いたり削ったりする音が聞えてくる。おせんは苦しいほどに胸がときめいた、たぶん蒼《あお》くなっているだろう、そう思って額から両の頰を手でこすった。あしかけ三年ぶりである、白粉をつけ紅をつけたかった、髪も結い着物も着かえて、いくらかでも美しい姿をみて貰いたかった。しかし生きているだけが精いっぱいのくらしである、辛うじて死なずにやっている身のうえでは、紅白粉どころか、丈夫でいることを、せめてもの自慢にするほかはなかった。——うしろに足音がした。おせんは全身のおののきにおそわれ、こらえ性もなく振返った。そこには庄吉がいた。まぎれもない庄吉が縞《しま》の布子に三尺を締めて、腕組みをして、灰色の沈んだ顔をしてこっちを見ていた。

「庄さん」おせんはくちごもった、「——あんた、帰ったのね」

　庄吉は投げるように云った。

「ああ、だが帰らなきゃよかったよ」

　おせんにはその言葉が耳にはいらなかった。とびつきたかった、向うでとびついて呉れると思った。からだが火のように熱く、あたまがくらくらするように感じた。

「そしてもう、ずっとこっちにいるの」

「どうするか考えてるんだ、——もういちど上方へいってもいいし、……こっちにこのままいてもいいし、おんなしこった」

「あたし、ねえ」おせんはそっとすり寄ろうとした、「——庄さん、あたし、ずいぶん辛《つら》いことがあったのよ」

　庄吉はすっと身を退《ひ》いた。組んでいた腕を解き、凄《すご》いような眼でこっちを見た。

「そんなことまで云えるのか、おせんちゃん、おれに向って辛いことがあったなんて、それじゃあおれは辛くはないと思うのか」

「どうして、庄さん、どうしてそんな」

「おまえは、あんなに約束した、待っているって、おれの帰るのを待っているって、おれはそれを信じていたぜ、お前の云うことだけは信じられると思って、それこそ冷飯に香《＊こう》こで寝る眼も惜しんで稼いでいたんだぜ」

「だってあたし、どうして、……あたしちゃんと待ったじゃないの」

「じゃあ、あの子は、誰の子だ」庄吉はあからさまな怒りの眼で云った、「――地震と火事のあとで水害、困っているだろうと思って帰って来たんだ、ところがどうだ、断わっておくが云いわけはやめて呉れよ、おれは、みんな聞いたんだ、おまえの家が幸太の御妾宅《しょうたく》だと評判されていたことも、そしておまえが幸太の子を産んだことも」

おせんは笑いだした。余りに意外だったからであろう、自分ではそんな意識なしにとつぜん笑いがこみあげてきたのだ、しかし表情は泣くよりもするどく歪《ゆが》んでいた。

「笑うなら笑うがいい、おまえにはさぞおれが馬鹿《ばか》にみえるだろう」

「あたしが幸さんの子を産んだなんて、あんまりじゃないの、そんなばかな話、まさか本当だなんて思やしないでしょう」

「云いわけは断わると云ってあるぜ、自分で近所まわりを聞いてみるがいい、幸太がおまえの家へいりびたりということは、去年の春あたりもう耳にはいってた、それでもおれは大丈夫まちがいはないと思ってたんだ、——ところがこんどは幸太の子を産んだと云う、そして、おれはこの眼でその子を見たんだ」

「そんな話、どこから、誰がそんなことを云ったの」

「おまえとは筋向いにいた人間さ、始終おまえのようすを見ることのできる者さ、云ってやろうか、……山崎屋の権二郎だよ」

おせんはようやく理解した。庄吉が自分を訪ねて来なかったわけ、とびつきもせず、よろこびの色もみせないわけが。それどころかたいへんな思い違いをして、自分との仲がめちゃめちゃになろうとさえしていることを。

——どう云ったらいいだろう、権二郎、ああ、あの頃からもう告げ口をしていたんだ、大阪へ飛脚でゆくたびに、このひとと会って無いことをあれこれと云ったに違いない、このひとはそれを信じている。うち消さなければならない、本当のことを知って貰わなければ、……きらきら光る眼で、じっと相手をみつめながら、けんめいに自分を抑えておせんは云った。

「あの子は火事の晩に拾ったのよ、庄さん、親が死んじゃって、ひとりでねんねこにくるまれて泣いていたの、もうまわりは火でいっぱいだったわ、あたしみごろしに出来なかったの、——これが本当のことよ、庄さん、あたし約束どおり、待ってたのよ」

おせんは両手で面《おもて》を掩《おお》い、堰《せき》を切ったように泣きだした。庄吉はながいこと黙って、冷やかな眼でおせんの泣くさまを眺めていた、それからふと低い声で、まるでなにごとか宣告するようにこう云った。

「それが本当なら、子供を捨ててみな」

「——」

「実の子でなければなんでもありあしない、今日のうちに捨ててみせて呉れ、明日おれが証拠をみにゆくよ」

おせんは涙でぐしゃぐしゃになった顔をあげた、唇がひきつり、眼が狂ったような色を帯びていた。おせんはふるえながら頷《うなず》いた。

「ええ、わかったわ、そうするわ、庄さん」

七

おせんは一日うろうろして暮した。——幸太郎を抱きづめにしてなんども出ては、ちぎり飴《あめ》や、芒《すすき》で拵えたみみずくや、小さな犬張子などを買ってやった。

——庄さんの云うのも尤《もっと》もだわ。

彼女はこう思った。何百里という遠い土地にいて、権二郎の云ったような告げ口を聞けば、愛している者ほど疑いのわくのは自然である。まして現にその子供を育てている姿を見たのだ、あきらかに否定する証拠がない限り、事実だと思うのはやむを得ないかもしれない。——庄吉はこのままこっちにいてもいいと云った、自分が証拠をみせれば二人はいっしょになれる、この家でいっしょに暮すことができるのだ。

「ああちゃんを堪忍《かんにん》してね」おせんは子供を抱きしめる、「——あんたがいるとああちゃんの一生が不幸になってしまうのよ、待ちに待っていたひとが帰って来たの、ああちゃんの大事な大事なひとなの、あのひとなしにはああちゃんは生きてゆけないのよ、ねえ幸坊、わかってお呉れ、堪忍してお呉れね」

あの火の中から抱きとり、腰まで水に浸《つか》りながら、身を蓋《ふた》にして危うくいのちを助けた。自分で自分のことがわからず、他人の世話になりながら、満足におむつを変えることさえ知らなかったのに、ともかく今日まで丈夫に育てて来た。云ってみれば、ほんの偶然のめぐりあわせであった。なんの義理も因縁もなかったのにこれだけ苦労して来たのだ。もう誰かに代って貰ってもいいだろう、ことによると自分の手を離れるほうが、却《かえ》ってこの子の仕合せになるかもしれない。

「そうよ幸坊、どんなお金持のひとに拾って貰えるかもしれないんだもの、そうでなくってもああちゃんのような貧乏な者に育てられるよりずっとましだわ、そうだわねえ幸坊」

夕餉《ゆうげ》には卵を買って、精《しら》げた米で、心をこめて雑炊《ぞうすい》を拵えた。それから戸納《とだな》をあけて大きい包を取出した。洪水の夜、逃げるときにお常から預かったものである、勘十夫妻の身寄りの者でも来たら渡そうと、手もつけずに納《しま》っておいたのであるが、今日になるまでそんな人もあらわれず、いま幸太郎に付けてやる物がなにも無いので、ふと思いついて出してみた。――それはお常の物であった、さほど高価な品ではないが、まだ新しい鼠小紋《ねずみこもん》の小袖《こそで》や、太織縞《ふとおりじま》の袷《あわせ》や、厚板の緞子《どんす》の帯や、若いころ着たらしい華やかな色の長襦袢《ながじゅばん》などが、手入れよく十二三品あった。おせんは太織縞の袷二枚と長襦袢を二枚わけ、手拭《てぬぐい》を三筋と、洗った子供の物と、玩具《おもちゃ》や飴などをひと包にし、でかけるしたくが終ってから、子供と二人で食卓についた。

「さあたまたまのうまよ、おいちいのよ、幸坊、たくちゃん喰べてね」

「たまたまね、はは」子供は木の匙《さじ》でお膳《ぜん》の上を叩《たた》き、えくぼをよらせてうれしそうに声をあげた、「――こうぼ、うまうまよ、ああちゃんいい子ね、たまたま、めっ」

「あら、たまたまいい子でちょ、幸坊においちいおいちいするんですもの、ああちゃん悪い子、ああちゃん、めっ」

「ああちゃんいい子よ、ばぶ」子供はこわい顔をする、おせんはいつもいい子でないといけない、おせんが自分を叱ってみせたりすると子供は必ず怒る、「――ああちゃん、わるい子、ないよ、いやあよ、ああちゃんいい子よ」

「ああいい子でちゅいい子でちゅ、ああちゃんいい子ね、はい召上れ」

「といで、ね、こうぼといでよ」

木匙は持たせるがまだ独りでは無理だ。しかし誕生からみ月にはなるらしいし、ぜんたいにませた生れつきとみえて、お膳のまわりを粥だらけにしても独りで喰べないと承知しない。今夜はやしなってやりたかったが、どうしてもきかないので好きにさせた。自分も冷たい残りの粥に、幸太郎の卵雑炊を少しかけ、別れの膳という気持で箸《はし》を取った。

家を出たのは七時ごろであろう。着ぶくれて眠ったのを背負い、包を抱えて、暗い露次づたいに表通りへ出ると、知った人にみつからないように、気をくばりながら浅草寺のほうへ歩いていった。風もないし、その季節にしては暖かい夜だった。そのためか往来の人もかなりあるし、腰高障子《しょうじ》の明るい奈良《なら》茶《ちゃ》の店などでは、酔って唄《うた》うにぎやかな声も聞えた。――もうなんにも思うのはよそう、ただこの子の仕合せだけを祈っていよう。自分の心のこえから耳を塞《ふさ》ぐような気持で、繰り返しそう呟《つぶや》いた。胸が痛み、動悸《どうき》が高く激しくなる、だがおせんは唇を嚙《か》みしめ、俯向《うつむ》いて、ときおり頭をつよく横に振ったりしながら、追われる者のようにひたすらに歩いていった。

浅草寺の境内へはいったが、さてどことなるとなかなか場所がなかった。奥山には蓆掛《むしろが》けの見世物小屋がもちろんもうしまったあとでひっそりと並んでいる。小屋の中なら暖かいが、そんな稼業《かぎょう》の者の手には渡したくない。本堂から淡島《あわしま》さまのほうをまわってみた、けれども此処《ここ》ならという処《ところ》がどうしてもみつからないのである。「あたし気が弱くなったんだわ、ここまできて捨てられなくなったんだわ」おせんはふと立停ってから呟いた、「――子を捨てるのにいい場所なんてある筈《はず》がないじゃないの、もう思い切らなければ」

　そこは鐘楼のある小高い丘の下だった。すぐ向うに池があり、鯉《こい》や亀《かめ》が放ってあるので、おせんは小さいじぶんよく遊びに来たものだ。此処にしようと決心して、紐《ひも》を解き、背中から子供を抱きおろした。――子供は眠ったまま両手でぎゅっとしがみつき、仔猫《こねこ》のするように顔をすりつけた。

「おおよちよち、ねんねよ、おとなにねんねよ幸坊」

　おせんは抱きしめて頬ずりをしながら、しずかにねんねこで子供をくるんだ、

「――堪忍してね、ああちゃんの一生のためだからね、いいひとに拾われて仕合せになるのよ、ああちゃんを仕合せにして呉れるんだから、きっと幸坊も仕合せになってよ、……ああちゃんそればっかり祈っているわね」

　しがみついている手をようやく放し、そこへ置いた包を直して、自分も横になりながらそっと寝かせた。どこか遠くで酔った唄ごえがしていた。三味線の音もかすかに聞える。おせんは静かに身を起こした、足がわなわなと震えだし、喉《のど》がひりつくように渇いた。

　――さあ早く、いまのうちに。

　おせんは夢中で歩きだした。耳がなにか詰められたように、があんとして、いま

にもたちくらみにおそわれそうだった。

——早く、早くいってしまうんだ。

おせんは走りだした。するとふいに子供の泣きごえが、聞えた、「ああちゃん」という声がはっきりとするどく、すぐ耳のそばで呼ぶかのように聞えた。子供の手がぎゅっと肩を摑《つか》む、子供は身をかたくして震えている。震えながら奇妙なこえで笑った。「はは、ばぶばぶね、ああちゃん、ははは」それは出水の中を逃げるあのときのことだ、恐ろしいということを感づいていながら、おせんの言葉に合わせてけなげに笑ってみせた。ああ、おせんは足が竦《すく》み、走れなくなって喘《あえ》いだ。

——堪忍して幸坊、堪忍して。

両手で耳を掩い、眼をつむって立停った。子供の泣きごえはさらにはっきりと、じかに胸へ突刺さるように聞えた。「ああちゃん、かんにんよ、こうぼいい子よ、*めんちゃい——」

おせんは喘いだ、髪が逆立つかと思えた、そして狂気のように引返して走りだした。

子供は泣いていた。ねんねこをひきずりながら、地面の上を四五間《けん》もこっちへ這《は》いだし、こくんこくんと頭を上下に振りながら、ああちゃんいやよ、ああちゃんいやよと声いっぱいに泣き叫んでいた。——おせんはとびつくように抱きあげ、夢中で頰ずりをしながら叫んだ。

「ごめんなさい幸坊、悪かった、悪かった、ああちゃんが悪かった、ごめんなさい」

しがみついてくる子供の手を、そのままふところへいれて乳房を握らせ、片方の乳房を出して口へ含ませた。

「捨てやしない、捨てやしない、どんなことがあったって捨てやしない、どんなことがあったって」

おせんはこう叫びながら泣いた。

「——幸坊はあたしの子だわ、あたしが苦労して育てて来たんじゃないの、誰にだって捨てろなんて云われる筈がないわ、たとえ庄さんにだって、……ねえ幸坊、あたし幸坊もう決して放しゃしなくってよ」

子供は泣きじゃくりながら、片手できつく乳房を握り、片乳《かたぢ》へ顔のうまるほど吸いついていた。おせんはやがて立ちあがり、抱いたまま上からねんねこでくるみ、包を持って、やや風立って来た道を家のほうへ帰っていった。

明くる朝、子供を負《おぶ》って洗濯物を干していると、庄吉が来た。彼は歪んだ皮肉な顔つきで、道のほうからこっちを眺めていた。

それからそばへ寄って来た。――おせんはできるだけのちからで微笑し、相手の眼をみつめながら吃《ども》り吃り云った。

「ごめんなさい、庄さん、あたしゆうべ、捨てにいったのよ」

「――でもそこに負ってるね」

「いちど捨てたんだけれど、可哀《かわい》そうで、とてもだめだったの、庄さんだって、とても出来ないと思うわ」

「――わかったよ、証拠をみればいいんだ」

「ねえ、あたしを信じて」おせんは泣くまいとつとめながら云った、「――本当のことはいつかわかる筈よ、あたし待ってるわ」

庄吉はなにも云わずに踵《きびす》を返した。くるっと向き直って道のほうへ歩きだした、おせんはふるえながらそのうしろへ呼びかけた。

「庄さん、あたし待っててよ」

しかし彼は振向きもせずに去っていった。

後篇

一

十二月にはいると間もなく幸太郎が麻疹《はしか》にかかった。その十日ほどまえから鳥越《とりごえ》のほうに、疱瘡《ほうそう》がはやると聞いたので、御蔵前《おくらまえ》にある*佐野正《さのしょう》の店へ仕事のために往《ゆ》き来《き》するおせんはそのほうを心配していたし、病みだした初めのうちもてっきり疱瘡だろうと思ったのであるが、五日めになって医者が発疹《はっしん》のもようをみたうえたぶん麻疹だろうと云《い》い、そのとおりの経過をとりだしたのでいちおう安心した。じつはその少しまえ、幸太郎が乳を貰《もら》っていた友助《ともすけ》の家で、その子の和助というのが麻疹にかかっていた。乳が同じであるし、生れ月も近いしおまけに看病のしやすい年《とし》恰好《かっこう》だから、本当ならうつして貰ってもさせるところなのだが、和助のは性《しょう》が悪いらしいということで、向うから近づかないようにと注意されていたのである。——そんなことから麻疹だとわかってひと安心しながら、もしやその性の悪いのがうつっていたのではないだろうかとも思い、発疹が終って熱のひくまでは痩《や》せるほど気をつからせてしまった。

幸太郎は半月ほどできれいに治ったが、その前後からおせんは友助夫婦のようすの変ったことに気づいた。和助という子は生れつき弱いところもあったとみえて、幸太郎がよくなってからも唇のまわりや頭などに腫物《はれもの》のようなものが残り、それがなかなか乾かないで困ると云っていたがそんなことを口実のように、夫婦ともおせんから遠退《とおの》こうとする風がだんだんはっきりしだした。かれらとは水で亡《な》くなった勘十夫婦のひきあわせで、知りあい、幸太郎のための乳から始まってずいぶん世話になってきた。友助というひとは材木問屋の帳場を預かるくらいで、くちかずの少ない律義《りちぎ》な性分だし、女房のおたかもお人好《ひとよ》しと云われるくらい、善良でおとなしかった。出水《でみず》のあと、おせんのためにその住居を直して呉《く》れたり、仕事場から出る木屑《きくず》を夜のうちにそっと取っておいて呉れたり、また幸太郎の肌着にと自分の子の物をわけて呉れたり、そのほかこまごました親切は忘れがたいものである。勘十夫婦に亡くなられたいまのおせんには、殆《ほと》んど頼みの綱ともいうべきひとたちであった。それがどうしたわけかこちらを避けはじめた。道などで会えば口をききあうが、それも以前とは違ってよそよそしく、とりつくろった調子が感じられた。——いったいなにがあったのだろう。なにか気に障《さわ》るようなことでもしたのだろうか。考えてみたけれどもそれと思い当ることはなかった。

もうかなりおし詰ってからの或《あ》る日、おたかが珍しく訪ねて来たので、しかけていた夕餉《ゆうげ》のしたくをそのままに出てゆくと、彼女はいっしょに伴《つ》れて来たらしい中年の男に振返って、この家ですよと云った。男は四十五六になる小肥《こぶと》りの軀《からだ》つきで、日にやけた髭《ひげ》の濃い顔にとげとげしい眼をしていた。

「おせんちゃん、このひとは下総《しもうさ》の古河《こが》からみえた方でね、お常さんの実の兄さんに当るんですってよ」

「まあおばさんの、——それはまあ……」

おせんは寒いような気持におそわれた。これまでながいこと待っていたのに誰もあらわれず、もうこのままおちつくのだと思っていたが、こうして亡くなったひとの兄が来たとなると、もしかすればこの家を出てゆかなければならなくなるかもしれない、そんなことになったらどうしよう。なによりも先にそういう不安がわいてきたのであった。——ひきあわせが済むと、おたかはすぐに帰っていった。男はおせんに水を取らせて足を洗い、ぬいだ草鞋《わらじ》と足袋を外へ干してから上へあがって莨入《たばこいれ》をとり出した。どうするつもりだろう、おせんは、ますます強くなる不安のなかで、ともかくも夕餉の量を殖やし、乾魚《ひざかな》を買いに走ったりした。男は、もともと無口なのか、食事が済むまで、殆んど口をきかなかった。頰の尖《とが》った髭の濃い顔には少しも表情がなく、くぼんだ眼だけが怖いように光っている、その眼でなんども部屋の中を見まわしたり、幸太郎の騒ぐのを、うるさそうに睨《にら》んだりするばかりだった。そんな客が珍しいのだろう、子供はじいたんじいたんと云って、まわらない舌で頻《しき》りに話しかけたり笑ってみせたりした。うっかりすると膝《ひざ》へ這《は》いあがろうとするので、おせんは食事が終るとそうそう、厭《いや》がるのを負《おぶ》ってあと片付けをした。……朝のしかけも済んでしまったが男はおちついて莨を吸っていた、百姓をする人に特有の少しこごみかげんな逞《たくま》しい肩つきや、辛抱づよくなにごとかを待っているという風な姿勢をみると、どうにもそこへいって坐《すわ》る気になれず、おせんはまるで身の置き場に窮した者のように、狭い台所でいっとき息をひそめるのであった。

「用が済んだらこっちに来なさらないか」物音が止《や》んだのに気がついたとみえ、男が向うから呼びかけた、「――それからだいぶ冷えるが、火が有ったら貰えまいかね」

「済みません、火をおとしてしまいまして、あのう」おせんは赤くなった、「小さいのがいて危ないもんですから、家の中へは火を置かないようにしていますので、ついい」

男はまた黙って部屋の中を見まわした。おせんは消した焚《た》きおとしで火を作ろうかと思ったが、それだけあれば朝の煮炊《にた》きが出来るので、そのままそっと部屋の中へはいってゆき戸納《とだな》からあの風呂敷包《ふろしきづつみ》をそこへ取り出した。

「これは水の晩にあたしがお常さんのおばさんから預かったものですの」

「あらましのことは友助さんに聞いたがね」

男は包をちょっと見たばかりでこう云った。

「――わしも心配はしていたが、まさか死んでいようとは思わなかった、死躰《したい》もわからずじまいだったというが……まだわしには本当とは思えない」

彼の名は松造《まつぞう》というそうで、古河の近くの旗井《はたい》というところで百姓をしている。あのときはそっちも水が溢《あふ》れだし、家はそれほどでもないが田畑にはかなりな被害があった。そのあと始末に手が離せなかったのと、人の評判では江戸はたいした事がないというので、知らせのないのを無事という風に考えて問い合せもしずにいた。それにしても余り信《たよ》りがないし、こんど千住市場《せんじゅいちば》へ荷の契約があって出て来たのを幸い、それを済ませて此処《ここ》を訪ねたのである。初めてのことでようすがわからず、歩きまわるうちに材木問屋の梶平《かじへい》の店の前へ出た。そこにはかねて勘十から友助という者のいることを聞いていたので、立寄って話をし、思いもかけない妹夫婦の死を知らされたのである。――松造は以上のことを、ぶあいそな調子で語った、語るというよりも不平を述べるという感じであった。

おせんも幸太郎を膝に抱きおろして、あの夜の出来事を記憶するかぎり詳しく話した。死躰のみつからなかったことは捜さなかったためもあるかもしれない、しかし子供を背負った自分でさえ無事なのである、夫婦二人のことだし、洪水といっても堤を欠壊して濁流が押しかかるというようなものではなかったので、万に一つも死んでいるなどとは考えられなかった。どこかへ避難していていまに帰るものと信じていた。それがいよいよ帰らないことがわかり、それでは死躰をというじぶんには、川筋のどこでもすでにそういうものの、始末がついたあとであった。そういうわけで、世話になりながら死後のとむらいもせずにいたのは、申しわけのないことであるけれど、じつを云うと自分もまだ本当にお二人が死んでしまったとは思えない、いつか元気な姿で帰ってみえるような気がしてならないのである。――こういう意味のことを云って涙を拭《ふ》いた。松造は蓬《よもぎ》臭い莨を吸いながら頷《うなず》きもせずに聞いていた、話したことがわかったのかどうか、まるっきり別のことを考えてでもいるように、硬い表情で黙って莨ばかり吸っていた。

松造は泊っていった。千住に舟が着けてあって、朝早くそれに乗って帰るということだった。いまにも、家のことを云われはしないかと、そればかり胸に閊《つか》えていたのだが、朝飯を済ませてもそのことに触れず、干しておいた草鞋と足袋をおせんに取らせ、それを穿《は》いて古ぼけた財布を出して幾枚かの銭を置いた。

「これで子供に飴《あめ》でも買ってやるがいい」

「まあそんなことは、いいえどうかそれは」

「厄介をかけた、——じゃ……」

そのまま出るようすである、おせんは思いだして風呂敷包をと云った。松造はむぞうさにそれはまた次に来たときにしようと答えた。そこでおせんは幸太郎を抱き、戸口へ送りだしながら思い切って訊《き》いた。

「あのう、あたしこの家にいてもいいんでしょうか」

松造は振返ってけげんそうに、こっちを見た、ゆうべとげとげしくみえた眼が、今はもっとするどく尖り、こちらの心を刺すかのように光っていた。

「この家は友さんという人が、材木の残り木で建てて呉れたものだそうだ、それから水で毀《こわ》れたのを直して、おまえに住まわせて呉れたものだそうじゃないか、——そうとすればおまえの家だ」

「それじゃ、あの、あたし、いてもいいんですわね」

松造は茶色になった萱笠《すげがさ》を冠《かぶ》った。

「ときどき泊らせて貰うからな」こっちは見ずにこう云った、「――その代りこんど来るときは、自分の喰《た》べる物は持って来る」

彼が去ったあと、おせんは幸太郎を抱いたまま嬉《うれ》しさにこおどりをした。もう大威張りよ幸ちゃん、これ、ああちゃんと幸坊のお家になったのよ、ごらん、幸坊は三つで家作《かさく》もち、えらいのねえ。――幸太郎はわけのわからぬままにおせんの首へ抱きつき、おせんのはしゃぐのに合わせてきゃっきゃっと躍り跳ねた。……昨日からの不安が解け、ようやく気持がおちついてくると、まず考えたのは友助夫妻のことであった。この家がおせんのものであるように云って呉れたのは友助夫妻である、かれらはこの頃ずっと疎《うと》んずるようすだった。そしてもし自分に好意を持たなくなったとすれば、ここから追い出すことはぞうさもない話である、それをこういう風にして呉れたのは、たとえ憐《あわ》れみからだったとしても感謝しなくてはならない。

「お礼にいきましょう幸ちゃん」おせんは子供に頰ずりをした、「――和《わ》あちゃんになにかお土産《みや》を持ってね、幸坊はもう和あちゃんのことを忘れたでちょ、忘れちゃだめよ、和あちゃんは幸坊のたった一人の乳兄弟《ちきょうだい》なのよ」

二

友助の家へ礼にゆくにはもう一つの意味があった。それは庄吉のようすがわかるだろうということである。あの朝の悲しい別れからこっち、おせんはいちども庄吉に会っていなかった。あのときの口ぶりでは、江戸にいるかもしれないし大阪へ戻るかもしれない、どっちともきめていないという風だったが、その当座は梶平にいて仕事場を手伝っているということを、それとなくおたかから聞いたことがあった。――もちろん大阪へなどゆきはしない、きっとこの土地にいるに違いない。おせんはこう確信した。庄吉がおせんを疑っている気持はよくわかる、そして自分にはその疑いを解く証拠がない。大阪という遠いところにいて、飛脚屋の権二郎《ごんじろう》からたび忌《いま》わしい話を聞き、帰って来て現におせんが子を抱いているのを見たのだ。ここにもし多少の証拠があって、このとおりであると並べてみせることが出来たとしても、それで庄吉の疑いがきれいに解けはしないだろう。

――本当のことはいつかはわかる筈《はず》よ、あたし待っていてよ、庄さん。

あのときおせんはこう云った。深く考えて云ったのでない、しぜんに口を衝《つ》いて出た叫びであった。そしてそれがいちばん慥《たし》かであり、必ずそのときが来るに違いないと思った。愛情には疑いが付きものである、同時にいちどそのときが来れば了解も早い、じたばたしないで待っていよう。こういう風に思案をきめていたのであった。

松造の帰った翌日、おせんは彼の置いていった銭に幾らか足して大きな犬張子を買い、それを持って友助の家へ礼にいった。橋からはいって長屋のほうへゆくと、新しい木の香が噎《むせ》っぽく匂《にお》ってきた。おせんは切ないような気持で脇《わき》へ向いた、庄吉と悲しい問答をしたときのことが、その匂いからまざまざと思いうかんだのである。――表で洗濯をしていたおたかは吃驚《びっくり》したような眼でこちらを見、濡《ぬ》れた手をそのまま悠《ゆっ》くり立上った。おせんは家を出なければならないかと思ったところ、今までどおり住んでいられるようになったこと、それはお二人のお口添えのおかげで、こんな有難いことはないと心をこめて礼を述べた。

「いいえそんなことはありませんよ、うちじゃなんにも云やしませんよ、お礼を云われるようなことはしやしませんよ」

おたかは人の好《よ》い性質をむきだしに、けれども明らかに隔てをおいた口調でそう繰り返した。おせんはまた、久しくみないから幸太郎に和あちゃんと会わせてやりたいが、和あちゃんはどうしているかと訊き、そして、つまらない物だが途中でみつけたからと云って、買って来た犬張子を差出した。

「そんなことしないで下さいよ、そんなことして貰うとうち*に、、怒られますからね、本当に困りますよ」こう云って途方にくれるような顔をし、それでも手には取ったが、おたかの顔はやはり硬いままだった、「――せっかく幸坊が来たのに気の毒だけどねえ、あの子はいましがた寝かしたばかりなんで」

「ええいいのよおばさん、そんならまた来ますから」

おせんはこう云ってから、まわりに人のいないのをみさだめ、おたかのほうへそっと身を近寄せて云った。

「おばさん、こんなこと訊いて悪いかもしれないけれど、あたしなにかおばさんたちの気に障るようなことしたんでしょうか、――もしなにかそんなことがあるんなら云って下さらない、あたしこんな馬鹿《ばか》だから、気がつかずに義理の悪いことをしたかもしれないし、もしそうならお詫《わ》びをしますから」

「そんなことありませんよ、そんな」おたかは狼狽《ろうばい》したように眼をそむけた、「――不義理だなんて、あたしたち別になにも気に障ってなんぞいやしませんよ」

おせんは相手の眼を追うようにして見まもった。慥かになにかあると思ったから、そしてぜひともそれは訊きださなければならないと思ったから。――おせんは云った、自分がどんなに二人の世話になって来たか、それをどんなに感謝しているか、勘十夫婦の亡くなったあと、小さな者を抱えて生きてゆくのに、どれくらい二人を頼みにしているか、親ともきょうだいとも思ってるのに、さき頃から二人が自分を避けるようになった、これは自分にとってなにより悲しく寂しい、自分になにかいけないところがあったのだろうが、それがわかりさえすればどんなにでも直そう、どうか本当のことを云って貰いたいし、たのみ少ない自分をつき放さないで貰いたい。これだけのことを心をこめて云った。

——おたかは聞いているうちに感動したようすで、しかしその感動をうち消そうと、気の毒なほどどうろうろするのがみえた。まちがいなく彼女は迷いだしていた。こうと思いきめていながらおせんの言葉につよくひきつけられ、気持の崩れだすのを防ぎかねていた。

「いいわ、じゃ云うわ、おせんちゃん」

やがておたかはこう云った、そしてすばやくあたりを見まわし、手招きをして家の中へはいった。——六帖《じょう》に三帖の狭い住居で、どこもかしこもとりちらしたなかに、枕屏風《まくらびょうぶ》を立てて和助が寝かされていた。おたかはその枕許《まくらもと》へそっと犬張子を置き、おせんと差向いに坐って火鉢の埋《うず》み火を掻《か》きおこした。

「あたしがよそよそしくしたのは、おせんちゃんがなにもあたしたちに不義理をしたからってわけじゃないのよ」おたかはこう話しだした、「――正直に云うと庄吉さんのためなの」

「庄さんのためって、だって庄さんが」

「いつだっけかしら、そう、あの人があんたと置場で逢《あ》って話をしたわね、あれから十日ばかり経《た》ってだわ、うちのひとが庄吉さんを呼んで此処でお酒をいっしょに飲んだの、そのときあの人はあんたのことを話しだしたのよ、杉田屋にいたじぶんのことから大阪へゆくようになったわけ、そのときおせんちゃんと約束をしたことも云ったわ、固く固く約束したんだって、――大阪へいってから、それこそ血の滲《にじ》むような苦労をしながら、その約束ひとつを守り本尊にして稼いだって」

おせんは耳を塞《ふさ》ぎたいように思った。なにもかもわかっている、それから先は聞くまでもないことだ、聞くのは辛《つら》いし苦しい、もうやめて下さいと云いたかった。

だがおたかは続けた、権二郎の告げ口から庄吉が江戸へ帰って来るまでのこと、帰って来てからおせんと逢うまでのこと、そしておせんが彼の申出をきかず、子を棄《す》てようとしなかったことなど、――朴直《ぼくちょく》なひとに有りがちの単純さで、話すうちにおたかはまた庄吉への同情を激しく唆《そそ》られたらしい、口ぶりにも顔つきもさっきのうちとけた色はなくなって、再びよそよそしい調子があらわれてきた。

「あの人は泣いていたわ、あたしたちも泣かされたわ」おたかはこう結んだ、「――おせんちゃんにもそれだけのわけがあるんだろうけれど、まだそれほど年月が経ったというんでもないのにあんまりじゃないの、あたしは女だからそういっても薄情な気持にはなれない、出来たことはしようがないとも思うけれど、うちのひとがすっかり怒ってしまって、もう往《ゆ》き来《き》をしちゃあいけないっていてきかないのよ、だからあんたも当分はそのつもりでね、いつかまたうちのにあたしがよく云うから、それまで辛抱して独りでやっていらっしゃいな」

「よくわかってよ、おばさん」おせんは乾いたような声でそう云った、「――庄さんは思い違いをしているの、この子はあたしの子じゃあないわ、でも今はなにを云ってもしようがない、云えば云うだけよけいに疑ぐられるんですもの、だから、あたし待つ決心をしたのよ、それがみんな根も葉もないことだということはいつかきっとわかると思うの、……おばさんやおじさんにまで嫌われるのは辛いけど、こうなるのもめぐりあわせだと思って辛抱するわ、そうすればいつかは、おばさんにも」

だがあとは続かなかった。わっと泣けてきそうで堪《たま》らなくなり、挨拶《あいさつ》もそこそこに幸太郎を抱いて外へ出た。——友助夫妻の遠退《とおの》いた意味はわかった。しかしなんと悲しく口惜しいことだったろう、女の自分でさえ誰にも訴えたり泣きついたりせず、大きすぎる打撃を独りでじっと耐《こら》えてきたのに、あの人はいわば、知らぬ他人の二人になにもかも話した、中傷をそのまま鵜《う》呑みにし、無いことを有ったことのように信じて、男が泣きながら饒舌《しゃべ》ってしまった。……それに依《よ》って頼みにしているあの夫婦が自分から離れることをあの人は知っていたのであろうか、自分への疑いは愛のためだったとしても、そういうことを他人に話して、おせんが世間からどんな眼で見られるかを考えては呉れなかったのだろうか、これもやっぱりあの人があたしを愛しているためなのだろうか。——おせんは今すぐ庄吉に会って、云うだけ云ってやりたいという激しい感情に唆られ、幸太郎がしきりにむずかるのも知らず、なかば夢中でふらふらと大川のほうへ歩いていった。

三

その年の暮に人別改《にんべつあらた》めがあった。洪水から初めてのことで、おせんと幸太郎はその住人であり、その家の主であることをはっきり認められたわけである。世間の景気は悪くなるばかりで、相変らず親子心中とか夜逃げとか盗難などの厭《いや》な噂《うわさ》が絶えなかった。おせんが顔を知っている人のなかにも、田舎へ引込むとか、いつかしらいなくなっているような例が二三あった。だがそれが江戸というものなのだろう、一家で死んだり夜逃げをしたりするあとには、三日とおかず次の人がはいって、同じような貧しく忙しい暮しを始めるのであった。

　貧しさには貧しさのとりえと云うべきか、日頃から*掛け買いの出来ないおせんは、*年を越す苦労もひとよりは少なく、*白くはないが*賃餅《ちんもち》も一枚搗《つ》いて、かたちばかりに門口へ松と竹も立てた。――そこへ大晦日《おおみそか》の夜になって、それも、かなりおそくおもんが訪ねて来た。白粉《おしろい》のところ剝《は》げになった顔が、寒気立ち、埃《ほこり》まみれの髪を茫々《ぼうぼう》にしたままで、*老人の物を直したらしい縞目《しまめ》のわからない布子《ぬのこ》を着ていた。

「表を通りかかったもんだからね、どうしてるかと思ってさ、おお寒い」おもんは身ぶるいをしながらあがって来た、「――なんて冷えるんだろう、ちょっとあたらせてね」

「こっちへ来るといいわ、炭が買えないんで焚《た》きおとしなの、暖たまりあしないから、――さあお当てなさいよ」

「坊やはおねんねだわね、こんど幾つ」

「四つになるのよ」

おもんは火桶《ひおけ》の上へ半身をのしかけ、両手を低く火にかざしながら寝ている子供のほうを見やった。あのときからみると頰の肉がおち、眼の下に黝《くろ》ずんだ暈《くま》ができている、脂気《あぶらけ》のぬけたかさかさした皮膚、白っぽく乾いている生気のない唇、骨立って尖《とが》ってみえる肩など、思わずそむきたくなるほど悄衰《しょうすい》した姿であった。

「ほんの一つだけれど、お餅があるから焼きましょうか」

「ああたくさんたくさん」おもんは不必要なほど強く頭を振った、「――昨日からどこへいっても餅攻めで、それああたしお餅には眼がないほうだけど、でもこう餅ばかりじゃあいくらなんでも胸がやけるわ、あたしは本当にいいんだから心配しないでよ」

「うらやましいようなことを云うわね、でも一つくらいはつきあうもんよ」

おもんが嘘《うそ》を云っていることは余りに明らかであった。おせんは一つでも惜しい餅ではあったけれど、見ていられない気持で三つ出し、網を火に架けたり小皿に醬《しょう》油《ゆ》を注いだりした。ふっくらと焼けてくる香ばしい匂いが立つと、おもんは生唾《なまつば》をのみのみ活潑《かっぱつ》に話し始め、この頃は面白いように稼ぎのあること、世間の不景気なときは自分たちのほうがふしぎに客の多いこと、この調子なら間もなく、小さな家くらい持てそうなことなど、なにかが逃げるのを恐れでもするようにせかせかと語り続けた。そしておせんが焼けたのを小皿に取って出すと、話に気をとられているというようすですぐ口へもってゆき、三つともきれいに喰べてしまった。

「人間どうせ生きているうちのことじゃないの、あんたなんか縹緻《きりょう》がいいんだもの、こんな内職なんかであくせくしているのは勿体《もったい》ないわ、苦労するのも一生、面白く楽しく、したいようにして生きるのも一生だわ、ねえ、あんただって好きでこんな暮しをしているわけじゃないでしょう、ぱっと陽気に笑って暮す気にならない、おせんちゃん」

むりに元気づけた調子でそんなことを云いだした。思いだしたように鋏《はさみ》を借りて指の爪《つめ》を切り、これから浅草寺《せんそうじ》のおにやらいにゆくのだがなどと云って、なお暫《しばら》くとりとめのない話をしたうえ、吹きはじめた夜風のなかへと出ていった。

「可哀《かわい》そうなおもんちゃん」

火桶の火を埋めながら、おせんはそっとこう呟《つぶや》いた。片町《かたまち》へかかる道で会ったときは、ひと眼でそれとわかる姿のいやらしさに、ただ反感を唆られるばかりだった。あの火事のあと貧しい娘や女房たちまでが、そんなしょうばいをして稼ぐという評判は、よく聞いた。天王町の裏にひとところ、三軒町《さんげんちょう》から田原町《たわらちょう》のあたりに幾とこ
ろとか、そういう人たちの寄り場があり、表向きは駄菓子を売ったり、花屋のよう

なていさいで客を取るのだという。聞くだけでも、耳が汚《けが》れるような思いだった。あんなに仲の良かったおもんが、そういう女のひとりになったと知ったときは、哀れむよりさきに厭らしさと怒りで震えるような気持だったが、今夜のようすではよほど困っているらしい、それこそ食う物にも不自由らしいことがわかり、そこまで身を堕《お》としても運のない者にはいいことがないのかと、自分のことは忘れていたましく思うのであった。

――可哀そうなおもんちゃん。

元旦《がんたん》は朝から曇っていた。雑煮を祝ったあと、おせんは幸太郎を背負って、産土《うぶすな》神《がみ》の御《お》蔵前八幡《くらまえはちまん》へおまいりをし、それから俗に「おにやらい」という修正会《しゅしょうえ》を見に浅草寺へまわった。その帰りのことであるが、人ごみの中で和助を負《おぶ》ったおたかに会い、道の脇へ寄って少し立ち話をした。年賀にゆきたいのだがああいうわけがあるので遠慮をする、お二人ともつつがなくお年越しでおめでとうございます、こう挨拶すると、おたかも挨拶をし返したうえ、もちまえの気の好さからだろう、昨夜から庄吉さんが梶平へ来ていますと云った。

「祝う身寄りもなくって寂しいから、こちらで正月をさせて呉れって来たんですって、だいぶいい稼ぎをしたらしいって話でしたよ」

「それじゃあ、あの人、――あれからどこかへいってたんですか」

「あら話さなかったかしら」こう云っておたかはちょっと気まずそうな眼をした、「――あれから間もなくお店を出たんだけど、梶平さんの旦那《だんな》の世話で、阿部川町《あべかわちょう》のなんとかいう頭梁《とうりょう》の家へ住込みではいったそうよ」

「なんという頭梁かしら――」

「さあ、あたしは詳しいことはなんにも知らないからわからないけれども、でも頭梁っていえば一町内にそうたくさんいるわけでもなし、おせんちゃんがもし尋ねてゆくつもりなら」おたかはそう云いかけてふと空を見上げた、「――あらいやだ、雪よ、まあお元日に悪いものが降りだしたわね」

そして自分は花川戸《はなかわど》に寄るところがあるからと、おたかは急ぎ足に別れていった。――粉のように細かい雪が舞いだした、人の往き来で賑《にぎ》やかな町筋がにわかに活気立つようにみえ、子供たちは口々に叫び歌い交わしながら、道いっぱいに跳ねたり駆けまわったりし始めた。おせんの背中でも幸太郎がしきりに手足をばたばたさせ、降って来る雪を摑《つか》もうとして叫びたてた。

「ゆきこんこいいね、ゆきこんこ、ああたんゆきこんこいいね」

おせんは幸福な気持だった。庄吉が梶平の店を出たということは知らなかったけれど、住込みでよそへいっていた彼が、正月をしに帰って来たという、祝う身寄りもないからと云ったそうだし暫く厄介になった人たちへの懐《なつ》かしさもあるだろうが、なんといっても近くに自分のいることが最も大きい原因に違いない。自分の近くへ来て、自分のようすを聞いたり見たりしたいのだ、殊《こと》によるとすっかり事情がわかって、その話をする積りで来たのかもしれない。——もちろんはっきりそうと信じられる理由はなかった、そういう臆測《おくそく》とは逆なばあいも想像することができる。しかしそれでもいい、どういう意味にせよ彼が自分の近くへ来ることは愛情のつながっている証拠なのだ。はかないといえばいえるけれど、それだけでも今のおせんは幸福な気持になれるのであった。

三日の午後に古河から松造が来た。野菜物を千住《せんじゅ》の問屋へ送って来たのだと云って、おせんにも土の付いた牛蒡《ごぼう》や人参《にんじん》や漬菜《つけな》などをぜんたいで二貫目*あまりと、ほかに白い餅や小豆や米なども呉れた。彼はその夜また泊っていったが、例のようにぶすっとして余り口をきかず、蓬《よもぎ》臭い莨《たばこ》をふかしては、怖いような眼で部屋の中を見まわしていた。——松造は明くる朝まだうす暗いうちに去ったが、こんども小銭を幾らか置いて、怒ってでもいるように子供に飴でも買ってやれと云った。

「あの包はお持ちにならないんですか」

草鞋《わらじ》を穿《は》いて出ようとするので、そう訊《き》くと、彼はちょっと考えるようすだったが、やがて低い沈んだ調子で、おせんの問いとはまるで縁のないことを云った。

「人間は正直にしていても善いことがあるとはきまらないもんだけれども、悪ごすく立廻ったところで、そう善いことばかりもないものさ」

そして空いた袋や籠《かご》を括《くく》りつけた天秤棒《てんびんぼう》を担《かつ》ぎ、少し前踞《まえこご》みになってさっさと帰っていった。おせんは四五日のあいだ気がおちつかなかった、松造の言葉がなにを諷《ふう》しているのかもわからないし、あんなに物を持って来て呉れる気持もわからない。こんな時勢にただの好意でして呉れるとは思えないが、好意だけではないとしたらなにか企《たくら》みでもあるのだろうか。あの包を持ってゆかないところをみるとまた来る積りだろうが、こんど来たらどう扱ったらいいか。――考えるとまた厭なことが起こりそうで、さりとて相談をする者もなく、気ぶっせい*な感じを独りでもて余した。

松の取れるまでそれとなく梶平の店の近くへいってみたり、表を通る人に絶えず注意していたりしたが、とうとう庄吉の姿を見ることはできなかった。やっぱりまだ疑いが解けていないのに違いない、殊によると会いに来て呉れるかもしれないとさえ思ったのであるが、それが間違いだとわかっても、おせんはさほど悲しくはなかった。庄吉は同じ浅草にいるのである、阿部川町といえば此処《ここ》からひと跨《また》ぎだし、住込みならそう急によそへゆくこともあるまい、近くにさえいて呉れれば事実のわかる機会も多いので、あせらずに待っていようという気持だったのである。

——その点には少しも迷いはなかったけれども、近所のことでどうにも当惑に耐えないことが起こった。もともとおせんは余り近所づきあいをしないほうだったが、それでも通りがかりに寄るとか、夜話しに来るとかいった女房たちが二三人はいた。それがまるで申し合せでもしたように、暮あたりからばったり顔をみせなくなり、道で挨拶をするくらいの人のなかにも、ふと白い眼でこちらを見るような風が感じられるのであった。まえに友助夫妻のことがあるので、こんどもなにかそれだけの理由があるのだろうと思い、しかしそう咎《とが》められるようなおちどをした覚えもなかったから、捨てておいても大したことはあるまいと軽く考えていた。

四

元来がそう親しい人たちでもなく、こちらは満足に茶も出せないような生活で、来られれば却《かえ》って時間つぶしなくらいである。しかしそう揃《そろ》ってみんなにすげなくされることは、寂しくもあり、ますます孤独になるようで心細くもあったので、折さえあればおせんのほうからあいそよく話しかけるように努めていた。すると一月なかば過ぎのことだったが、柳河岸《やなぎがし》の新しい地蔵堂の初縁日でおせんも子供を伴《つ》れて参詣《さんけい》にいったところ、そこで、まったく思いがけないことを聞いたのであった。——列をなしている人々といっしょに、火のついた線香を買って並んでいると、後ろでげらげらと笑いながら、大きな声でこう云うのが聞えた。

「そうともさ、義理だの人情だのといったのは昔のことで、今じゃてんでん勝ち*が大手を振って歩くのさ、すえ始終*の約束をしておきながら、相手が一年もいなければもうほかの男とくっつき合ってしまう、それも十六や七の本当ならおぼっこい年をしてえてさ」

その声には覚えがあった。振返って慥《たし》かめるまでもない、よく話に寄った女房のひとりで、亭主が舟八百屋*をしているお勘《かん》という女だ。おせんはかっと頭が熱くなった、自分に当てつけているのである、此処に自分がいるのを見て、わざわざ聞えるように云っているのだ。そしてかれらが来なくなった理由もそこにあったのである。——おそらく友助のほうから伝わったに違いない、それも庄吉に同情するあまりのことだろう、ほかにわる気がある道理はない、わかる時が来ればわかるのだ。こう思って、おせんはじっと自分をなだめていた。しかしお勘のたか声はさらに続いた。

「ところが恥を知らないくらい怖いことはない、赤ん坊が生れたと思うと男に死なれちまった、たいていの者ならいたたまれない筈《はず》だが、火事で町のようすが変り、知った者がいなくなったのをいいことに、しゃあしゃあと元の土地にい据わって約束の相手の帰るのを待っていた、そして相手が帰って来るとこの子は自分の子じゃあないとさ、ちゃんとおまえを待っていたってさ」

「云えたもんじゃあないよねえ」こう合槌《あいづち》をうつのが聞えた、「――それも二十にもならない若さでさ、よっぽど胆《きも》が太いかすれっからした女なんだね」

おせんは自分でも知らずに、並んでいる人の中からぬけてそっちへいった。頭がくらくらし軀《からだ》が音を立てるほど震えた。どんな顔をしていたことだろう、彼女はお勘の前へいって叫んだ。

「いまのはあたしのことを云ったのね、おばさん、あたしのことだわね」

「さあどうだかね」お勘はちょっと気押されたように後ろへ身をひいた、「――あたしゃ人から聞いたんだからよく知らないよ、おまえさんだかなんだか知らないが、たとえ誰のことにしたってあんまり」

「なにがあんまりなの、どこがあんまりなの、はっきり云ってごらんなさいよ、誰が義理人情を知らないっていうの、誰が男とくっついたの、誰が、誰がよその男の子を生んで自分の子じゃないなんて云ったの、云ってよおばさん、それはどこの誰なの」

　声いっぱいの叫びだった。参詣の人たちはなにごとかと寄って来ると、幸太郎は怯《おび》えたように泣きだしていた。けれどもおせんには人の群もみえず幸太郎の泣きごえも聞えなかった、かたく拳《こぶし》を握り眼をつりあげて、お勘のほうへつめ寄りつめ寄り叫びつづけた。

「云えないの、云えないならあたしが云ってあげるわ、今あんたの口から出たことはみんな嘘よ、根も葉もない嘘っぱちよ、あんたもあんたにそんな話をした人も本当のことはこれっぽっちも知っちゃいない、みんなでたらめよ」

「そんならなぜ」お勘も蒼《あお》くなった、「――それが本当ならなぜ独りでいるんだい、どうしてその人のところへ嫁にゆかないんだい」

「あたしは、あたしはそんなこと云っちゃいないわ、そして、そんなことはおばさんの知ったことじゃないじゃないの」

「どういうわけでその人はあんたを貰《もら》いに来ないの」お勘は平べったい顔をつきだし、眼をぎらぎらさせながら喚《わめ》いた、「――その人は帰って来たんだろ、会って話もしたというじゃないか、それで嫁に貰わないってのはどういうわけさ、おまえさんのほうであいそづかしでもしたってのかい」

「あの人のことはあの人のことよ、あたしは自分のことを云ってるんだわ、あたしがちゃんと待っていたことを、この子はあたしの子じゃ……」

おせんの舌はとつぜんそこで停った。幸太郎の悲鳴のような泣きごえが耳に突入り、縋《すが》りついている幼い手の、けんめいな力が彼女をよびさましたかのようだ。とりまいている群衆の眼にきづいた、お勘はますます喚きたてる。自分はなにをしたのだろう。なんというばかな恥ずかしいことを、――おせんはがたがた震えながら、幸太郎を抱いて歩きだした。そこにいる限りの人がおせんを眺め、嘲《あざけ》りと卑《いや》しめの言葉をその背へ投げた。

「そんな恥知らずないたずら女は町内にいて貰いたくないもんだ」お勘がなおもこうどなっていた、「――そんな者にいられたんじゃこっちの外聞にもかかわるからね、さっさとどこかへ出てってお呉れよ」

幸太郎は両手でおせんにしがみつき、全身を震わせながら泣きじゃくっていた。おせんはかたく頰を押付け、背中を撫《な》でながら河岸ぞいに歩いていった。そうだ、なんというばかな恥ずかしいまねをしたことだろう、どうもがいたところでお勘を云い伏せられるわけがないではないか、庄吉でさえ疑っているものを、他人がそう信じるのは当然のことではないか。――おまけにあんな大勢の人々のいる前で、この子は自分の子ではないと叫びかけた。誰に信じて貰えもしないことを云って、それが小さな幸太郎の耳に遺《のこ》ったとしたらどうするか。数え年ではあるがもう四つになる、殊にあんな異常なばあいの記憶はながく消えないものだ、自分が拾われた子などということを覚え、また人からそう云われるとしたら。……おせんは幾たびもぞっと身を震わせ唇を噛《か》みしめた、そして幸太郎を力いっぱい抱きしめ、燃えるような愛と謝罪の気持で頬ずりをした。

「めんちゃいいね幸坊、ああちゃんが、悪かった、あんな恥ずかしい思いをさせて本当に悪かったわ、誰がなんと云ってもいい、幸坊はああちゃんの大事な子よ、なにもかもいつかはわかるんだもの、それまでがまんして辛抱しましょう、いまにきっと、――きっとなにもかもよくなってよ」

それからさらに近所の眼が冷たくなった。もちろんおせんも覚悟はしていた、どんなに辛く当られても仕方がない、そのときが来るまで黙って忍ぼうと決心していた。不自由なのは味噌《みそ》醬油《しょうゆ》や八百屋物などの、こまこました買い物が近所で出来なくなったことで、駄菓子屋などでさえおせんには売って呉れない。これには当惑したけれども、そういつも買い物をするわけではなく、町内を出れば幾らでも買えるから、不自由なりにそれも慣れていった。

　こうしてまわりの人たちと殆《ほと》んどつきあいが絶えたが、二月じゅうはおもんがしげしげ訪ねて来た。たぶんどこかで噂を聞いたのだろう、それとなく慰めたり気をひき立てるようなことを好んで話すが、それはおせんの潔白を信じているためではなく、噂のほうを本当だと思っていて「それがなんだい」という口ぶりであった。

「よけいなお世話じゃないか、火つけ泥棒をしたわけじゃあるまいしなんだい、自分じゃ鼻の曲るような臭いことをしていて、ひとの段になるとお釈迦《しゃか》さまみたいな口をきくやつさ、なにを構うもんか、大威張りでどこでものしまわってやるがいいんだ」

　おせんはむろん彼女の誤解を正そうなどとは思わない、けれどもそういうことを聞いていているのは楽ではなかった。なるべく話題を変えるように、おじさんはどうしているか、軀の具合が悪そうだが養生をしたらどうか、そんな風に、こちらから問いかけることに努めた。おもんはそういうことにはなんの興味もないらしい、すてばちな投げた調子で、馬鹿にしたような生返辞ばかりしかせず、ついには欠伸《あくび》をして寝ころがるのがおちであった。

「きれいな顔をして乙《おつ》に済ましたようなことを云ったって、人間ひと皮剝《かわむ》けばみんなけだものさ、色と欲のほかになんにもありゃしない、お互いが隙《すき》を狙《ねら》って相手の物をくすねようと血眼になっているんだ、ばかばかしい、けだものならけだものらしくするがいい、おてえさいを作ったたって見え透いてるよ」

酔っているときはそんなように世間や人を罵《ののし》った。小紋の小袖《こそで》に厚板の帯をしめ、幸太郎に玩具《おもちゃ》を買って来ることなどもあるし、つぎはぎの当った男物の布子に、尻《き》切れ草履で来るなり、なにか喰《た》べさせて呉れと云うこともある。またなかまと喧嘩《けんか》でもしたあとなのだろう、凄《すご》いような眼つきで、歯ぎしりをして、聞くに耐えないような悪口を吐きちらすこともあった。

「気楽にやろうよ、おせんちゃん、どうせこの世にあ善いことなんてありあしない、自分の好きなように、勝手気ままに生きてゆくんだ、みんな死ぬまでしきゃ生きやしないし、死んじまえば将軍さまだって灰になるんだからね」

二月も末に近い或《あ》る夜、おもんが舌もまわらないほど酔って、着物から髪まで泥まみれになって、殆んど転げ込むようにはいって来た。それまでいちども泊めたことはなかったのであるが、坐《すわ》ることもできないありさまでどうしようもなく、泥を拭《ふ》いてやり着替えをさせて同じ蒲団《ふとん》の中へいっしょに寝た。――明くる日は朝から唸《うな》りつづけで、拵《こしら》えてやった粥《かゆ》も喰べず、水ばかり飲んで寝ていたが、午《ひる》すぎになって思いがけなく松造が訪ねて来た。

五

　正月に来たきり音も沙汰《さた》もなかったので、——忘れたというのではないがちょっとどきっとした。いつものとおり草鞋と足袋を自分で干して、足を洗ってあがった松造は、そこに寝ているおもんの姿を見ると、眉《まゆ》をしかめた。——蒼ざめて土色をした膚《はだ》、茫々《ぼうぼう》とかぶさった艶《つや》のない髪、おち窪《くぼ》んだ頬と尖《とが》った鼻、いぎたなく手足を投げだした寝ざま。誰が見ても眼をそむけたくなるあさましい恰好《かっこう》である。松造は麦藁《むぎわら》で作った兎《うさぎ》の玩具を幸太郎に与え、莨入《たばこいれ》をとりだしながらおせんの顔を見た。

「あたしのお友達ですの」おせんはとりなすように小さな声で云《い》った、「——お針にいっていたじぶんの仲良しなんです、ゆうべひどく酔って来て苦しそうだったもんですから」

　松造は黙って莨をいっぷくした。それから立っていって土間へおり、持って来た包をそこへひろげた。大根や蕪《かぶ》や人参《にんじん》や里芋などの野菜物に、*五升ばかりの米と小豆と胡麻《ごま》と、ほかに切った白い餅《もち》が、かなりたくさんあった。

「*寒の水で搗《つ》いたから黴《かび》やしめえと思うが、*水餅にして置くほうがいいかもしれねえ」まるで怒ったような声で彼はそう云った、「――もっと早く来るつもりだったが、あれから足を病んだもんで……」

「足をどうかなさったんですか」

「冬になると痛むだ、大したことじゃねえ、二三年出なかったっけが、――水のあとの無理が祟《たた》ったらしい、死んだ親父《おやじ》もこうだった」

そんな話をしているとおもんがむっくり起きた。そして黙ってよろよろと土間へおりた、おせんが吃驚《びっくり》してついてゆくと、ばらばらに髪のかぶさった顔でこっちへ振返り、

「なんだいあの田舎者は、あれがおせんちゃんの旦那かい」

こう云って激しく咳《せ》きこみ、そのまま向うへ去っていった。苦しそうな精のない咳のこえが、ずっと遠くなるまで聞えていた。松造はなにも云わずに莨を吸っていた、おもんの言葉などはまるで聞えなかったように。――夕餉《ゆうげ》のしたくをするとき、彼は幸太郎を抱いて外へ出ていった。半刻《はんとき》ばかり表通りのほうを歩いて来たらしい、したくが出来て膳立《ぜんだ》てをしていると、橋のところで彼の唄《うた》うこえがした。

「――向う山で鳴く鳥は、ちゅうちゅう鳥かみい鳥か、源三郎《げんざぶろう》の土産、なにょうかにょう貰って、金《きん》ざし簪《かんざし》もらって……」

おせんは立っていって切窓の隙からそっと覗《のぞ》いてみた。曇り日の、もう黄昏《たそが》れかかる時刻で、家と家に挟まれた僅《わず》かな空地には冷たく錆《さ》びたような光が漲《みなぎ》っていた。松造はこっちへ髭《ひげ》の濃い横顔を向け、遠い空を仰ぐようなかたちで唄っている。幸太郎は頭を男の肩に凭《もた》れさせ、身動きもせずうっとりと聞き惚《ほ》れていた。――おせんは、ふと眼をつむった、松造の声にはいろもつやもない、節まわしもぶっきらぼうであった。けれどもじっと聞いていると、懐かしい温《あっ》たかい感情が胸にあふれてくる。文句も初めて聞くものではあったが、記憶のどこかに覚えのあるような気がする。……つむった眼の裏に母親のおもかげが浮んだ、九つの年に亡《な》くなった母の、いつも寝たり起きたりしていた病身らしい蒼白い顔、――その母が自分を抱いて、背中を叩《たた》きながら唄って呉れている。向う山に鳴く鳥は、ちゅうちゅう鳥かみい鳥か。おせんは切窓に倚《よ》りかかって両手で面《おもて》を掩《おお》いながら噎《むせ》びあげた、外ではなお暫《しばら》く松造の唄うこえが聞えていた。

その夜また泊って明くる朝。松造は草鞋を穿《は》いてから思いついたように、お常の風呂敷包《ふろしきづつみ》にある物は使えたらおまえが使うがいいと云った。それから、おせんのことは亡くなった勘十からも聞いていたし、こっちへ来て友助から聞いたこともある、いろいろ事情があるらしいが、自分はそれに就いてどんな意見も持ってはいない。

だがお常がひき取って世話をした、その気持を亡くなった者のために続けてやりたいのである。自分たちは三人兄妹であったが、下の妹を火事でとられお常を水でとられて、とうとう自分ひとりになってしまった。これも約束ごとというようなものだろうが、――そういう意味のことを溜息《ためいき》まじりに、ぶあいそな調子で述懐していった。おせんはつよい感動を与えられた、今までわからなかった松造の気持がわかったばかりではない、それは亡くなったお常の親切が続いているのである、正気を失《な》くして道に飢えていた自分を拾い、飲み食い着る物の面倒をいとわず、丈夫になるまで親身に世話をして呉れた、その妹の気持を続けて呉れるというのだ。……友助夫妻に離れられ、お地蔵さまの縁日の事があってからは近所で口をきく者もない。自分はたった独りだと思っていた。松造の親切もどこまで真実であるか、いつまで続くものかはわからない、しかしとにかく今は自分の味方である、自分のためになにかをして呉れようとしている。どんなに世間からみすてられても、生きていればやっぱり人間は独りではなかった。――感動のあとの温かい気持で、世の中や人間同志のつながりのふしぎさを、おせんはしみじみと思いめぐらすのであった。

おせんの物を着ていったまま、おもんはふっつりと姿をみせなくなった。おせんは彼女の泥まみれの着物を洗って干し、綻《ほころ》びも縫いつくろって置いた。自分の物が一枚なくなったのは困るけれど、松造の云ったことを信じてよければお常の物が使えるので、そう慌《あわ》てることはないと思った。——おもんの来なくなった代りのように、松造が六七日おいては泊りに来た。自分の畑のものばかりでなく、問屋から頼まれて定期的に荷を入れることになったのだという。そしておせんにも必ず幾いろかの野菜と、米や麦などを持って来るのだった。相変らずぶすっとして、あまり口もきかず莨ばかりふかしている、ときに幸太郎を抱いたりしても、なにやらぶきようで自分で当惑するという風であった。……おせんはすなおにその親切を受けた、口にだしては礼もよく云わなかったが、彼のほうでも遠慮のない調子で着て来た物の縫いつくろいを頼んだり、喰べ物の好みなども云うようになった。近所の口がうるさくなったのは当然であろう、おもんでさえ「旦那か」などと云ったくらいで、なにも知らぬ者からみればあたりまえの関係でないと思うのが自然である。しかし、おせんはもうびくともしなかった、お地蔵さまの前で受けたような辱《はずか》しめのあとでは、そんな蔭口《かげぐち》や誹謗《ひぼう》くらいなんでもないことだ。それで気が済むのなら云いたいだけ云うがいい、そういった幾らか昂然《こうぜん》とした気持で、どの家の前をも臆《おく》せずに通った。

花も見ずに三月も過ぎ、四月、五月と日が経っていった。松造との話で、七月の命日には勘十夫妻の供養《くよう》をし、墓石へ名を入れようということになっていた。そのまえ三月の中旬ころに松造が友助から聞いて本所四つ目にある宗念寺《そうねんじ》という寺を訪ね、そこに勘十の家の墓があるのを慥《たし》かめて来た。そのときいちおう経をあげ、夫妻の戒名をつけて貰ったので、おせんは古道具の店からではあるが小さな仏壇を買い、二人の戒名をおさめて、朝夕、水と線香を絶やさなかったのである。――命日といっても死んだ日がはっきりしないので、とにかく水の出た三日をその日ということにきめた。その前日の二日に、松造は妻のおいくと七つばかりになる女の子を伴《つ》れて来た。おいくは、背丈の低い固肥《かたぶと》りの軀《からだ》つきで、抜けあがった額から頬が赤くてらてら光っていた。良人《おっと》に似たものか、どうか、こちらで気まずくなるほどの無口だが、子供を叱《しか》るときは吃驚するほど邪見な早口で、しかもひそかにすばやく手足のどこかを捻《つね》ったりするようすは怖いようだった。……松造が自分のことをどう云ってあるか、またこれまでして貰っていることの礼を云っていいか、どうか、おせんにはちょっと見当がつきかねたので、向うが口をきかないのを幸い当らず触らずの挨拶《あいさつ》をして済ませた。その夜は蚊遣《かや》りを焚《た》きつぎながら、狭いところへごたごたと寝て、明くる朝は日蔭のあるうちにと早くでかけた。友助夫妻にも案内をしたのだが、これは欠かせない用があるからと、なにがしかの香典を包んで断わりが来ていた。まだおせんのことにこだわっているのであろう、それにしてもあんなに親しかった古い友達の法会《ほうえ》なのにと、おせんは亡くなった人たちに済まなく思ったが、そこに気がついたかどうか、松造はただ「それではあとで送り膳でも届ければいい」と云っただけであった。

両国橋の脇《わき》から舟に乗っていったが、明日は回向院《えこういん》の川施餓鬼《かわせがき》があるそうで、たて川筋はどこでも精霊舟《しょうりょうぶね》を作るのに賑《にぎ》わっていた。舟というものに乗ったことのない幸太郎は、初めのうちこそ恐ろしそうで、固くおせんに抱きついたままだったが、暫くするうちに馴《な》れたとみえ、しきりに水を覗いたり、移り変る両岸の風物に興じたりしはじめた。

「こうぼ、あんよしないよ、こうぼ、えんちゃよ、おうち動くよ、おうちみんな動くよ」

自分が坐っているのに家並の移動してみえるのがふしぎらしい、松造は珍しくにっと笑った。母親のそばに、きちんと坐っていた、お鶴《つる》という女の子は、それを聞いてそっと母親のほうへ口を寄せ、

「お家《うち》が動くんじゃないね、お舟が動くからそう見えるんだね、かあちゃん」

こう云った。おいくはするどい調子でよけいなことを云うんじゃないと叱りつけ、

怒ってでもいるようにぐっとそっぽを向いた。

——この家族も単純ではない、おせんは溜息をつくような気持でそう思った。まだ初対面で深いことはわからないが、夫婦のあいだも親子のあいだもしっくりいっていないようだ、良人であり妻であり子であるのに、それが一つにならないでばらばらに離れている。どうかすると、他人よりも冷たいようすが感じられる、松造が自分に親切をつくして呉《く》れるのも、そんなところに動機の一半があるのではなかろうか。……北辻橋《きたつじばし》で舟をあがるまで、おせんはそうして鬱陶《うっとう》しいもの思いにとらわれていた。

宗念寺で法会をしたあと、すぐ近くにある支度茶屋で早めの食事をした。まわりは青々とうちわたした稲田や林が多く、武家の下屋敷《しもやしき》らしい建物が、ところどころにあるばかりで、どんな片田舎へ来たかと疑われるほど、鄙《ひな》びた景色であった。おせんにはもちろん、幸太郎はたいそうなよろこびようで、ねえたんねえたんとお鶴にまつわりついては、外へ遊びにつれてゆけとせがんだ。その茶屋の裏庭のすぐ向うにかなり大きな沼があり、そのまわりで子供たちが魚を掬《すく》って騒いでいる、幸太郎はそこへいっていっしょに遊びたいらしい。おせんもそうさせてやりたかったのだが、松造は今日のうちに古河へ帰るということで、悠《ゆっ》くり休むひまもなく立上った。

平右衛門町《へいえもんちょう》へ帰ったのは日盛りのいちばん暑い時刻だった。そして家へはいると、土間へ膝《ひざ》をつき上り框《がまち》に凭れかかって、乞食《こじき》のような姿でおもんが眠っていた。

六

それがいつかの女だと知ると、松造は入りかけた足を戻してこのまま帰ると云った。おいくの顔にも露骨な侮蔑《ぶべつ》の色があらわれ、わざとらしく子供の手を取ってさっと先へ出ていった。まるでとりなしようもない、おせんは、やむなく夫婦の荷包を取って来て渡した。松造は紙にくるんだ物をおせんに与え、——贅《おご》ったことはいらないからこれで友助のところへ送り膳を届けるように、また余ったのはその女にもやって早く出てゆかせるように、さもないと幸太郎のためにもよくないから、そういうことを低く囁《ささや》いて去っていった。

おもんは病気にかかっていた。汗と垢《あか》とで寄りつけないほど臭い軀を、どうにか上へあげ、べとべとに汚れたぼろをぬがせて、ともかくも膚《はだ》を拭いてやろうとしたが、余りに痩《や》せ衰えたあさましい裸を見ると、おせんは総身にとりはだの立つほど慄然《りつぜん》とした。呼吸は激しく、軀は火のような熱である。そして両の乳房はどちらもひしゃげて、どす黒い幾すじかの襞《ひだ》になっていた。

「おせんちゃん、あんた見て呉れた」おもんはしゃがれた声でそう云った、「――ようよう家が持てたのよ、あんたに見て貰おうと思って、……これでひと安心だわ、あんたも越して来なさいよ、いっしょに此処《ここ》で暮そうじゃないの、ねえおせんちゃん、あたしもあんたも、ずいぶん苦労したんだもの、いいかげんにもう楽になってもいい頃よ、ねえ、この家あんたに気にいって」

「ええ気にいったわ」おせんは自分の単衣《ひとえ》を出して彼女の上へ掛けてやった、「――とてもいい家だわ、おもんちゃん、でも少しじっとしていてね、あたしいまお医者を呼んで来るから、動かないで待っているのよ」

おせんは幸太郎を負《おぶ》ってとびだした。三軒たずねて断わられ、四軒めに佐野正《さのしょう》からの口添えで、駒形町《こまがたちょう》の和泉《いずみ》杏順《きょうじゅん》という医者が来て呉れた。診断は*労咳《ろうがい》ということだった。それもひじょうに重くなっているので、当分は絶対安静にしなければならない、話もさせてはならないと云われた。こちらの生活を察したものだろう、もし必要ならお救い小屋へ入れる手配をしてやってよい、そう云って呉れたので、そこへゆけば充分な治療がして貰えるのであろうかと訊《き》いたが、病気がここまで進んではどんな名医でも手のつけようがない、あとはただ静かに死ねるようにしてやるばかりだという。それなら自分にとってはたった一人の友達だから、ここで死ぬまでみとってやりたいと思う。こう答えて医者を送り出した。

その月いっぱいおせんは満足に眠れない日を過した。もう高価な薬も、むだだというので、*ふりだしのような物を呉れるだけだったから、薬代《やくだい》はさしてかからなかったが、幾らかでも精のつくように卵とか鳥などを与えたいと思うので、毎日買い物をできるだけ詰めても、佐野正への借りが少しずつ殖えていった。

――松造は六七日おきぐらいに来たけれども、おもんの寝ているのを見ると、持って来た物を置いてすぐに帰っていった。あのときあのように云ったにしては、かくべつ機嫌を悪くしたようにもみえず、却《かえ》って持って来て呉れる物のなかに卵や胡麻《ごま》や榧《かや》の実などが殖えたくらいである。特に榧の実は労咳にいいそうで、日に三粒ずつそのたびに焼いて、熱いうち食うようにと念を押したりした。……医者はいくばくもないように云ったけれども、八月にはいると熱も下り、食欲もついて、眼の色なども活《い》き活きとしてきた。それまで話は禁じられていたし自分でもそれだけの元気はなかったらしいのが、少しずつ口をききはじめ、夜など寝つけないことがあると、静かな歌うような口ぶりでよく昔のことを話したがった。年月にすれば僅《わず》か三年あまりのことだけれど、あの火事のまえ、二人が仲良くお針の師匠の家へかよっていたじぶんのことは、十年も十五年も昔のようにしか思えないのである。

「お花さんていうひとがいたわねえ、髪の毛の赭《あか》い、おでこの、お饒舌《しゃべ》りばかりしていつもお師匠さんに叱られていた、――あのひとあんなにがらがらだし、歯を汚なくしていたんであたし嫌いだったけれど、いま思うと悪気のない可愛《かわい》いひとだったのね」

「それからお喜多《きた》さんてひと覚えている、おせんちゃん、意地が悪いのと蔭口ばかりきくのでみんなに厭《いや》がられていたでしょう、あたしも、お弁当の中へ虫を入れられたことがあるわ、でも考えてみるとあのひと寂しかったんだわ、誰も親しくして呉れる者がないので、寂しいのと嫉《ねた》ましいのであんな風になったのよ、あたしたちこそ思い遣りがなかったんだわね」

「おもとさんと絹さん、それからおようちゃんの三人はお嫁にいったの、お絹さんは向う両国の佃煮《つくだに》屋へいって、去年だかもう赤ちゃんができたわ、――みんないい人ばかりだったわねえ、いつかみんなでいっぺん会いたいわねえ、おせんちゃん」

そんなに話しては軀に障《さわ》るからと注意するのだが、すぐにまたひきいれられるような口ぶりで語りだすのである。その頃には頬のあたりが肉づいてきたためだろう、色こそ悪いが以前の顔だちをとり戻して、まなざし言葉つきなど、あの頃の明るい人なつっこいおもんがそのまま感じられるようになった。——その調子でゆけば或《ある》いは全快したかもしれない、全快はしなかったにしても、そう急にいけなくなるようなことはなかったに違いない、しかしそれから間もなく思いがけない出来事が起こって、おもんは悲しい終りを遂げなければならなかった。

八月の十五日、月見のしたくに団子を拵《こしら》えたあと、柳原堤《やなぎわらどて》へいって供え物の芒《すすき》や、青柿《あおがき》などを買って帰る途中、同じ買い物帰りのおたかと偶然いっしょになった。挨拶しただけで別れようとすると、どういう積りでかいっしょについて歩きだし、例のとおりの気の好《よ》い話しぶりで、庄吉さんもこんど頭梁《とうりょう》のところの婿《むこ》になってめでたい、花嫁は家付きだけれど、年は十七で気だても優しく、縹緻《きりょう》も十人なみ以上だそうである、これであのひとも苦労のしがいがあったというものだ。こういうことを問わず語りに云った。

「庄さんがお婿さんになったんですって」おせんは半ばうわのそらで訊き返した、

「——頭梁って、阿部川町の、住込みだっていうあの頭梁の家ですか」

「そうなんですってよ、頭梁ってひとが庄吉さんの腕にすっかり惚《ほ》れこんだんですって、お加代《かよ》っていう娘さんも庄吉さんが好きだったたって話でね」

おせんはちょっと立停った。しかしすぐ歩きだしながら、いま聞いた話がなにを意味するか考えてみた。うわのそらで聞いていたのである、もちろん言葉そのものはわかっているが、その意味は聞きながしていた。それはとうてい有り得ないことであったから。

――が、おせんはとつぜん額から白くなり、おたかの腕を摑《つか》んで立停った、おたかは吃驚《びっくり》して声をあげた。

「庄さんが、お嫁を貰ったんですって」

「放してお呉れな、痛いじゃないかおせんちゃん」

「本当のこと云って頂戴《ちょうだい》、本当のこと」

「痛いってば、ここをお放しよ」

「お願いよ、おばさん」おせんは縋《すが》りつくように云った、「――庄さんがお嫁を貰ったって、嘘でしょう、ねえ、そんなことがある筈はないもの、嘘でしょうおばさん、ねえ云って、そんなことは嘘だって」

「いって自分で訊いてみれば、いいじゃないの、あたしは知ってることしか知っちゃいないよ」

「そらごらんなさい嘘じゃないの」

こう云いながらおせんは歩きだした。きみ悪そうにおたかが去っていったことも、曲り角を通り越したことも知らず、茅町《かやちょう》まで来てようやく我に返り、そこでなお暫《しばら》く棒立ちになっていた。そんなことは、有るわけがない、きっとなにかの間違いである、どう考えても本当とは思えない——だってあたしがいるじゃないの、あたしはちゃんと待っていたんだもの、そしてあんなに固く約束したんだもの、あたしを措《お》いて庄さんがお嫁をよそから貰うわけがないじゃないの。同じことを繰り返し思い耽《ふけ》っていたが、やがてぼんやり立っている自分を人が見るのに気づき、慌《あわ》てて引返して家へ帰った。

「おもんちゃん、あんた済まないけれどそのままでもうちょっと幸坊の相手になって呉れない、あたし急いでいって来るところがあるんだけれど」

「ええいいわよ、このとおり温和《おとな》しく遊んでるわ」

「ここへ飴《あめ》を出して置くからぐずったらやって頂戴、すぐ帰って来るわね」

「こっちは構わないわよ、悠《ゆっ》くりいってらっしゃいな」

おせんはそのまま家を出ていった。

七

森田町からはいって三味線堀についてゆくのが、阿部川町へはいちばん近い道である。秋とはいってもまだ日中は暑かった、乾いた道は照り返してぎらぎらと輝き、あるかなきかの風にも埃《ほこり》が舞立つので、おせんの足は忽《たちま》ち灰色になってしまった。なにか口のなかで呟《つぶや》いている、ときどきそう気がついたけれども、なにを呟いているのか自分でもわからないし、頭が混乱して考えを纏《まと》めることもできない。ただ追われるような不安と苛立《いらだ》たしさ、息苦しいほどの激しく強い動悸《どうき》だけが、今そこに自分の在ることを示しているような気持だった。

頭梁は山形屋というのであった。家は寺町へぬける中通りの四つ角にあり、さして大きくはないが総二階で、白壁に黒い腰羽目のがっちりした造りだった。大工の頭梁の家というより、てがたい問屋の店という感じである。おせんはその前を眺めながら通った、それから十間ばかり先にあるかもじ屋へはいって、*油元結《あぶらもとゆい》を買いながら、庄吉のことを訊いた。店にいた老婆《ろうば》は少し耳が遠いようだったが、訊かれたことがわかると舌ったるい口でくどくど話しだした。おたかの云ったことは嘘ではなかったのである、庄吉は気性と腕をみこまれて山形屋の婿養子になった、六月の十幾日とかに祝言《しゅうげん》もして、夫婦仲も羨《うらや》ましいということであった。

「お加代さんも評判むすめだったけれどねえおまえさん、お婿さんもそれあよく出来たひとで、腕はいいしおまえさん、腰は低いしねえ、なにしろちょっとのま来ているうちに、職人衆みんなから、兄哥《あにい》あにいって立てられるしさ、あたしみたいな者にもおまえさん、道で会うと向うから声をかけて呉れて――」

おせんはそこを出て、ちょっと考えたのち、戻って四つ角を左へ曲り、みかけた筆屋へはいってまた同じことを訊いた。そのあとでさらに二軒ばかり訊いたらしい。――幾たび訊いても事実に変りはなかったが、おせんにはどうしても信じられないのである。

――だってあたしという者がいるじゃないの、きっと待っていて呉れって、庄さんが自分の口からはっきり云ったじゃないの。

そして自分は待っていた。今でもこのとおりちゃんと待っているではないか、それなのにほかのひとを嫁に貰う筈《はず》があるだろうか。いやそんな筈は決してない、庄さんに限ってそんなひどいことをする気遣いはない、どこかでなにかが間違っているんだ、その間違いをうっちゃっておいてはたいへんなことになる。そういう気持で飽きずに訊きまわったのだ。――家へ帰ったのは日の傾いたじぶんで、幸太郎がひどく泣いていた。おもんは床の上に起き、あやし疲れたのだろう、前に玩具《おもちゃ》を並べたまま途方にくれたような顔をしていた。おせんは気ぬけのした者のように、おもんにはろくろくものも云わず、すぐに幸太郎を負って夕餉《ゆうげ》のしたくを始めた。

「おせんちゃんごめんなさいね、幸ちゃん泣かせて悪かったわ」夕飯のときおもんはこう云った。

「――ずいぶんだましたんだけれど、しまいにはああちゃんああちゃんって追ってきかないのよ、頼まれがいもなくって済まなかったわ」

「なんでもないのよ、そばにくっついてばかりいたから……」

無表情にこう答えたまま、おせんは黙って箸《はし》を動かしていた。いつもと人が違ったようである。顔色も悪いし眼が異様に光っていた。食事のあともぼんとして、おもんが注意するまで月見の飾りも忘れていた。

「あんたどこか悪いんじゃなくって、おせんちゃん、それともなにか厭なことでもあったの」

「どうして、――あたしなんでもないわよ」

そう云って振返る眼が、おもんを見るのではなくずっと遠いところをみつめるような眼つきだった。あんまりおかしいので、寝るときもういちど訊いてみた、するとおせんは眉をしかめながら突っ放すようにこう云った。

「お願いだから黙っててよ、それでなくっても頭がくちゃくちゃなんだから」

そして夜中に幾たびも寝言を云った。

明くる日、朝の食事が終るとすぐ、あと片付けもせずにおせんは出ていった。石のように硬い顔つきで、幸太郎を負って、――帰ったのはうす暗くなってからだった。よほどなが歩きをした者のように、足から裾《すそ》まで埃だらけになり、帰るといきなり上り框《がまち》へ腰掛けたまま、暫くはなにをする力もないというようすだった、幸太郎は首のもげそうな恰好《かっこう》で、くたくたになって背中で眠っていた。……翌日も、その翌日も同じことが続いた。なにをしにどこへゆくかは知らなかったが、おもんは幸太郎が可哀そうになったので、自分がみるから置いてゆくようにと云った。するとおせんはすなおに置いていった。

「今日はすぐ帰るわね、もうあらまし用は済んでいるんだから、今日は早く帰って来るわ」

そんな風に云ってゆくが、やっぱり帰るのは夕方になった。あとから考えてみるのに、そのじぶんもうおせんは普通ではなかったのである。いかに信じまいとしても、庄吉の結婚が事実だということ、山形屋の婿としてすでに六十日あまりも幸福に暮していることがはっきりし始めた。――いいえ嘘《うそ》だ、そんなことがある道理がない。こう思うあとから事実はますます慥《たし》かに、いよいよ動かし難《がた》くなるばかりだった。それはおせんを搾木《しめぎ》にかけ、火にのせて炙《あぶ》るのに似ていた。明らかに、おせんの頭にはもう変調が起こっていた、あの火事のあとに患《わずら》った自意識の喪失、精神的の虚脱状態が始まっていたのである。……毎日かよい続けて七日めかの昏《く》れ方のことだ、いつものように山形屋のまわりを歩いていると、寺町のほうから来る庄吉に出会った。法事にでもいって来たものか、無地の紋の付いた着物で袴《はかま》をはいていた、そばに若い女がいっしょだった、まだ、むすめむすめした、小柄の愛くるしい顔だちで、*眉の剃跡《そりあと》の青いのがいかにも初妻《にいづま》という感じである。おそらくそれが加代というひとであろう。庄吉になにか云って微笑するのを、おせんははっきりと見た。匂《にお》やかに、ややなまめいた微笑であった、柔らかそうな唇のあいだから黒く*染めた歯のちらと覗《のぞ》くのを、おせんは痛いほどはっきりと見たのである。――二人はおせんの前を通っていった、庄吉は眼も動かさなかった、そこにいるのが木か石ででもあるように、まったく無関心に通りすぎ、やがて山形屋の格子戸《こうしど》の中へはいっていった。

「――庄さん、……庄さん」

おせんは口のなかでそっと呟いた。それからふらふらと寺町のほうへ歩きだした、――苦しい、頭が灼《や》かれるようである、非常に重い物で前後から胸を圧《お》しつぶされそうだ。

「――庄さん、……庄さん」

とつぜんおせんは立停って、道のまん中へ跼《かが》んで嘔吐《おうと》した。眼のまえが暗くなり、地面が波のように揺れだした。――あれはお嫁さんだわ。嘔吐しながらそんなことを思った。あのひとが庄さんの嫁である、いま自分の見たあのひとが庄さんの嫁である、いま自分の見たあのひとが庄さんと御夫婦になったのである、庄さんはあのひとと仕合せに暮しているのだ。……誰かがそばでなにか云っている、どうやら自分を介抱して呉れているらしい。立たなければならない。立って家へ帰らなければ。

――おせんは立上った、そしてまたふらふらと歩きだした。耳の中でごうごうと、大きな音がし始めた、赤い恐ろしい焔《ほのお》が見える、街並の家がそこにちゃんと見えているのにそれとは別に眩《まぶ》しいような火焔《かえん》がそこらいちめんに拡《ひろ》がってみえる、喉《のど》を焦《こ》がすような、熱い噎《むせ》っぽい煙の渦、髪毛から青い火をたてながら、焔の中へとびこんでゆく女の姿、……そして巨大な釜戸《かまど》の咆《ほ》えるような、凄《すさ》まじい火の音をとおして、訴え嘆くようなあの声が聞えてきた。

――おせんちゃん、おらあ辛《つら》かった、おらあ苦しかった、本当におらあ苦しかったぜ。

おせんは悲鳴をあげながら道の上へ倒れた。

自分ではもちろん覚えがない。東本願寺の角のところで倒れたのを、いちど番所へ担《かつ》ぎこまれたが、そこに佐野正《さのしょう》へ出入りする人がいて、これは足袋屋の仕事をしている者だと知らせて呉れた。それから佐野正の店の者が来て、医者も呼んだらしい、少しおちつくのを待って平右衛門町まで送って呉れたのだそうである。しかしそれらのことはもとより、それからのち半月ばかりの明け昏れは、まったく夢のようで記憶がなかった。その期間はすべて幻視と幻聴で占められていた。なかでも鮮やかなのはあの訴えの声であって、それだけは意識が恢復《かいふく》してからも、一語一語がはっきりと耳に遺《のこ》っていた。

そういう状態であったから煮炊《にた》きも出来なかった。幸太郎の世話だけはするけれども、敷いてやらなければ夜具を出す気もつかず、眠くなると平気でごろ寝をしたという。またそのあいだに松造が二度来たけれども、おせんは気違いのように地だんだを踏み、庄さんに疑われるから帰れと叫んできかなかった。松造は、しかたなしに持って来た物を置き、なお幾らかの銭を預けて帰ったそうである。――こうして前後二十日ほどのあいだ、おもんが起きてすべてをひきうけた、食事はもとより、買い物にもゆき洗濯もした。ゆだんしていると、おせんは夜中にも外へ出るので、おちおち眠ることも出来なかったということだった。

九月になって袷《あわせ》を着てから間もなく、おもんが幸太郎の肌着を洗っていると、おせんがぼんやり近寄って来て、今日はなん日だろうかと訊《き》いた。

「今日は十一日、あさってはお月見よ」

「――そう、九月なのね」

こう云ったと思うと、おせんの眼から涙がぼろぼろ落ちた。おもんが驚いて、どうしたのかと立上ると、おせんは手を振りながらおちついた声で云った。

「いいのいいの、心配しないで頂戴、あたしよくなったのよ」

「――おせんちゃん」

「二三日まえから少しずつはっきりしだしていたの、まだ本当じゃないかと思ってたんだけれど……今日はもう大丈夫だわ、まえにやったことがあるからわかるの、もう大丈夫よ、ながいこと世話をかけて済まなかったわねえ」

「あたしなんにもしやしなくってよ、それより具合がいいのはなによりだから、もう少し暢気《のんき》にしているんだわね」

「いいえもう本当にいいの、あたしのは病気じゃないとこのまえのでわかっているんだから、あんたこそ休んで頂戴、折角もちなおしたのにまた悪くでもなったら申しわけがないわ、おもんちゃん、さあ、あたしと代ってよ」

八

九月十三日は後《のち》の月である。その夜、おもんと幸太郎が熟睡するのを待って、おせんはそっと家をぬけだした。高いうろこ雲が月を隠していた。もう夜半《よなか》を過ぎた時刻で、どの家も暗く雨戸を閉ざし、ほのかに明るい空の下でしんと寝しずまっていた。おせんは柳河岸《やなぎがし》へいった。地蔵堂より少し下の、神田川のおち口に近い河岸へ、——そこは、あの火事の夜、お祖父《じい》さんや幸太と火をよけていた場所である。あのときは石置場であったが、今はとりはらってなにもなく、岸に沿って新しく柳が植えられていた。……おせんはあのときのあの場所へいって踞み回想のなかへ身をしずめるようにそのまわりを眺めまわした。そこに石が積んであったのだ、今ついそこの眼のまえにある石垣につかまって川の中へはいった、石垣の端のその石へつかまっていたのである——ひき潮どきなのだろう、明るい空の雲をうつして、川波は岸を洗いながらかなり早く流れていた。

おせんは眼をつむり、両手で顔を掩《おお》いながらじっとあの声を聞こうとした。幾たびも幻聴にあらわれ、今では言葉のはしから声の抑揚まで思いだすことのできるあの声を。――おれはおまえが欲しかった、その声はこう云いだす。ごうごうと焰の咆え狂うなかで、おせんのそばに跼み、その耳へ囁《ささや》くように云うのである。――おまえなしには生きている張合もないほど、おれはおせんちゃんが欲しかった。十七の夏から五年、おれはどんなに苦しい日を送ったかしれない、おまえはおれを好いては呉れない、それでも逢《あ》いにゆかずにはいられなかった、いつかは好きになって呉れるかもしれないと思って。

――だがとうとう、もう来て呉れるなと云われてしまったっけ、……そう云われたときの気持がどんなに苦しかったか、おせんちゃんおまえにはわかるまい、おれは苦しかった、息もつけないほど苦しかった、……おせんちゃん、おれは本当に苦しかったぜ。

おせんは喉を絞るように噎びあげた。

「幸太さんわかってよ、あんたがどんなに苦しかったか、あたしには、今ようくわかってよ」

今はすべてが明らかにわかる、自分を本当に愛して呉れたのは幸太であった。少年の頃から向う気のつよい性質で、そぶりも言葉つきもぶっきらぼうだった。もの詣《もう》でとか芝居見物にゆくとかすると、必ずおせんになにかしら土産を買って来るが、それを呉れるときには「ほら取んな」などと云って、わざと乱暴にふるまうのが常だった。せっかく呉れるのならもう少しやさしく云って呉れたらいいのに、そう思いながらおせんのほうでも、なにか頼むことがあればきっと幸太に頼んでいた。そしてどんな詰らない頼みでも、彼は必ず頼んだ以上のことをして呉れたではないか、——お祖父さんに寝つかれてからのゆき届いた心づくし、こちらは嬉《うれ》しそうな顔もせず、しまいには来て呉れるな、とさえ云った、男にとっては耐え難いあいそづかしだったろう。だが火事の夜はそんなことも忘れたように駆けつけて来て、お祖父さんを負《おぶ》って逃げて呉れた。あの恐ろしい火のなかで、おまえだけは死なせはしないきっと助けてみせると云い、云ったとおりおせんを助けたが、自分は死んでいった。……思い返すまでもない、これらのことはすべてひと筋につながっている、初めから終りまでひと筋に、おせんを愛しているというただひと筋のおもいにつながっているのである。

　これだけ深くつよい幸太の愛を、どうして自分は拒みとおしたのであろう。云うまでもなく自分が庄吉から愛されていたからだ、自分も庄吉を愛していたからである。しかし本当に庄吉と自分とは愛し合っていたのだろうか、いったい庄吉と自分とのあいだにどれだけのことがあったろう。自分が彼に同情していたことは慥かだ、特に幸太が杉田屋の養子になってから、悄然《しょうぜん》とした彼のようすには同情を唆《そそ》られた。けれどもそれは決して愛ではなかった。彼が大阪へゆくまえにおせんを柳河岸へ呼びだして、帰って来るまで待っていて呉れと、思いもかけぬことを囁かれたとき、ええ待っていますと答えたのも、そういうことに疎《うと》い十七という年の若さと、それまでの同情にさそわれなかば夢中のことだったではないか。——庄吉が去ってしまってから、いやいや、もっとはっきり思いだせば大阪から彼の手紙が来てから、その手紙を読んでから初めて自分は、彼を愛しだしたのである。どんなことがあっても待っていようと決心したのもそれからだ、彼は幸太が云い寄るに違いないと云い遺した、だからおせんはどこまでも幸太を拒みとおした。杉田屋へも義理の悪いことをし、幸太の親切も断わり、病気で倒れたお祖父さんを抱えて、乏しい手内職で生きていたではないか。……もちろんそれは彼を愛していたからである、庄吉が自分を愛し自分が庄吉を愛していると信じたからである、けれど庄吉は本当に自分を愛していたのだろうか、たまたま悪い条件が重なって、解けにくい誤解がうまれたのは事実だ、しかしそれはどこまでも誤解である、彼の疑うようなことはまったく無かった、自分は待って呉れと云ったではないか、いつかきっと本当のことがわかる筈だ、待っていますよと云ったではないか。——だが庄吉は待って呉れなかった、眼と鼻のさきにいて結婚した、りっぱな頭梁の婿になり可愛い娘を嫁にした、それは同時に、おせんがいたずら女であることを証明する結果になるのに、……それでも彼はおせんを愛していたのだろうか、それがおせんに、あれほどの代償を払わせた愛だったのだろうか。

「よくわかるわ、幸太さん、あなたは本当におせんを想《おも》って呉れたのね、――庄さんがお嫁さんと歩いているのを見たとき、あたし軀《からだ》をずたずたにされるような気持だったの、苦しくって苦しくって息もつけなかった、……胸が潰《つぶ》れてしまいそうな苦しい辛い気持だったわ、幸太さん、あなたの云って呉れたことが、そのときはじめてわかったのよ、――あなたの苦しいといった気持が、辛かったと云った気持がどんなものだったか、そのときはじめてあたしにわかったのよ」

おせんは噎びあげながらそう云った。高く高く、月を孕《はら》んだ雲の表を渡る鳥があった。なにか秘めごとでも囁くように、岸を洗う水の音が微《かす》かに聞えていた。

「かんにんして頂戴、幸太さん、あたしが悪かった、あたしがばかだったのよ、――庄さんにあんなことを云われるまで、あたしあなたが好きだったと思うの、だってあなたには遠慮なしに話ができたし、ずいぶん失礼なことも頼んだりしたじゃないの、あなたならなにを頼んでもして貰《もら》える、頼んだ以上のことがして貰えるって、ちゃんと知っていたんだわ、……幸太さん、あんなことさえなければ、おせんはあなたの嫁になっていたかもしれないわね、杉田屋さんのおじさんもおばさんもそのお積りだったんですもの、そうすればいまごろは……」

おせんの声は激しい嗚咽《おえつ》のためにとぎれた、それからやや暫《しばら》くして次のように続けられた、

「——たったひと言、あの河岸の柳の下で聞いたたったひと言のために、なにもかもが違ってしまった、なにもかもが取返しのつかないほうへ曲ってしまったのよ、あなたは死んでしまい、おせんはこんなみじめなことになって、そうして初めてわかった、なにが真実だったかということ、ほんとうの愛がどんなものかということが、……幸太さん、それでもあたしうれしい、あなたにはお詫《わ》びのしようもないけれど、あれほど深く、幸太さんに愛して貰ったということ、それがこんなにはっきりよくわかったことがうれしいの、——あたしうれしいのよ、幸太さん、いま考えるとあの晩ひろった子に幸太郎という名がついたのもふしぎではなかったのね、あの子は幸太さんとおせんの子だわ、あたし今から誰にでも云ってやってよ、おせんは幸太さんと夫婦だったって、この子は幸太さんとあたしの子だって、……怒らないわねえ、幸太さん」

そこにその人がいるかのように、おせんはこう云いながらまたひとしきり泣いた。眼のまえの仄明《ほのあか》るい川波の中から、幸太がうかびあがってこっちへ来るようだ、ぶっきらぼうなようすで、しかしかなしいほど愛情のこもった眼で、おせんをみつめながら、――そうだ、幸太とおせんとは今こそ結びつくことができる、そしてもう二度と離れることはないだろう。おせんの嗚咽はなお暫く続いていた。

その翌朝おもんは血を吐いた。柳河岸から帰ったおせんがなかなか寝つかれず、明け方の光がさしはじめて、ようやくまどろみかけたときのことだ、異様な声でとつぜん呼び起こして、半挿《はんぞう》に三分の一も吐き、そのまま失神してしまった。もちろん二十余日の過労が祟《たた》ったのである、――医者はすぐに来て呉れたが、どう手の出しようもなかったし、むしろそうなるのが当然だという態度で、二三の手当となにやら知れぬ粉薬を置いて帰った。おもんは二度と起きられない病床についたのであった。

九

松造が来て八百屋の店を出さないかとすすめたのは、おもんが倒れて十日ほどのちのことであった。考えるまでもなく、重い病人を抱えてそんなことは出来ない、いずれおちついてから云《い》って断わった。――おもんはそれから三十日あまり寝て亡《な》くなった、病気してからひとがらの変ったおもんは、顔つきも穏やかに美しくなり、いつも眼や唇のあたりに微笑をうかべていた。

「あたしは仕合せだわ、おせんちゃん、本当ならどこかの空地か草原ででも死ぬところだのに、仲良しのあんたに介抱されて、わがままの云いたいだけ云って死ねるんだもの、考えると勿体《もったい》なくて罰が当るような気がするわ」

そんな風にしみじみと繰り返し云った。少しも誇張のない、すなおな諦《あきら》めのこもった調子である。――死ぬなどと云ってはいけない、治って貰おうと思えばこそ出来ないながらしてあげるので、石にかじりついても治って呉れなければ。おせんがそう云うと、きれいに澄んだ眼で頷《うなず》きはするが、心ではもう自分の死ぬこと、それは間もなくだということを知っていたようである。

「わたしずいぶん苦労したわ、思いだすと今でも身ぶるいの出るような、苦しい、みじめなことがあったわ、――でもこれでようやくおしまいになるの、死ぬことは楽になることだわ、あの世というところは静かで、いつもきれいな光があたりを照らし、いろいろな花がいっぱい咲いているように思うの、そこへゆけばもう憎むことも騙《だま》すこともない、なにもかも忘れて悠《ゆっ》くり休むことが出来る、決してもう苦しんだり悲しんだりすることはないの、……あなたにわかるかしら、おせんちゃん、あたし待ち遠しいくらいなのよ」

おもんが亡くなったのは十月下旬の、すさまじく野分《のわき》の吹きわたる夜だった。彼女はおせんを枕許《まくらもと》に坐《すわ》らせ、その手を握って、じっとなにかを待つようにみえた。

「あたしおせんちゃんを護《まも》っていてよ、おせんちゃんと幸坊が仕合せになるように、あの世からきっと護っていてよ、――お世話になって済まなかったわね、ごめんなさいね」

風は雨戸を揺すり屋根を叩いた。おもんは暫くしてふっと眼をあき、戸口のほうを見やりながらはっきりと云った。

「表をあけてよ、おせんちゃん、誰かあたしを迎えに来ているじゃないの」

それから半刻《はんとき》ほどのちにおもんは死んだ。

振返ってみるとそのときからおせんの新しい日が始まっているようだ。おもんの葬《とむら》いを済ましてから後のおせんは、もうそのまえの彼女ではなかった。世を憚《はばか》ったり怖《おそ》れたりするいじけた気持もなくなり、「生きよう」という心の張とちからが出てきた。――なに怖れたり憚ることがあろう、こんどは誰に向ってもはっきり云えるのだ、ええこの子はあたしの産んだ子です。この子の父親は幸太というひとです、あたしは良人《おっと》の遺したこの子をりっぱに育ててみせます。……そうだ、おせんの新しい日はそこから始まったのである。その年の暮にせまってから、松造の好意をうけて八百屋の店をひらいた。まえにも云ったようなわけで近所とはつきあいがないから、そんな店を出しても商売にはなるまいと云ったが、松造は例のぶあいそな口ぶりで、なによその半値で売れば必ずお客がつく、近所の者より隣り町から買いに来るからやってみるがいい。こう云ってすすめた。家の表を作り変えて店にし、古河から十五になる小僧もつれて来て呉れた。古い車を一台、籠《かご》を五つ、秤《はかり》だの帳面だの筆矢立《やたて》など、こまごました物もすべて松造が心配*した。荷のほうは千住《せんじゅ》の問屋に話してあるので、小僧がゆけばその日その日の物を揃《そろ》えて呉れる、値段も松造との取引をみかえりに元値ということになった。これはのちに問屋の主人がおせんの身の上を聞いてから、さらに好《よ》い条件になったのであるが。——心配したほどではなく商売はうまくいった、元の値が値であるのと、初めのうち松造が付いていて思いきり安く売るようにしたため、新店は半月繁昌《はんじょう》といわれているに拘《かかわ》らず、客足はずっと続いて離れなかった。近所の人たちもさいしょのうちこそ妙な顔をしていたが、八百屋物は毎日のことであるし、切詰めた生活をしている者には一*文でも安い*ということは、大きいので、ひとり来、ふたり来するうちに、いつかしらいまわりの者はたいがい客になってしまった。その中でお勘だけは別であった、お地蔵さまの縁日のことがあってから、お勘は町内を背負って立つようにおせんの悪口を云いちらしていたが、おせんの店の安いことを聞くとまっ先にやって来たのも彼女であった。そして五六たびも来たと思うと、いちどきに店の荷を半分も買ってゆこうとした、彼女の良人は舟八百屋をしているが、おせんの店のほうが問屋で卸すより安いので、こっちから買って商売をしようという積りである。気の毒ではあるがおせんは断わった。——こんな売り方をしているのは一人でもよけいに安く買って貰いたいからである、又売りをされるためではないのだから、はっきりそう云った。お勘はそれなり寄りつかず、もっとひどい悪口を云いまわったらしいが、どうやらこんどは近所が相手にしなくなったようであった。

店が順調になると松造はまた五六日おきにしか来なくなった。相変らずぶすっとした顔で蓬《よもぎ》臭い莨《たばこ》をふかし、怖いような眼で家の中を眺めまわしたり、おせんの付けている絵解きのような帳面を退屈そうにめくってみたりする。ごく稀《まれ》には幸太郎をつれて、浅草寺《せんそうじ》などへゆくこともあったが、ひと晩泊るときまって朝早く帰っていった。——古河から来た小僧の云うところによると、松造夫婦は気が合わず、お鶴というあの子は親類から貰ったのだそうで、それがまたどうしても夫婦になつかないため、そのうち親元へ返すことになるだろう。そういう話であった。……おせんはいつかの法事のときを思いだした、おいくという人の冷たいそっけないようすや、女の子の寂しそうな顔つきには、そういう蔭《かげ》の理由があったのである。誰が悪いのでもなく不運なめぐりあわせだろうが、世の中にちょうど善いということは少ないものだと、いっとき溜息《ためいき》をつくような気持であった。

店をはじめた明くる年の春の彼岸に、宗念寺へ墓まいりにいったとき、別に経《きょう》料《りょう》を納めてお祖父さんと幸太の戒名をつけて貰った。そして位牌《いはい》を二つ拵《こしら》え、幸太のには彼の戒名に並べて自分の俗名を朱で入れた。自分のも戒名にすればよいのだが、いっそおせんと入れるほうが情が届くように思えたからである。——こうして時が経《た》っていった。変った事といえば、飛脚屋の権二郎が酒のうえの喧嘩《けんか》で人を斬《き》り、牢《ろう》へはいって一年ばかりするうちに牢死したということ、友助夫婦が梶平のあと押しで、本所のほうへ小さな材木屋を始めたこと、そして浅草橋の川下に新しく橋が架けられ、柳橋《やなぎばし》と名付けられたことくらいのものであろう。柳橋はあの火事のあとで地元から願い出ていたのが、ようやく許しが下って出来たわけで、渡り初めから三日のあいだ祭りのような祝いが催された。……その祝いの三日めのことである、店を早くしまって、幸太郎に小僧をつけて出してやり、自分も新しい橋を見にゆくつもりで、着替えをしていると客が来た。土間が暗くなっているのでちょっとわからなかったが、立っていってみると庄吉であった。

「ひとこと詫びが云いたくって来たんだ」

彼は、こう云って、こちらを見上げた。一年まえに、見たきりだが、彼はあのときより少し肥《ふと》り、酒を飲んでいるのだろう、顔が赭《あか》く膏《あぶら》ぎっていた。おせんは、平気で彼を眺めることができた。ふしぎなくらい感情が動かなかった、そうしたいと思えば笑うこともできそうであった。

「あたしこれから出るところですけれど」

「ひとことでいいんだ、おせんさん」庄吉は慌《あわ》てた口つきで云った、「――おれは去年の暮に水戸へいってきた、杉田屋の頭梁が亡くなったんでね」

「杉田屋のおじさんが、――おじさんが亡くなったんですって、……」

「いまいる山形屋とは手紙の遣《や》り取りが続いていたんだ、それでおれが名代《みょうだい》でくやみにいって来たんだが火事のとき傷《いた》めた腰が治らず、そこの骨から余病が出て、とうとういけなくなったということだ」

「おばさんは、お蝶《ちょう》おばさんは」

「お神《かみ》*さんは達者でおいでなすった、ひと晩いろいろ話をしたが、その話で、――

すっかりわかったんだよ、すっかり、……幸太とおせんさんとなんでもなかったっていうことが、おまえが幸太をしまいまで嫌いぬいていたということが、お神さんの話でようくわかったんだ、おせんさん」

「いいえ違うわ、それは違ってますよ」

「――違うって、なにがどう違うんだ」

「お神さんの云うことがよ、お神さんはなにも御存じないんだわ、幸さんとあたしがなんでもなかったなんて」おせんは声をたてて笑った、「――そんなこと貴方《あなた》ほんとになさるんですか」

「――おせんさん」

「いつか貴方の云ったとおりよ、あたし幸さんとわけがあったの、あの子は幸さんとあたしのあいだに出来た子だわ、もしも証拠をごらんになりたければ、ごらんにいれるからあがって下さい」

こう云っておせんは部屋の隅へいった。仏壇をあけて燈明《とうみょう》をつけ、香をあげて振返った。庄吉はあがって来た、そして示されるままに仏壇の中を見た。

「それが幸さんの位牌です、そばに並べて朱で入れてある名を読んで下さいな、おせんと書いてあるでしょう、――戒名だけで疑わしければ裏をごらんなさいまし、俗名幸太とあのひとのも書いてありますから」

庄吉はなにも云わずに頭を垂れ、肩をすぼめるようにして出ていった。——おせんは独りになると、位牌をじっとみつめながら、小さな低いこえで囁《ささや》いた。

「これでいいわね、幸さん、お蝶おばさんにだって悪くはないわね、——これでようやく、はっきり幸さんと御夫婦になったような気持よ、あんたもそう思って呉れるわね、幸さん」

瞼《まぶた》の裏が熱くなり涙が溢《あふ》れてきた、ぼうとかすみだした燈明の光のかなたに、幸太の顔が頷いていている、よしよしそれで結構、そういう声まで聞えてくるようだ。——柳橋の祝いに集まる人たちだろう、表は浮き立つようなざわめきで賑《にぎ》わっていた。

むかしも今も

一の一

自分が運のわるい生れつきだということを、直吉は早くから知っていた。顔も軀《からだ》つきもみばえがしないし、気はしも利《き》かないし、口べたでぶきようで、われながらあいそのつきるような思いを始終して来た。

ごく幼いころ両親に死なれ、九つまで叔父に育てられたのであるが、そのじぶんから気性の強い叔母に、のそのそしているといってはよく折檻《せっかん》された。叔父は捨三といって、叔母とのあいだに五人の子があり、紙屑《かみくず》買いだとか軽子《かるこ》だとか、日雇い人夫だとか夜泣きうどんなどというように、次から次と職を変えながら、お人好《ひとよ》しで酒飲みで、いつもひどい貧乏ぐらしをしていた。

叔母はおふくという名だった。固肥《かたぶと》りの小さな軀に団扇《うちわ》のような大きな手をして、いつも草履の麻裏付けとか足袋のこはぜかがりとか、下駄《げた》の鼻緒つくりなどという内職をしていた。

　直吉は子守りをするのが役で、朝起きるとすぐさま赤児《あかご》を背負わされ、飯を食うのもそこそこに、小さな二人の子供の手をひいて外へ出される。煎餅《せんべい》とかふかし薯《いも》などといっしょに、襁褓《おむつ》の入った風呂敷包《ふろしきづつみ》を持って、――いつごろからそんなことをしたか覚えがない、どんなに記憶を遠くたどってみても、子守りをしている以外の明け昏《く》れは、思いだせないのである。

　おそらく六つか七つくらいからではなかったろうか、……赤児が腹をすかして泣くと、煎餅をよく嚙《か》んで口へ入れてやる、襁褓が汚れればとり替える。

　二人の小さいのも強情にむずかったり物を欲しがったり、ついすると勝手なほうへ駆けだすので、少しも眼がはなせない。転んで擦傷《すりきず》でもさせるとそれこそ椿事《ちんじ》で、叔母からありとある雑言をあびせられる。

「おお飯ばかりくらやあがって子守りひとつ満足にできねえ、*宿六《やどろく》は宿六で半人めえの稼ぎもなしに酔いどれてばかりけつかる。このおお人数をいったい誰が食わしていると思ってるんだ、みんなおらの瘦《や》せ腕ひとつじゃねえか、おらてめえなんぞを養う義理は爪《つめ》の先ほどもありゃしねえんだ、どこへでも出てって二度と帰って来るな」

そしてどこかしらに、青痣《あおあざ》のできるほど折檻されるのが定《きま》りであった。

捨三叔父はいつも酔っているか、酒の気のないときは隅のほうで黙って、粉になった煙草《たばこ》をふかしていた。

やにの音のする煙管《きせる》をしさいらしく上げ下げしたり、上眼づかいにどこかを睨《にら》んだり、なにか思惑ありげに「こうっと*──」などと呟《つぶや》いたりする。

たいていのばあい、どうしたら酒にありつけるかと思案をめぐらしているのだが、しばしばそれが職を変えるきっかけにもなった。

「源《げん》さんから頼まれたんだが、どうしたもんだろうかな、──平《へい》さんが足を挫《くじ》いたんで相棒に困ってるんだとよ……駕舁《かごか》きというのもいまさら威張れたはなしじゃあねえが、もとで要らずで損をするきづけえはなし、──ひとつやってみるかなあ、おふく」

そんなとき叔母は見向きもしない、そして団扇のような大きな手でせっせと内職を続けながら、自分にはまったく無関係だというふうに答えるのであった。

「やりたけりゃ勝手にやるがいいさ、なにをしたって稼いだ物あみんな酒になっちまうんだ、どうせ米一合の足しにもなるわけじゃないんだから、いまさら相*談するがものはないのさ」

　それが習慣になっているので、自分では意識しなかったけれど、叔父の家にいるあいだはいつも、空腹だった。もちろん彼ひとりが飢えていたわけではない、叔父の稼ぎがなく叔母の内職がとぎれると、四日も五日も米の買えないことがある。

　そんなときはふかした薯とか、なんの粉とも知れないもので拵《こしら》えた焼き団子とか、菜や大根ばかりの汁などで済ますのだが、間がわるいと半月もそういうものばかり続くことが珍しくはなかった。

　世間というものがいかに厳しいか、稼ぐということがどんなに困難であるか、食ってゆくというだけでもいかにむずかしいか。直吉はこれらのことをその年齢で身にしみるほど経験したのであった。

　紀六の店へ彼が住み込んだのは、九歳の年の十二月である。それは捨三叔父がいよいよ暮しに困って、房州のなんとやらという田舎へ、叔母の縁故さきをたよってゆくことになり、直吉だけを紀六の店へ頼んだのである。

　紀六はその頃かなり名の知れた指物師《さしものし》で、木挽町《こびきちょう》六丁目に仕事場と店を兼ねた住居があり、内弟子と通いの職人とでいつも十二三人の者が働いていた。……そこでも彼はいちはやく「のろま」という名を貰《もら》った。そして自分でもそれをすなおに認めた。

いったい職人という者は口がぞんざいなうえに手が早い、どこそこからなにを持って来いなどというのが、巻舌《まきじた》でぱっぱっと敲《たた》きつけるような調子だから、初めのうちは殆《ほと》んど聞き分けることもできなかった。まごまごしていると「このつんぼ」とどなられる、物を間違えて持ってゆくといきなり拳固《げんこ》がとぶのである。

「どこで捕れた化物か知らねえが、たいへんな代物《しろもの》だぜこいつあ、耳は遠いし満足に舌はまわらねえし、面《つら》あひょっとこでのろまときやあがる、指物師の弟子になるより、いっそ因果者にでも出るほうが銭になるぜ」

島造《しまぞう》という職人にこう云《い》われたことを、彼はよく覚えている。弟子たちのなかでも腕っこきで、それから間もなく芝《しば》の愛宕下《あたごした》へ家を持ってひとり立ちになり、紀六の親分の亡《な》くなるまで、相談役として常に出入りするようになった。

そのときの悪口も深い意味があったのではない、その場だけの出まかせといってもいいだろうが、しかし直吉はひどくまいった。因果者といえば見世物のなかでも陰惨な不具者である、彼はその不吉な、暗い、救いのない穴の中へ、いつかしら必ず自分が落ちこんでゆくように思い、息の詰るような絶望感に、ながいこと悩まされた。

それからまた平五《へいご》という職人に、まじめな顔をして「おまえの臍《へそ》はゆるんでいるに違いない、だからみんなそこから漏ってしまうんだ、よく臍を見て、緊《し》まっていなかったら飯粒かなんか塡《つ》めて置け」と云われたことがある。彼は仕事場の裏へいって自分の臍をよくしらべてみた。しかしそこに異常があるのかないのかわからなかった、ちゃんとしているようでもあるし、またどこかしらゆるんでいるようにも思えた。

結局その夜は夕食のとき飯粒をとっておき、寝てから苦心して臍へ貼《は》り着けた、もちろん長くは着いていない、すぐに落ちてしまうので、食事のたびに飯粒をとって置いては繰り返したのであるが、そのときのけんめいな気持も、彼には忘れることのできないものである。

そういう状態から彼を救って呉《く》れたのは、主婦のお幸《ゆき》であった。

そのころ親方の六兵衛《ろくべえ》は四十一二だったろうか、固くひき緊まった骨太の軀に、酒焼けのした眉《まゆ》の濃い、いつもむっとしているような顔つきで、どこかしら近寄りにくい感じをもっていたが、妻のお幸は五尺そこそこの背丈で、やや肥えたからだ恰好《かっこう》もそうだし、片方のちょっと斜視になった、あどけないような眼の表情などにも、下町そだちの単純で情にもろい性質が、よくあらわれていた。

親方とは年が十くらい違うらしい。長いあいだ子が無かったところ、その年のはじめに思いがけなく女の子が生れ、それこそ宝物でも授かったように、大事にかけて育てていた。その赤児の守と、奥の使いをするということで、彼はお幸の方へひきとられたのであった。

しあわせな日が続いた。奥には三人も下女がいるうえに、お幸が幼い彼を哀れがって、なにかと庇《かば》って呉れるため、子守りをするほかには用事らしい用事も云いつけられず、当分はあまりの気楽さに却《かえ》っておちつかないような日を送った。

木挽町六丁目という処《ところ》は南側が武家屋敷に対し、北側が三十間堀《さんじっけんぼり》に面している。表通りには紀六をはじめ杵屋《きねや》という質屋、酒屋、糸綿屋、小間物屋などという商家が並び、その路地路地には裏長屋があって、日雇い居職《いじょく》の貧しい人たちがごたごた住んでいた。

これらの裏長屋には悪童がたくさんいて、町内はかれらの領分であったから、直吉はいつも汐止め堀《しおどめぼり》へいって子守りをした。

紀六の筋向うに＊溝口主膳《みぞぐちしゅぜん》と＊堀田摂津《ほったせっつ》の邸《やしき》がある、そのあいだの道をまっすぐに南へ＊三丁ばかりゆくと河岸《かし》につき当る、そこを汐止め堀というのであるが、まわりはみな武家屋敷ばかりだし、堀に沿ってかなり広い空地があり、ひょろひょろとした灌木《かんぼく》や雑草が、ところ斑《まだら》に生えているのと、よく砂利や石や砂などが揚げてあるので、そしてさらによいことは、まわりが武家屋敷で口やかましいため、悪童たちが殆んどよりつかないから、好きなように子守りをして遊ぶことができた。

　直吉にとってはその空地が、故郷のように忘れがたい。かぼそくいじけた灌木のささやかな茂みや、花ともいえない雑草の花や、あげ潮どきの流れにうつる夕焼けの雲の色などから、彼は初めて空想のたのしさを覚え、まだ知らない世界へのあこがれを唆《そそ》られた。

　空地に砂が揚げられたときはことに楽しかった、その山を掻《か》き捜すと、名の知れぬ貝がたくさん出て来る、その中にはしばしば生きた蜆《しじみ》がいたし、まだなまなましい小蟹《こがに》をみつけることもあった。

　海から揚げて来た砂は潮の匂《にお》いがした、そこには蛤《はまぐり》や浅蜊《あさり》やそのほか巻貝などの、珍しい貝殻が幾種類となく混っている。

　彼はそれらの貝や貝殻を手にしながら、その砂のあった遠い山のかなたの川や、白い波のよせる海の景色を想像して、郷愁のようなもの思いにわれを忘れるのであった。

一の二

背中に負《おぶ》っているまきをおろして、初めて外で用を足させたのも、その空地であった。

歩きだすようになったまきが、結付け草履で初めて歩いたのも、そして転んで初めて額に瘤《こぶ》をだしたのも、またそそうをして着物を汚して、いいおべべがこんなになった、とひどく泣いたのも、すべてその空地でのことである。

枯れかかった雑草のなかに坐《すわ》って、彼は頭にうかぶ限りの空想をよくまきに話して聞かせた。しかしそれは美しいものでも楽しいものでもなかった、むしろ滑稽《こっけい》なくらい、どの話にも貧乏や飢や、病気や死や、生活の苦しさや悲しい別れなどがついてまわった。

「――そうして文吉はどこかへいっちまったのさ、どこかへさ、誰も知らないとこへさ、うん、みんなおんなしなんだよ」

彼はこう云って空の遠くを眺め、自分の話に自分で身につまされて溜息《ためいき》をつく。

「――人間は金持ちでも貧乏人でもみんな悲しい辛《つら》いことがあるんだ、昨日までの旦那《だんな》が今日から駕舁きになるし、飲みたいだけ酒を飲んでぴんぴんしていた者が、急にお粥《かゆ》も喰《た》べられない病人になっちゃうんだ、……昨日までいい仕事をさせて呉れたお店が今日はそっぽを向いて相手にしない、するとお米も買えなくなってしまう、——しようがねえ、へんな物を喰べながらまたどこかしら仕事を捜すのさ、うん、……それが世間ていうもんだからね」

けれども話の終りには必ず、こう付け加えることを彼は忘れなかった。

「でもまあちゃんだけは違うんだよ、まあちゃんだけはそんなことはない、まあちゃんは病気にも貧乏にもならないし、死にもしない、親方やおかみさんが付いてるし、直《なお》も付いてるからね、本当だよ、——まあちゃんだけは、一生しあわせに暮せるんだよ」

せいぜい四つか五つくらいのまきが、片手で実のついた枯草を挘《むし》りながら、せつないような表情で聞きいっている。どこやらしかつめらしく*いたいけなその恰好を、ずっと後になってからも彼はありありと思いだすことができた。

七八つになっても、まきは直吉につきまとって離れなかった。仕事場にいる彼を呼びだしては、「つき当りへゆこう」とせがんだ。道のつき当りになっているので、その河岸の空地を彼女はそう呼んでいたのである。

「ねえ直、ここんとこなんだったかしら」

「そこは初めてまあちゃんがおしっこをしたところですよ」

「いやあだ、ふふふ」

手をあげて打《ぶ》つまねをするが、また忘れたふうをしては幾たびも同じことを聞いた。転んで瘤をだしたのはここ、ままごとの草を摘んだのはそこ、——まきにとってもその空地は、幼い日の自分ときりはなすことのできない場所だったのである。

幸不幸はその状態が過ぎてみなければわからない。直吉にとっては、紀六へ住み込んでまきの子守りを始めてから、およそ七年あまりの年月がもっともしあわせであった。

むろんこのあいだに仕事も少しずつ教えられた。なにを作るには木地はなにを使うか、渋と漆はどう塗ってゆくか、とくさ磨きはどう艶出《つやだ》しはこう、——道具の研ぎ方、鋸《のこぎり》や鉋《かんな》の使い方、必要なことをどなられたり打たれたりしながら覚えてゆくのであるが、生れつき勘がにぶいというのだろう、なにごとにも彼はのみこみが悪いので、いつまでも職人たちからは「ぐず」だの「のろま」だのと呼ばれていた。

「直のやつはおくてらしいから、そうむやみに痛めてもしようがねえ、まあ習うより馴《な》れろでやるんだ」

親方はしばしばそう云ってとりなして呉れた。いつもむっとした顔であまりものは云わないが、眼に見えないところで劬《いたわ》っていて呉れることを、彼はよく知っていた。

その点でお幸のほうは、もっとじかだった、彼女には直吉の悲しい身の上よりも、その顔かたちや、反抗することを知らない愚直さや、救い難いぶきようさが哀れでならなかったらしい。

「あせることはないよ直吉、若いうち腕っこきと云われても、四十で＊俎板《まないた》削りにおちぶれる者もあるんだからね、人間は運、鈍、根というくらいで、性分が鈍でも根気さえよければきっとりっぱな職人になれるんだから、三年かかるところを五年かけるつもりでおやりよ」

自分の生んだ子にでも云うように、お幸は繰り返しこう励まして呉れた。――そして一方ではまきが、彼を呼んではお手玉やままごとの相手をさせ、「つき当り」へ遊びに伴《つ》れだすのである。

慥《たし》かに、彼はその年月のあいだ幸福であった、飢えることもなかったし、幾らかは小遣も持っていた。そしていかにも彼らしいつつましさで、楽しい将来を空想することもできたのである。

直吉が十七歳になったとき、清次《せいじ》が紀六へ弟子入りをして来た。彼は麻布《あざぶ》飯倉《いいぐら》の

「河松《かわまつ》」という料理屋の三男で、そのとき十五歳であった。

河松は川魚料理で知られた山手《やまのて》では指折りの古い店で、清次を頼むにも特別な契約があったらしい、初めて紀六の店へ来たときには、その父親が職人たちから下女にまで祝儀《しゅうぎ》を配り、それから後も、来るたびに、なにかかにか心付けを欠かしたことがなかった。

清次は色が白くて、小さなひき緊まった口と、描いたようにきりっとした眼鼻だちをもち、特に少し険のある利巧そうな眼がひとを惹《ひ》きつけた。

清次は無口であった、それがいっそう彼の際立《きわだ》った相貌《そうぼう》をひきたてた。勘がすぐれていいとみえ、教えられることは黙っていて間違いなく覚えた。

機転が利《き》くし、することにそつがなく、人の気持をつかむことに巧みだった。……まえにもいったとおり、彼は初めからほかの弟子とは扱いが違っていた。いってみれば預かり子のようなかたちで、食費雑用なども親元から届けていたらしい。寝るにもほかの弟子たちとは別で、奥に彼だけの部屋が与えられたし、洗濯などはいちどもしたことがなかった。

直吉と清次との関係は、ひと月と経《た》たないうちにはっきり定った。もちろん清次の賢い眼からすれば、直吉がどんな人間かぐらいは見とおしだったろう、だが彼は機会の来るまでその軽侮を隠していた。むしろ他の者より親しいようすをみせ、やさしく譲歩する態度さえ示した。

そして或《あ》る日、——氷雨《ひさめ》の音のぱらぱらする寒い夜のことだったが、清次がみんなに蕎麦《そば》をおごるといって、その使いを直吉に頼んだ。

「ひとっ走りいって来て呉れ」

ごく自然にこう云って、なにがしかの金を渡した。

「これで先払いにして来て呉んな、つりはおめえの使い賃だ」

直吉は金を手にして、ちょっと相手を見た。けれどもすぐに頭を垂れ、黙って土間へおりて番傘を取った。

「おい手っ取りばやく頼むぜ」

「傘をさすほどの丁場《ちょうば》じゃあねえや、半纏《はんてん》の尻《しり》でもひっかぶってとんでいきねえ」

職人たちのどなり声を背にあびながら、彼は外へ出た。そして傘に当る雨の音を聞くのといっしょに、あとからあとから涙が出て止らなかった。

彼は雨の中を歩きながら、叔父の家での絶望的な生活を思いだした。酒を飲むほかに希望もよろこびもない叔父、団扇《うちわ》のようなぶざまな手で寝る間も惜しむように働きながら、のがれることのない貧乏に喘《あえ》いでいる叔母、幾ら噛《か》んでもぼそぼそするだけの焼き団子や、ふかした芋だけで過した空腹な日々。

——おらあてめえなんぞを養う義理はこれっぽっちもねえんだ、どこへでも出って二度と帰って来るな。

こう罵《ののし》る叔母の声まで、直吉はまざまざと思いだすことができる。——そうだ、清次の侮辱は決して不当ではない、自分はそういう塵溜《ごみため》から育ってきたのだ、腹いっぱい喰べ、温たかく寝られるだけでも有難いと思わなければならない、がまんしよう。

直吉は涙を拭《ふ》きながらそう呟《つぶや》いた、これがおれの持って生れた運なんだ。

直吉は、ますます影の薄い存在になった。六兵衛やお幸も明らかに清次を愛しだした。あれほど直吉びいきだったまきでさえ、以前ほどはつきまとわなくなり、ものを云いかけるにも彼と清次とではまったく態度が違っていた。彼にはいつも「直——」であるが、清次を呼ぶばあいは「清さん」であった。

お手玉の相手にも、芝居やもの詣《もう》での供にも、もう直吉を呼ぶことはない。雛《ひな》の節句に友達を集めるとき、遊び相手に座敷へ呼ばれるのは清次で、直吉には履物をなおす役がまわった。

「ねえ清さん、ちょっと来てよ、人数が足りないんだからさあ、ねえ」

「あとでゆくよ、いま手が放せないんだ」

「じゃあきっとよ、忘れちゃっちゃいやよ」

一日に幾たびもこんな問答が交わされる。清次はすなおにまきの云うことを肯《き》くということがない、今はだめだとか、そんなことはいやだとか、そっぽを向いたまま ひどくそっけない返辞をする。

「じゃあいいわよ、もう頼まないわよ」

まきもそんなふうに怒ることが珍しくない、けれどもすぐにひき返して来てまたせがむのであった。清次はそれをちゃんと知っているのである、まきに対してだけではない、まわりの者にとって自分がどんな存在であるか、かれらが自分にどれだけの価値を認めているか、清次はそれをすっかりみとおしているのであった。

飯倉の河松からは月にいちどずつ誰かが挨拶《あいさつ》に来た。たいてい父親か母親であるが、そうでないときにも、職人たちから下女への祝儀は決して欠かさなかった。そしてまた清次は十日にいちどぐらいの割で、職人たちを伴れて飯倉へゆき、好きなだけ飲んだり食ったりさせた。

直吉はかつてその仲間に加わったことがない、来ないかと云われたこともないが、誘って呉れるだろうと思ったこともなかった。彼は諦《あきら》めたような微笑をうかべながら、みんなの楽しそうなようすを自分の場所からおとなしく眺めていた。

一の三

直吉の二十二の年にお幸が亡くなった。半年ほどまえから寝たり起きたりして、医者にもどこが悪いのか診断がつかなかった。軀《からだ》は肥えているほうだし血色はいいし、ひどく気分の悪いということもない、ただ根気がなく疲れやすく、夜になると咳《せき》が出るのに苦しめられた。そしてようやくそれが労咳《ろうがい》であり、もう喉《のど》までおかされているとわかったときには、寝床から起きることもできなくなっていた。

寝ついてから五つ月ばかりで亡くなったのであるが、そのあいだ紀六の者はみんな暗い顔をして、愁《うれ》いと悲しみに沈んでいた。六兵衛やまきは云うまでもない、職人たちやごく新しくはいった小僧まで、日になんども病床をみまったり、心配そうに溜息をついたりした。

お幸は誰にも好かれていた、かくべつになにをしたというわけではない、もともとそういう人柄なのだろう、みんなが母親のようにも姉のようにも慕っていたのである。

「いまおかみさんに死なれちゃあ堪《たま》らねえ」

「なんとか法はねえものかしら」

「なあに大丈夫だよ、きっと治るよ、どんなことをしたって治って貰わなくっちゃあ」

「おらあ仕事も手につきあしねえや」

　こんなやりとりが仕事場でも絶えなかった。そのなかでも清次のようすが誰よりも眼についた、彼はやっぱり無口で、口にだしてはなにも云わなかったが、暇さえあれば病人の枕《まくら》もとへいって坐った。

　飯倉の河松からは毎日いろいろな料理が届けられた。もちろん清次から云ってやったものだろう、川魚料理ばかりでなく、滋養になるといわれる物は、山のもの海のものに限らず巧みに調理されて来た。清次はそれが届くと自分で給仕をし、

「この鶉椀《うずらわん》は精がつくといいますからひと口でも喰べて下さい、ひと口でよござんすから」

　そんなふうにすすめ、なにかほかに喰べてみたいような物はないか、明日はなにを作らせようかなどと、言葉すくなにきくのであった。

　飯倉から来る料理を、たといひと箸《はし》ずつでも喰べられたのは、僅《わず》かの間で、喉を

冒した病患はぐんぐん増悪《ぞうあく》し、やがてゆるい粥のほかはなにもとおらなくなった、そしてその粥を拵《こしら》える役が直吉にまわってきた。

お幸はその頃からひどく神経質になって、まわりの者のすることがなにもかも気にいらず、些細《ささい》なことですぐ涙をこぼすほど怒った。ことにそれだけしか喉をとおらなくなったからだろうが、粥のつくり方がやかましく、水っぽいとか固すぎるとか、塩が利きすぎるとか足りないとか、子供がだだをこねるようなことを云ってみんなを困らせた。――こうして直吉にその順がまわって来、それがともかくお幸の気にいったのである。

直吉は、それまで殆《ほと》んど病床へ近づかなかった。みまいたいと思ってもほかの者が暇なく詰めているので、彼の出る隙《すき》がなかったのである。みんながあんなにいってるんだ、自分などがいっては邪魔になる、のろまなことをして病人のきげんに障《さわ》ってもいけない、おれはひっこんでいよう、こう考えていたのである。

だから粥拵えの番がまわって来たとき、彼のよろこびはひじょうなものだった。そしてお幸にも同じ気持があったとみえ、彼を見るとおやというような一種の眼つきをした。

「ちっとも顔をみせなかったじゃないの直、どうしてたの」

直吉は赤くなってぶつぶつ口ごもった。

「ええ、――あれが、なんだもんですから」

「同じ家にいて、みまいも云いに来ないなんて情《じょう》なしだよ」

「――すみません」

直吉は赤くなったまま頭を垂れた。そのしおれた恰好《かっこう》を見て、お幸はなにか云おうとしたが、ふと眼をそむけて粥の作り方を教えはじめた。

よく精《しら》げた米をとぐだけといで、糠《ぬか》の臭みをすっかり取ってから、十倍の水でゆ、、、きひらにしかけ、炭団《たどん》ひとつで悠《ゆっ》くりと炊《た》きあげる。途中でかきまわしてもいけないし、もちろん焦《こ》がしてはいけない、この分量で塩はこのくらい。

これをそのとおりやると、一食分をつくるのにたっぷり半日はかかった。それで時間をずらせては二食ずつしかけて置くのであるが、直吉がやり始めてからは、お幸はあまり不足を云わなくなった。

「人間にあ使いみちがあるもんだ」

職人たちは蔭《かげ》でこう笑っていた。

六月の暑い季節になるとお幸はすっかり衰弱し、声がひどく嗄《しゃが》れてきた。むざんに痩《や》せた姿のいたましさと、耐《こら》え性がなくふきげんなのとで、そのじぶんから六兵衛やまきのほかは、余り顔だしをする者もなく、たいていは直吉ひとりで病床の世話をした。

「いつか悪いことを云ってごめんよ直」

或る夜ふとお幸がそう云った。しゃがれた低い声なのでよく聞えない、直吉は枕のほうへ耳をそっと近よせた。

「おまえのことを情なしだなんて云ったけれど、――あたしは本当は知っていたんだよ、おまえがどうして顔をみせないか、およそ察しがついていたんだよ、……でもねえ直、そんなにひっこみ思案じゃあ、一生損をするばかりだよ、性分だからしようがないだろうけれど、少しは自分の気持もとおすようにしなければねえ」

直吉は両手で膝《ひざ》をつかみ、うなだれて眼をつむった。そしてお幸が咳きこむと、すり寄って背中を撫《な》でながら、片手ですばやく眼を拭いた。

お幸は七月中旬の、その年でいちばん暑い日の午後に亡くなった。それは同時に直吉の役目が終ったことでもあった、彼女が息をひきとるとすぐ、清次をはじめ他の職人たちが病間へはいって来、彼はそこからごく自然に、追いやられた。

初七日《しょなのか》、ふた七日、み七日と経つあいだ、誰も直吉の存在に気づく者がなく、なにをしているかと思いだしさえもしなかった。しかし三十五日の法要をした夜、武助という若い職人が、なんのきっかけからか直吉のことをもちだした。

「こんどは直さんがいちばんしっかりしていたぜ、いちども泣いたことがなかったからな」

みんながそうだという顔をし、ちょっと座が白《しら》けた、それからとつぜん清次が立ちあがって、仏壇の蠟燭《ろうそく》を替えながら云った。

「そんななあ、しっかりしてるたあ云わねえ、不人情というもんだ」

「不人情よりひでえや」いちばん年嵩《としかさ》の職人が酔った高ごえで云った。

「――あいつあおかみさんにあ口で云えねえ恩になってる、直や直やってどのくれえ可愛《かわい》がって貰ったか、おらあ初めからちゃんと見て知っているんだ、……そのおかみさんに亡くなられて涙ひとつこぼさねえ、泣きもしねえってのは人間じゃねえや」

「そう云えばお葬式や法事のときにゃなにをしていたのかね、おらあ姿を見たこともねえように思うが」

かれらがそう云うのも無理ではなかった。直吉は年期の順ですれば、内弟子のなかでは上から三番目であって、そんなときには、座敷うちの指図や客の接待をするのが当然である。

しかし彼はやっぱりそうはできなかった、始めから終りまで人の蔭へまわって、履物の心配をしたり台所の手順をみたり、葬具屋へ走ったり寺のしたくをたしかめにいったりした。……そうして夜になって、みんなが寝てしまってから、彼は独りでそっと仏壇の前へゆき、燈明《とうみょう》と香をあげて坐《すわ》るのであった。

彼はそのときお幸と差向いになるように思えた。片方がちょっと斜視になったあの眼が、あるときはやさしく彼を睨《にら》み、あるときは劬《いたわ》るように笑いかける。それは生きている人のように鮮やかであり、生きていたときよりも身近な感じであった。

「——おかみさん」

彼はそっとこう呼びかける。燈明の火のまわりに円い暈《かさ》ができ、仏壇ぜんたいがぼうと霞《かす》む、彼は眼を押しぬぐって呼びかける。

「——どうして、……おかみさんは、どうして」

一本の線香がたち終るまで、彼は包まれるような気持でお幸のおもかげと語り合い、誰に憚《はばか》ることもなく泣きひたるのであった。

紀六で育った職人たちは二十五六でたいてい店を出る、だがひとり立ちの指物師になる者はごく稀《まれ》であった。

直吉の知っている範囲では、独立して順当に栄え、紀六へも無事に出入りしていたのは、愛宕下の島造と八丁堀《はっちょうぼり》の平五くらいのもので、あとは途中でぐれてしまうか、家を持っても通い職人を続ける者のほうが多かった。

その通い職人もたいてい二三年のことで、ほかの土地へゆくとか帳場を変えるとか、または不義理をするなどということでいつか店へも来なくなり、消息を絶ってしまうのである。――そういう人たちを見送りながら、直吉もいつか二十六歳になった。

親方の六兵衛はまえの年の秋に軽い卒中を患《わずら》って、仕事には殆んど手を出さなくなった。職人は内弟子と通いとで十人ばかりい、直吉がもっとも古参であったけれど、仕事の割振りから勘定の仕切りまで、いっさいを清次があずかり、直吉はその下につくようなぐあいで、しかし少しも不平らしい顔はせず、おとなしく黙って働いていた。

正直のところ直吉には不平はなかった。ともかくいちばん年嵩《としかさ》になって、表面だけでもあにいと立てられるし、仕事もどうやらひとなみなことはやれる、店を出ても食うぐらいの自信はもっていた。

けれども一方ではこころ塞《ふさ》がれて、悲しく辛い思いをすることがだんだんと多くなった。それはまきが眼にみえて美しくなり、同時に清次との仲が親しくなってゆくのを見るためであった。

まきはもう十八になっていた。

一の四

お幸が亡くなったあと、六兵衛はついに後添《のちぞえ》を貰わなかったので、十五六の頃からまきは父の身のまわりの世話をして来た。小さいときはそれほどにもみえなかったが、そのじぶんからぐんぐん縹緻《きりょう》がめだち始め、母親代りに気をつかうためだろうか、言葉つきや身ごなし立ち居が、しゃっきりしているので、十八の娘の美しさに、きりりとしたおんなの色気が加わって、一種のみずみずしい嬌《なま》めかしさがひと眼を惹《ひ》いた。

もうずっと以前、――つまり清次が来て以来、まきは直吉から遠いひとになっていた。それはよくわかっているのである、もしそうでなく、むかしのように好かれているとしても、それ以上にどうするという気持などは少しもなかった。にも拘《かかわ》らず、美しく嬌めかしくなってゆくまきの姿を見、そのまきと清次の親しさが増すのを見ることは、直吉にとっては耐え難いほど辛かったのである。

——みっともねえ、こいつあ嫉妬《やきもち》だ。

彼はこう自分に舌打ちをした。

——清次は腕もいいし頭もある、親方に代って紀六の店の采配《さいはい》を振っているんだ、まきが頼りにするのはあたりめえじゃあねえか。

そしていつも次のように呟《つぶや》くのだった。

——叔父さんの家にいたときのことを考えろ、どうやらひとなみな者になれただけでも、それだけでも有難いと思わなくちゃあならねえ筈《はず》だぞ。

その年の七月、鉄砲洲稲荷《てっぽうずいなり》の祭りの宵のことだった。木挽町《こびきちょう》は氏子《うじこ》ではなかったが、下町では神田明神につぐ祭礼なので、中一日は店を休むのが例年のしきたりだった。

その日、直吉は朝湯へいって、みんなとは別に祭りを見にでかけたのであるが、気持が浮かないのと暑いのとで、屋台を一つ二つ眺めたまま帰って来た。閉めてある店の、くぐり戸からはいって、仕事場と奥とをつなぐ板間へ出たとき、とつぜん殴られでもしたように、直吉はぎくりとそこに立停った。

仕事場へゆく戸口のところで、まきと清次が抱き合って立っていた。清次はしっかりとまきの背を抱いていた、まきは両腕をあらわにして清次の頸《くび》にからみつけ、ぴったりと身を寄せて、伸びあがるような姿勢で、清次と顔を重ねていた。直吉はすぐにきびすを返し、なかば夢中で店をとびだしたが、身も心もその一瞬にずたずたにされたような気持だった。

——まきのひき緊《し》まった背を抱いていた清次の手、清次の頸に抱きついていたまきの白い腕、そして上と下から、ひしと重なっていた二人の顔、——すべてを棄《す》てたような、その忘我の姿勢が、まるで烙《や》きついたようにいつまでも眼に残った。

直吉はその夜十二時ちかくになって帰った。珍しく泥酔《でいすい》して、着たまま寝床へ転げこんだが、苦しそうに寝返りをうったり呻《うめ》いたり、立って水を飲みにいったりしてなかなか眠らなかった。

「——ざまあみろ、ひょっとこめ」

口のなかでそんなことを呟いた。

「死んじまえ、いいきみだ、……橋のたもとの乞食《こじき》でさえもか、ざまあねえや」

明くる日かれは気持が悪いといって、一日なにも食わずに寝ていた。宿酔《ふつかよい》というのだろう、水ばかり飲んでは、寝床の中で輾転《*てんてん》ともがいたり唸《うな》ったりしていた。

すると灯《あかり》がついて間もなく、ついぞ来たことのないまきが寝部屋へはいって来て、どうしたのと云いながら、直吉の枕もとへ坐った。

「どうしたの直、あんたが寝るなんて珍しいじゃないの」

直吉は壁のほうへ顔を向け、掛け夜具を顎《あご》までひき寄せながら、「ええ、なに――」と口の中で不明瞭《ふめいりょう》に呟いた。

「どうしたのよ、そんなにそっぽを向いちゃったりして、あたしが来ちゃあいけなかったの」

「此処《ここ》は、――うす汚なくって、臭えから――」

「ねえ、ねえ直さん」まきはふと調子を変えてすり寄った。温たかい唆《そそ》るような娘の香がむっと鼻へきた。直吉は胸にするどい痛みを覚え、危うく呻きそうになった。

「ねえお願いがあるんだけれど、ねえ、聞いて呉《く》れない直さん」

「――あっしにですか」

「直さんのほかに頼めないことなの、あたしとても心配なことがあるのよ」

直吉は五拍子《ひょうし》ばかり黙っていてから、精いっぱいの棘《とげ》を含めてこう云った。

「――清次がいるじゃあありませんか」

「その清さんのことなのよ」直吉の言葉つきなど感じないようすで、まきは声をひそめながらこう続けた。

「――こないだうちからあのひと毎晩のようにどこかへでかけるの、どこへゆくのかわからないけれど、ときによると夜なか過ぎになって帰ってくることもあるのよ」

「――だってあれあ、いろいろ、店の用が多いから」

「自分でも寄合いだとか相談だとか云ってるわ、始めのうちはあたしもそうかと思ってたんだけれど、それにしてはたびたび過ぎるし、腑《ふ》に落ちないことがちょいちょいあるのよ」

直吉は黙っていた。まきは思い余ったというふうに溜息《ためいき》をついた。

「あたしそう思うのよ、邪推かもしれないけれど、きっと邪推だろうと思うんだけれど、あのひと遊びにゆくんじゃないかって」

「――って云うと、つまり、……」

「直さんだけに云うんだけれど、あのひと帳場からお金を持ってゆくの、それもかなりたくさんなのよ、――あとから返してはいるようだけれど、それは飯倉へいって貰《もら》って来て入れるらしいの、……それから、このあいだは、――芸妓《げいぎ》の名入りの手拭《てぬぐい》を持っていたわ」

そこでぷつッと声がとぎれた。直吉はしずかに向きなおった。まきは袂《たもと》で顔を掩《おお》い、肩をふるわせて啜《すす》り泣いていた。

「直さんはいつか云って呉れたわね」

濡《ぬ》れたようなうら声でまきが云った。

「まあちゃんは一生しあわせにくらせるって、お父さんやおっ母《か》さんがいるし、直が付いているからって、――あたしよく覚えているわ、……まあちゃんには悲しいことも辛いこともない、病気もしないだろうって、よく覚えていてよ」

直吉はなにか胸に詰りでもしたように、眉《まゆ》をしかめながら唇を噛《か》んだ。まきは袂のなかで噎《むせ》びあげ、とぎれとぎれに云った。

「でもあたし、今しあわせじゃないの、毎日とても心配で眠れないくらいだわ、――直さん、あたし辛いのよ」

直吉は寝床の上で起きあがった、蒼《あお》ざめたその顔から、棘とげしさや嫉妬のかげがうすれてゆき、いつもの愚直なくらいきまじめな表情になった。

「そいつはちっともしらなかった、もし本当だとすると放っちゃあおけねえが」

「あのひとに云ってみて、直さん、あんたのほかに意見の云える者はないわ、お父さんに知れないうちに、まちがいのないうちにやめて貰いたいの、ねえ、お願いだわ直さん」

「けれどもあっしはこれっきりの鈍な人間だし、清次はあのとおり眼から鼻へぬける利巧者だから、あっしなんぞが意見したところで」

「いいえ直さんにだけはあのひと気兼ねをしているわ、黙ってぼんやりしているように見えるけれど、あんただけはこわいって」

「――清次はおれがこわいって、……へえ」

「嘘《うそ》じゃないの、あんたにはいつでも一目《いちもく》おいているの、本当よそれは、あたしだって、――どうかすると直さんはこわいわ」

直吉の顔がみるみる歪《ゆが》んだ。昨日の板間で見た姿がふっとまた眼にうかんだのである。あのひたむきに抱き合った、燃えるような忘我の姿が、――いちど消え去った嫉妬の思いがまた激しくかえって来、息が詰るようになって彼は喘《あえ》いだ。

「云ってみましょう、――いつか、……折があったらね」

直吉は眼をそらしながら云った。

「できるだけ云ってみますよ」

「一生のお願いよ、そして、――あたしから頼まれたってこと内証にしてね、きっとよ」

まきはじっとこちらをみつめ、悲しげに微笑して立っていった。直吉はまた夜具の中へもぐって、息をひそめたままいつまでもじっと動かなかった。

――あんなに許し合っている仲なのに、どうして自分で清次に云えないのだろう。それがまず訝《いぶか》しかった。そしてまきから頼まれたことを、内証にして呉れという、なぜだろう。まきからでも聞かない限り、そんなことが自分にわかるわけがない、それでは話しだすきっかけさえないではないか。

しかし直吉にはまきの気持がやがてわかった、嫉妬なのである。職人が芸妓の名入りの手拭ぐらい持っていたって、ふしぎはない、けれどもまきにはそれが苦痛なのだ。

――そうだ、清次の遊ぶことが耐えられないんだ、やめて貰いたいんだが自分から云っては嫉妬になる、だから……。

彼はそう察した。それはそのとおりだった、そしてそれが慥《たし》かだとわかることは、かれ自身にとって余りに残酷であった。二人が愛し合っていると考えるだけでそんなに苦しい、刃物で切り裂かれるような思いなのに、まきが清次を嫉妬している、それほどふかく清次を愛しているということは、殆《ほと》んど二重の刑罰のように彼をうちのめした。

――おれはそれほどおひと好《よ》しなのか。

直吉は泣くこともできない気持で、そんなことを頼みに来たまきを恨み、まきに愛される清次を憎悪《ぞうお》した。

——勝手にしやあがれ、どうなろうとおれの知ったこっちゃあねえ、二人のこたあ二人で、撲《なぐ》るともひっ掻《か》くとも好きなようにするがいいんだ、おれの出る幕じゃあねえや。

一の五

直吉は本当にそう思った。そしてかれらと同じ家にいることが堪《たま》らなくなり、紀六の店を出ようとさえ考え始めた。

——そうだ、今がその潮どきかもしれねえ。

店を出ても自分ひとりぐらいは食ってゆける、まきや清次の眼につかない処《ところ》へいって、自分なりのつつましい暮しを始めよう、もっと早くそうするほうがよかったんだ。

こんなふうに思い続けているうち、だんだんはっきりと決心がついた。あとはきっかけさえあればいい、そういうところまできたとき、とつぜん親方の六兵衛が吐血して倒れた。

軽い卒中をやってから、医者にとめられて、六兵衛は暫《しばら》く酒を断っていたが、その春あたりには許されて少しずつ飲みだし、夏になってからはだいぶ量が増していた。

もともと酒は欠かせないほうで、お幸の生きているじぶんは晩酌五合と定《きま》っていた。酒が飲めないくらいなら死んだほうがいい、そう云うのが口癖であったが、病気からこっちまきが酒というとおろおろするので、量が増したとはいえ家で飲むのは知れたものだった。しかしそれだけではしだいに満足できなくなり、外へ出て隠れ飲みを始めたのだが、近頃では焼酎《しょうちゅう》なども口にするようになっていた。

お幸が亡くなって以来、時間をかけずに早く酔うのが習慣となり、合わせてそういう強い酒を口にし始めたものらしい。――再発を恐れていた病気は出ず、思いもかけない胃をやられたのであった。

初めに吐いた量は夥《おびただ》しいものだった。それが三日のあいだ時をおいて吐き続け、三日目には昏睡《こんすい》状態になって、二人たのんだ医者が二人とも匙《さじ》を投げた。――すると四日目の午後、病間にずっと詰めきっていた清次がやって来て、病人が呼んでいるからすぐゆくようにと云《い》った。

「二人っきりで話があるそうだ、なんの話か知らないが、病気に障《さわ》るからなるべく早く切りあげて来て呉れ」

清次はこう念を押して云った。直吉は黙って立ちあがり、台所へいって手を洗ってから、帯を締めなおして二階へいった。——階段の上の廊下で、病間から出て来たまきと会ったが、彼女は充血した眼でちらと見たきり、避けるような身ごなしですれ違った。

「もっとずっとこっちへ来て呉れ」

六兵衛はこう云って、すぐ枕もとへ直吉を坐《すわ》らせた。びっくりするほど相貌《そうぼう》が変っていた。頬の肉は抉《えぐ》ったようにおち、白く皮膚がたるんで、窪《くぼ》んだ眼ばかりが大きく、ぎろりとしたきみの悪い光を湛《たた》えていた。

「こんどは、おれもいけねえらしい」

ちからのない細い声で、息をつぎつぎ六兵衛は口を切った。

「眠るとすぐお幸の夢をみる、新しい草鞋《わらじ》だの、杖《つえ》だの菅笠《すげがさ》だの持って来るんだ、つまり迎えに来るんだろう」

「そんなばかなことを云って、親方……」

「まあいいから聞け、おれあ死ぬなあ別になんでもねえ、そんなこたあいいんだ、死ぬなあいいが、それより辛《つれ》えことがある」

六兵衛はそこで言葉を切った。患部が痛みでもするのだろうか、眉をしかめ、眼をぎゅっとつぶって、やや暫く口を噤《つぐ》んでいた。

「云っちまうがなあ、直、――それあまきのことなんだ、あれに婿《むこ》を取って紀六のあとを継がせ、それを見てから眼をつぶりたいんだ」

直吉はどきっとしたが、黙ってつぎを待った。

「おめえは子飼いからの人間で、性分もよくわかってるし、おれのあとを任せても安心なんだ、おれはそうする積りだった、本当にその積りでいたんだが、――それがそうできなくなった、こう云えばおめえにも、察しがつくだろうが」

直吉は眼を伏せたまま頷《うなず》いた。

「親は馬鹿《ばか》なもんだ」と、六兵衛は静かに息をついて云った。

「――おまけに母親のねえひとりむすめ、もしいけなければと脅し文句をかけられては、それでも不承知だとは云いきれなかった、直、……済まねえが清次に譲ってやって呉れ、おれの頼みだ、がまんして呉れ」

「とんでもねえ、親方、とんでもねえ、あっしになんの不足があるもんか、そんな、頼むなんてそんなこたあ、どうか親方……」

ぶきような口調で吃《ども》り吃りそう云うのを、六兵衛はおち窪んだ眼でじっとみつめながら、頷いた。口のへたな直吉にはそれだけ云うのが、精いっぱいである。しかし云う言葉には嘘はなかった、六兵衛にはそれがよくわかった。

「これを云うのが辛かった、なんとも辛かったが、云わなきゃあならねえわけが、もうひとつあったんだ、清次をあとに定めるとして、あいつは腕もいいし頭も切れるが、たった一つ、いけねえことがある、おめえ気がついちゃあいなかったか」

「――遊ぶとかってことですか」

「そうじゃあねえ、まきのやつもそんなふうに思ってるが、遊ぶんじゃあねえ、博奕《ばくち》だ、それも友達なかまの慰みくれえなら、まだしもだが、あいつは鉄火場でいりをしている、おんな遊びや酒道楽には、きりがある、いつか飽きてやまるもんだが、博奕だけあいけねえ、あれあ女房子供を裸にしてもやまらねえものだ」

六兵衛はいかにも嫌悪を感ずるように、枕の上でゆらゆらと頭を振った。

「もうひとつのわけというのはこれなんだ、直、――おめえ清次の後見になって呉れ、眼の前へ並べておれが云うから、二度と博奕をしねえように、博奕に手を出したら、すぐに縁を切る約束で、済まねえが清次の後見をして呉れ」

「――それあ、けれども、愛宕下かなんかの役じゃあねえでしょうか」

「いやおめえに限るんだ、まきの身を本気になって案じて呉れる者でなくちゃあいけねえ、……直、それあおめえたった一人だ」直吉はもういちどどきっとした。六兵衛の言葉が自分の心をみぬいたもののように思えたのである。肩を固くして彼は俯向《うつむ》いた。

「どこか近くへ家を持って呉れ、眼を離さねえように、ちっとでもおかしなようすがみえたら、びしびし云って呉れ、――おめえのことは愛宕下と八丁堀に頼んでおく、りっぱに身の立つようにするから、どうかこの役をひきうけて呉れ」

直吉は迷った。あの利巧な清次を抑えるだけのちからが自分にあるかどうか、親方の遺言でそう定めたとしても、いつまでその効力があるか疑わしいし、清次に居直られたばあいを想像すると、とうていひきうける気にはなれなかった。――断わるのが本当だ、そう思ったときである。彼の耳にふっと、まきの悲しげな声がよみがえってきた。

――あんた云って呉れたわね、まあちゃんは一生しあわせに暮せるって、悲しいことも辛いこともない、……お父さんやおっ母さんがいるし、直が付いていてくれるからって、――あたしよく覚えていてよ。

直吉は眼をつぶった。その幻の声をもういちど頭のなかで繰り返した、それから両手を膝について、頭を下げながら答えた。

「あっしはこんな鈍な人間です、お役に立つかどうかわかりません、けれども親方がそう仰《おっ》しゃるなら、あっしにできる限りはやってみます」

「――済まねえ、直、おらあこれで安心して眼をつぶることができる、済まねえ」

六兵衛の眼尻《めじり》から涙が頬をすべって枕へおちた。もう直吉はものも云えず、拳《こぶし》で眼を拭《ふ》きながら幾たびも頭を下げるのであった。清次とまきを呼び、直吉を枕許《まくらもと》に坐らせて、六兵衛は後見のことをはっきり云い、清次とまきからそれを認める言質《げんち》を取った。

それから愛宕下の島造と八丁堀の平五が呼ばれ、相談した結果、病人のたっての望みで、その明くる日の午後に祝言《しゅうげん》の式をあげた。飯倉では派手にしたかったらしい、酒や料理を持ち込んだばかりでなく、着飾った若い女中を七人もよこした。しかし危篤《きとく》の病人の枕許でやる祝言だし、客もほんの近しい者五六人だったから、女中たちは働きようもなく、酒も料理も余った。

盃《さかずき》が済んで客たちに酒が出ると間もなく、直吉は店をぬけだして汐止《しおど》め堀へいった。

ずいぶん久しく来なかった「つき当り」である。ちょうど日のとぼとぼ昏《ぐ》れで、街には人が忙しく往《ゆ》き来《き》していたけれども、河岸《かし》沿いの空地はひっそりとして、犬一疋《ぴき》みえなかった。

そこにはもういじけたようなあの灌木《かんぼく》の茂みはなかった。ずっと向うの石垣に寄って、石材の積んであるのが仄白《ほのじろ》くみえ、乾いた砂と礫《こいし》まじりの地面に、伸びきった夏草がところどころ叢《くさむら》をつくっていた。

風がすっかりおちて、満潮の堀にはさざ波も立たず、黒ずんだ牡《ぼ》丹色《たんいろ》の夕雲が、描いたように水面にうつっていた、……直吉の胸には回想のあまやかな感動があふれてきた、彼は夏草のあいだを歩きまわり、ふと立停っては足もとの地面に見いった。——そうだ、此処《ここ》だ、まきが初めて結付け草履を穿《は》いて、初めてよちよち歩いたのは、……骨のまだ柔らかい、くなくなした、危なっかしい妙な歩きぶりだった。

ままごとの草を摘んだ処にも記憶があった。転んで瘤《こぶ》をだした処にも、そして、河岸に近い草の、ひとかたまり茂った場所へ歩み寄ったとき、彼はながいことそこに佇《たたず》んでいた。それはまきに初めて外で用を足させたところである。背中からおろして、両足を持って、ぶきようにしゃがんだ自分の恰好《かっこう》まで、彼にはいまありありと見えるように思えた。

「——まあちゃん」

直吉はそっとこう呟《つぶや》いた。そして口のまわりに微笑をうかべたが、両方の眼は涙でいっぱいになった。

「――わかったよ、まあちゃん、おまえに嫉妬《やきもち》をやくなんて間違いだった、おれはあの頃から、まあちゃんの一生をまもろうと思っていた、悲しみや苦しみを防いで、おまえが一生しあわせであるように、まもってゆこうと思ってたんだ、……それをつい忘れて、おまえを恨んだりするなんて、――勘弁して呉れ、おらあやっぱりとんまで鈍なやつだったよ」

直吉はそこへ跼《しゃが》んだ。それから幼いまきが濡らしたその草の茂みの中に、むかしのまきを呼びかえす思いでこう呟いた。

「――だがもう大丈夫だ、もう心配することはないよ、おれはきっとおまえのしあわせをまもってやる、決しておまえを不幸にあしないからな、まあちゃん……聞いているかい」

黄昏《たそがれ》の色のいよいよ濃くなった水面を、こんなところには珍しく一羽の鵜《う》が、殆んど水とすれすれに、海のほうへと飛び去っていった。

二の一

紀六の店ではその日、亡《な》き六兵衛の三回忌のために仕事を休んだ。

去年の一周忌にはまだ暑かったが、今年はまるで暦が秋にはいるのを待ってでもいたように、四五日まえから涼風が立ち、空の澄みあがった爽《さわ》やかな日が続いた。清次とまきとは早くから寺へでかけていった。芝の台昌寺《だいじょうじ》というのが菩提寺《ぼだいじ》である、そこで法要をしたあと、露月町《ろげつちょう》の伊村屋で客たちに食事を出すというてはずであった。

直吉は店にのこっていた。家のほうへ焼香に来る者があるので、その応対をするためであったが、午前ちゅう六七人客があったきり、午過《ひるす》ぎになると訪れる人もなく、彼はひとり仏壇のある部屋の窓に倚《よ》って、日ざしの傾いてゆく空をとぼんと眺めていた。

——もうあしかけ三年になるんだな、……どんどん経《た》っていってしまう、早いもんだ。

おととしの今じぶんのことが、つい昨日の出来事のように思いうかんだ。清次とまきが祝言《しゅうげん》をしてから、中一日おいて六兵衛が死んだこと、ひと月ほどして、自分がすぐ裏にある長屋の一軒へ移ったこと、そのとき、愛宕下の島造と八丁堀の平五があいだに立って、彼への月々の給金と仕事の分合《ぶあい》が定められたことなど、……すべてが本当に、昨日のことのように、なまなましていた。

――去年の法事は賑《にぎ》やかだった、愛宕下がいいかげんに酔って河東節《かとうぶし》かなんか唄《うた》ったし、清次の唄におかみさんの三味線で、道成寺《どうじょうじ》の鞠唄《まりうた》がやんやの喝采《かっさい》だった、……みんな楽しそうで、なにもかもうまくいった。

一周忌にはそのとおりであった。とりわけまきの美しい姿は忘れられない、良人《おっと》をもって一年、かたちよくひき緊《し》まった軀《からだ》に、柔らかく肉がのり、肌も血色がよく艶《つや》つやとして、なにげない身ごなしにも、匂《にお》うようないろけがあふれてみえた。それは髪かたちや、眉《まゆ》をおとし歯を染めた、若妻らしい姿のせいばかりではない。恋を得た歓《よろこ》びと満足のあらわれであろう。まきの身のまわりには、明るい笑いごえと、活気のあるなごやかな気分が、一種の光のように漲《みなぎ》っていた。

店の状態も悪くはなかった。世間は一般に不景気が深刻になってきたけれども、顧客《とくい》さきに確《しっ》かりした大店《おおだな》が多いので、それほどの影響もうけず、商売としてはまず順調といってよかった。

――こんどは直吉が嫁を貰《もら》う番だな。

――それそれ、こんどは直に嫁だ。

そのとき島造と平五とが、酔ったきげんばかりでもなくそう云《い》った。*直吉は赤くなり、親方の三回忌までは貰いませんと答えた。しかし余りにひち堅いような気がしたので、慌《あわ》てて次のように云いなおした。

——あっしのとこへなんぞ来る嫁はありあしません、なにしろ因果者にでも出るほうが柄《がら》に合うてえ人間ですからね。

島造はいつか自分がそう云ったことは忘れたらしい、けげんな顔で、わからねえ洒落《しゃれ》を云うなと、笑っただけである。——いま思い出しても楽しい賑やかな法事であった。

「だがあれから一年、この一年のあいだにずいぶんいろいろなことがあった。——そして、今年の法事は、もう去年とは、こんなにも違う」

直吉はこう呟《つぶや》いて眼をつぶった。この一年、というよりも一周忌を済ませてから間もなく、平穏で無事なその生活が揺れはじめた。

六年ちかくも住み込んでいた、又二郎という職人が、納めた品の代金を、顧客さきから巧みにひきだし、*七両幾らというものを遣いこんだのである。亡くなった親方の代からの者だし、腕もかなりいいし、いちどは勘弁するところだったが、清次は少しも容赦せず、着た物だけ*くれてひまを出した。

——小僧の竹三が帳場の銭をくすねて、それをみつかってとびだしたのは、又二郎がひまを出されて三十日と経っていなかった、……そしておかみさんが寝ついちまった。

まきは流産をしたのである。医者の手当が悪かったのか養生が足りなかったのか、あとから多量な出血をして、四十日ばかり寝ついてしまった。

続いて、まきがまだ寝ているうちに、飯倉《いいぐら》の河松《かわまつ》で不幸があった。清次の実父が死んだのである。……そしてそのとき以来、ぴたりと飯倉から人が来なくなった。もちろんなにか事情があるのだろう。清次はなにも云わなかったが、それからしだいに外出をすることが多くなった。

注文の品を届けると「寸法が違う」とか「約束の木地が使ってない」とか「塗りが悪い」とか苦情を云われ、ときには突っ返されることなども、珍しくなくなった。

――紀六の仕事のよさがわからねえんだ、そんな客はこっちでまっぴらだ。

清次はこうせせら笑った。だが注文は少しずつ減り、はけない品が店に溜《た》まった。仕事が減れば職人もそう必要はない。腕のいい者から離れていって、今年の夏のかかりには、通いとも六人になってしまった。

明らかにおちめである。そのためとは思えないが、愛宕下も八丁堀も、とんと姿をみせなくなった。

「そうだ、おそろしいほど変った」

直吉は眼をつぶったまま、こう溜息《ためいき》をついた。

「去年の法事には河松から料理人が来て酒肴《しゅこう》をつくり、店から仕事場から二階まで客がいっぱいになった、——そしてあんなに賑やかに騒いだのに、……今年は客も少ないし、露月町あたりの茶屋でふるまいをしなければならない、——これが僅《わず》か一年のあいだのことだろうか、なにがもとでこんなことになったのだろうか」

直吉はもういちど溜息をつきながら、眼をすぼめて窓の外を見やった。夕づいた菫色《すみれいろ》の空に、美しく染まった棚雲がひろがっている、その表を西へ向って、おそろしく高く、なにかの鳥の群がわたっていた。

「——からすどこゆく　薩摩《さつま》の山へ
　さつま山から　谷底みれば
　小さな子供が　碁石を拾って……」

長屋の路地のほうで女の子たちの唄うこえが聞えた。屋根と屋根の隙間《すきま》もなく密集したそのあたりは、炊《かし》ぎの煙が靄《もや》のようにたちこめて、それが灰色にみえるほど黄昏《たそがれ》が濃くなっていた。

直吉は窓框《まどかまち》へ肱《ひじ》をつき、われを忘れたように惘然《もうぜん》とその唄ごえに聞きいった。幼い、いまきの相手でお手玉をしながら、彼もまたその唄をうたったことがある、そのと

きの二人の姿が思いだされる。……苦労や心配なことを知らないしあわせな日々、

それはとりかえすこともできないし、再び自分たちのうえにめぐって来ることはな

いだろう。

「――どんどん経っていってしまう、なにひとつとまってはいない、みんな過ぎ去

っていってしまう、早いもんだ」

直吉はぼんやりとこう呟いた。

寺へ供をしにいった下女のお花と、十七になる正《しょう》という内弟子がさきに戻り、そ

れから間もなくまきがひとりで帰って来た。病んで寝たあとはひどく痩《や》せ、髪など

も薄くなったようにみえたけれど、夏のはじめ頃からすっかり恢復《かいふく》して、腰まわり

や太腿《ふともも》は元のように肉づいてきたし、肌の血色もよくなっていた。

だがそのとき帰って来た姿は妙に窶《やつ》れてみえた。顔色もよくないし眼も窪《くぼ》んでい

た。そして二階へあがるとすぐに、欲も得もないというふうにぺたりと坐《すわ》った。

「どうかしたんですか、具合でも悪いんならすぐ寝たほうがいいでしょう」

「疲れちゃったのよ、伊村屋でながくかかっちゃったから、――こっちはどんなだ

った、愛宕下が来やしなかった」

「いいえ、みえませんよ、お寺じゃなかったんですか」

まきはふと眉をひそめ、どぎまぎしたように話をそらした。そのようすだと愛宕下も八丁堀も法事に来なかったらしい、客はまきの知らない顔が多く、席は酒がだらだらと長くてそうぞうしいうえに、そのあとどこかへまわったような話だった。

「明日から五日泊りで*太田の呑竜《どんりゅう》さまへお詣《まい》りにゆくんですって、同職の世話役だけ十人で、年会の相談かたがたお詣りするんですって、……直さんに話がなかった」

「そうですね、あっしはいま初めて聞くようですが、――明日っからですか」

「じゃあ急にきまったことなのね」

まきはさりげなく云いながら、ちからのない手つきで帯留をまさぐった。あたし少し横になるから、夕食を喰《た》べて帰って頂戴《ちょうだい》、こう云われて直吉は、二階からおりた。まきのようすが疲れきっているらしいし、そこにいれば、自分がなにかよけいなことを云いそうなので、思いきって立ってしまったのである。

法事の休みで遊びに出た職人たちも帰っていて、いっしょに夕餉《ゆうげ》を喰べたあと、直吉は台所へいって、米を五合ばかりお花に包ませ、それを持って長屋へ帰った。

直吉の家の左は左官の梅吉《うめきち》というまだ若い夫婦者で、右がわに倉造という古金買の家族が住んでいる。倉造は三十六七になる瘦せた小さな男で、もと呉服屋のでっち小僧から中番頭までつとめあげたことがあるという、武家のわたり仲間《ちゅうげん》などもしたようで、ずいぶんいろいろと苦労をして来たらしい。

　夫婦のあいだに八つを頭《かしら》に四人の子があり、倉造はもう一年もまえから寝ていた。右足の脛《すね》を挫《くじ》いたのがもとで、そこから悪いものでもはいったのか、だんだんに骨が腐るというのである。女房のおいとが内職をして、どうやら家計を立てているが、そんな病人を抱えてやってゆけるものではない。

　近所もたいてい似たり寄ったりの生活で、ひとの面倒をみるどころか、自分のほうが精いっぱいである。直吉も三日にいちどずつ少しばかりの米を届けてはいるけれど、独り暮しの彼でさえそれ以上のことはできなかった。

「まあいつも済みません、まだおとつい頂いたのが有るんですよ」

　台所でなにかしていたおいとは、米の包を受取りながら申しわけでもするようにこう云った。

「頂くからいいわで喰べてちゃこんにちさまの罰が当りますからね、ようやくお薯《いも》が出はじめて呉《く》れたんで、これからまた少しは楽になると思いますけど、まだねえ、お薯といってもなかなか高価《たか》くって……」

二の二

「番たびそんなに云うこたあねえよ、できればもっとしてえんだが、この頃は店の仕事もはかばかしくねえもんだから、……が、いつかまたいいことがあるさ」

　直吉は風呂敷《ふろしき》をたたみながら云った。

「悪い運がどん詰りへゆきゃあこんどはいい運がまわってくるんだ、天気だって晴れた日ばかりはねえし、雨風ばかりということもねえものさ、――まあ気の張《はり》をなくさねえで、さきを楽しみに辛抱するんだよね」

「それにしても、うちじゃ雨風が続きすぎますよ」

　おいとはこう笑ったが、ふとびっくりしたような調子になって云った。

「――まあすっかり忘れてましたよ、さっきお客さんがみえましてね、慥《たし》かまだ待っておいでですよ」

「そいつあ珍しい、誰だろう」

　訪ねて来る者などあった例《ためし》がないので、首を捻《ひね》りながら家へはいってみると、行燈《あんどん》に火を入れて、又二郎が待っていた。

「断わりなしに留守にあがってました、済みません」

「そんなこたあ構わねえが、どうした」

「へえ、――お線香をあげてえと思って、……来たことは来たんですが」

「ああそうか、で、――」

部屋の隅に直吉の手作りの仏壇がある。顔も知らない両親の、佐兵衛、おむらという俗名だけ書いたのと、親方六兵衛夫妻の位牌《いはい》をおさめてあるが、そこに又二郎があげたものだろう、燈明《とうみょう》と短くなった線香が、煙を立てていた。

「ああもうあげて呉れたか、親方がさぞよろこんでおいでだろう、忘れねえでよく来て呉れた、ところで晩飯がまだだろう」

「いいえ、今しがた四丁目の長寿庵《ちょうじゅあん》でかたづけて来ましたから」

「遠慮をするんじゃあねえだろうな」

「いいえ本当に済まして来たんで、直あにいの顔を見たら、すぐ帰るつもりで待ってたんですから、――云いおくれたけれど、その節はどうもいろいろ御心配をかけて済みません」

「いまどうしてる、うまくいってるか」

こう云って直吉は初めて相手のようすを見た。洗い晒《ざら》した単衣《ひとえ》に三尺、月代《さかやき》も伸びているし顔色も悪い、だいいちその手がすっかり変っていた。蒼白《あおじろ》くすべすべしてきれいに爪《つめ》が切ってある、もうどう見ても職人の手ではなかった。

「うまくもなにも、あっしなんざあもうだめです、あっしのことなんざあいいけれども、ひとつだけ直あにいに聞いておいて貰いてえことがあるんです」

　又二郎はこう云って、じっとこっちを見た。

「断わっときますが、あっしはひまを出されたのを根にもって、こんなことを云うんじゃありません、そんならとっくに来て云ってます、そんなしみったれた気持じゃあねえ、亡くなった親方にあ世話になってるし、自分はおちぶれても育った店はあっしにも大事だ、それで思いきって云うんだが、――直あにい、清次のやつが博奕場《ばくちば》でいりをしているのを、知っていますか、あいつはもうずっとめえから」

「ちょっと待て、いいからまあ待て、――そいつはなあ又、そいつは、……もし本当にしろ、嘘《うそ》にしろ、おれに聞かして呉れちゃあ困るんだ」

　直吉は驚きと当惑とでどぎまぎし、坐りなおした膝《ひざ》へ、両手をつっ張りながら、まるで赦《ゆる》しでも乞《こ》うように頭を垂れた。

「そいつだけはどうか、おれの耳にいれねえで呉れ、おめえはなんにも知るめえが、これにあわけがあって」

「じゃあ店はどうなってもいいんですか、親方が亡くなってまる三年も経たねえうちに、紀六の店をつぶしちまってもいいんですか、――こんなことを云うとおおげさだと思うかもしれねえが、もうその兆《きざ》しはみえてますぜ」

「――そんな筈《はず》はねえ、どうしたってそんな、……そればかりはできねえ義理があるんだ」

「信用できなきゃあ現場を見せますぜ、いつでもようござんす、来てみますか」

自分のことから白状するが、又二郎はこう云って話しだした。店を出されてからやけになって、今では或《あ》る賭場《とば》の飯を食っている、そこへ清次が来るというのだ。集まるなかまとも古いなじみらしく、賭場の者にも大事にされている。

それからいろいろきいてみると、十四五の時から博奕場がよいを始め、遣いぶりがきれいなので、どこでもいい客の扱いだった。紀六の店を継いでから半年ばかりは足をぬいたろう、しかしそれから後は相変らずではいりをしている。勝てば勝っただけ撒《ま》いてゆくし、負けっぷりがまた鮮やかで、どこの賭場でも旦那《だんな》でとおる顔だという。

「その金がどこから出ると思います、飯倉の親父《おやじ》さんがいた頃にあせびりにいったらしい、けれども親父さんが亡くなってからは水の手は切れた、――どうするもんか、注文の木地をごまかす、塗りをあまくしてぴんをはねる、手をぬいた雑な物でおっつける、……直あにいは知らねえ、あにいはほとけさまだ、けれどもおらあ知ってるんだ、清次から云いつかって、おらあそういう仕事をしたんだから」

直吉は血が冷たくなるように思った。この頃になって納める品がときどき突返される、注文と違うとか寸法が狂ってるとか、ついぞ云われたことのない文句を云われて、古い顧客からもしばしば納めた物を返される。

店にもはけない品が溜まるばかりだ。世間の不景気が深刻になったことは慥かであるが、そう聞いてみれば思い当ることがなくはなかった。

「おめえそんな、――そんな仕事をして呉れたのか、そんな恥ずかしい仕事を、……幾らなんでも紀六の職人が、そんなおめえ――」

「直あにいや亡くなった親方にあなんとも申しわけがねえ、あっしが馬鹿《ばか》だった、清次のやつに吹っ込まれて、それが世間だとなめた気持になってた、こんな姿におちぶれたのはその罰だと思ってますが、直あにい、――どうか店をつぶさねえでお呉んなさい、清次の野郎をなんとかして紀六の店だけはつぶさねえように、……おねげえだ直あにい、おまえさんだけが頼みですぜ」

直吉は、その夜ずっと眠れなかった。

清次のそとでが多くなってから、ときにはそういう疑いをもったこともあった。

しかしまきの四十日に余る病臥《びょうが》や、飯倉の親の死や、商売が思わしくなくなったことや、そのほかいやな事が重なったし、店の主人となればそれだけの用もあり、そとでがちになるのも、無理はないと思っていた。

――どうしよう、本当だとすれば親方の遺言が……しかし、いやそんなことはない、又のやつの中傷かもしれない、あいつは清次を恨んでる、なにを云うかわかるもんじゃあない、――だが、いつでも現場をみせると云った。

明け方になって彼は決心した。とにかく自分は後見である。疑わしかったら当人に会って、じかに慥かめるくらいのことは許される筈だ。正直にぶっつかってみよう。――こう思ったのである。清次が太田の呑竜へゆくとすれば早く立つに違いない、そのまえにひと言きいておきたいと思って、直吉はまだほの暗いじぶんに起き、店の脇《わき》をはいって井戸端へいってみた。――すると符を合わせたように、清次が寝衣《ねまき》のままで歯磨きを使っていた。

「ばかに早《はえ》えな、どうしたんだ」

「なにちょっとね」いきなり顔を合わせたので直吉はちょっとでばなを挫かれた、

「――今朝は早立ちだと思ったもんだから、留守のことも聞いておきたかったたし

……」

「そいつあ御苦労だった、留守のこたあまきに云ってあるが、べつにこれといってむずかしいこたあねえ、まあぼちぼちやっていて呉んねえ」

「そうか、そんならいいんだが」

直吉は赤くなった。まるで押されているのである、十七の年の冬、十五の清次に蕎麦《そば》屋へ使いを頼まれ、つりはおめえに遣《や》るよと云われた。あのときのけじめが今でも二人のあいだに残っている、彼の前に立つとどうしても直吉は自由に口がきけなくなるのだった。

しかし今朝はそれでは済まなかった、亡くなった親方への義理にも、そこでひきさがるわけにはいかないのである。直吉は思いきって相手の顔を見、低いこえでこう云いだした。

「妙なことを聞いたんだ、本当じゃあねえと思うんだが、そんなこたあ決してねえと思うんだが、見た者があるっていうんで、――ゆく筈のねえ場所へおめえがゆくという」

「はっきり云いねえな、誰がなにを云ったんだ、おれがどうしたっていうんだ」

「おめえが博奕場でいりをするというのよ」

思いきってずばりと云った。清次は口から楊子《ようじ》を出し、ぺっと暴《あら》あらしく唾《つば》を吐いた。そうはっきり云われようとは思わなかったらしい、二度も三度も唾を吐いて、それからこっちへ向いて笑った。

「わかったよ、誰がそんな御注進をしやがったか見当はつくよ、だが、——まさかそんな嘘っぱちを信じやあしめえな、直あにい、それともおめえ、本当だと思うのか」

「おらあ本当とも嘘とも思やしねえ、そんな噂《うわさ》を聞いたから慥かめておきてえと思っただけだ、——こんなぐずな人間だが親方の口から後見をしろと云われている、おめえにもしそんなことでもあれば親方の位牌に申しわけのしようがねえ、……これまでだってそんなこたあなかったろう、だがこれからも親方の遺言を忘れねえで、まちげえのねえように頼みてえんだ、それだけあもういちど頼んでおきてえんだ」

「わかってらあな、死んでゆくひとのめえでした約束だ、念を押すにあ及ばねえよ」

あんまりあっさり受け合われたので、それ以上くどく云うこともできず、それじゃああとでまた送りにゆくからと、帰ろうとすると清次が呼びとめた。

「けちなことを云うようだが、おめえどこかへ米を運んでるそうだな、あにい」

「米を運ぶって、——ああ、あれか」

「おめえの好きですることたあ勝手だが、うちの米櫃《こめびつ》から持ち出すなあよして呉れ、僅《わず》かなこってもだらしがなくなっていけねえから」

二の三

直吉はかっと頭が熱くなった。清次がそれを云うならこっちにはもっと云う筋がある、しかしそれよりも、いま意見めいたことを云われた肚《はら》いせのように、うって返しにそんなみみっちいことを云う気持が癪《しゃく》だった。

さすがの直吉もがまんができなくなり、そっちへ戻ろうとすると台所からまきが顔を出して、ごはんのしたくができたからと呼んだ。——そして直吉のいるのを見て驚いたように、

「おやお早う、直さんもう来ていたの、じゃあうちの旅立ち祝いにこっちでいっしょにおあがんなさいな」

「ええ、まあ、有難てえが」

直吉は脇へ向いて云った、

「——まだ寝床も片づけてねえから、ちょっとまあ帰って来ますよ」

直吉は清次を送りにはゆかなかった。

明くる日の午飯《ひるめし》のときである。食事を終ってひと休みしていると、まきにちょっ

と来て呉れと呼ばれた。立ってゆくとまきはそのまま二階へあがり、窓の障子《しょうじ》をあけて坐《すわ》った。

「昨日の朝はごめんなさい」

「――なんです」

「あたし聞いてたの、さぞ肚が立ったでしょう、直さんにはもう半年も給金らしいものをあげてないんだし」

「いいえそんなこっちゃあねえんです」直吉は手を振った。

「――給金がなんだからって、だから米を持ち出すなんて、そんなこたあ幾らあっしが馬鹿だからって、できやしません、あっしあ米の代は台所へ払ってます、お花にきいてお呉んなさい、三日にいちど五合ずつ、――可哀《かわい》そうで見ていられねえ者があるから持ってってやる、いっぺんに買ってやるほどの銭あねえ、と云ってそのたんびにあっしが計り米を買うのも、この店の自慢にあならねえ、それでちゃんとそれだけずつ台所へ払って、持っていってたんです、お花にきいてみてお呉んなさい、あっしあ嘘は云いませんから」

「――ごめんなさい、あたしそんな積りで云ったんじゃないの、いつも直さんに悪いと思ってるもんだから……」

まきは俯向《うつむ》いてそっと膝を撫《な》でた。そのしょんぼりとした肩を見たとき、直吉は衝動のように坐りなおして云った。

「いいおりだからききますが、親方はまた悪いところへではいりをしちゃあいませんか、ほんとのことを聞かしてお呉んなさい、なにかそれと感づいたこたありませんか」

まきは明らかにぎょっとした。慌ててうち消そうとするふうだったが、舌が硬《こわ》ばって口をきくことができず、そのまま深くうなだれてしまった。

「そうか、――やっぱりそうだったのか」

「そんなふうに云わないで、直さん」まきはおろおろと声をふるわせた、「――いろいろわけがあるの、あのひとも可哀そうなのよ、どうかそのことだけであんまり怒らないで頂戴」

「わけとはいったいどんなわけです、亡くなった親方とあれだけ約束して、それを反古《ほご》にしていいわけがあるなら、聞きましょう」

「そう云われては困るけれど、あのひとがあんな道楽を覚えたのはあのひとの生いたちにも罪があるの、――飯倉のお父さんが亡くなってから、ばったり河松の人が来なくなったでしょう、……来ない筈なの、あのひとは四人兄弟の三男だけれど、ひとりだけおっ母《か》さんが違うんですって、お父さんというひとが、神明《しんめい》かどこかの芸妓《げいぎ》に生ませた子なんですって、――それで小さいときからあのひと、ずいぶん辛《つら》い思いをしたっていうことだわ」

そういう境遇から、つい博奕などに手をだした。六兵衛との約束でぴったりとやめていたが、まきの病中の淋《さび》しさ、又二郎や竹三の不始末、商売の思わしくないことなど、いやなことが続いてくさっていたとき、ふと悪いなかまに会って誘われたのがきっかけで、ほんの慰みにときおりでかけたのだという。

「でももうそれもやめたわ、あたしが泣いて頼んだの、直さんに知れたらどうなるかと云って、あのひともわかって呉れたわ、そしてそれっきり足踏みをしないことも慥《たし》かよ、あたしにはちゃんとわかるんだから、……どうかこんどだけは聞かない積りでいて頂戴、お願いだわ直さん」

直吉はやや暫《しばら》くしてこう云った。

「やっぱりこの役はあっしの柄《がら》じゃあなかった、おかみさんがそんなに苦労しているとも知らねえで、――なんというぐずでとんまなこったろう」

「いいえあたしが悪かったの、あたしが隠していたんだもの、でもこんどは大丈夫よ、もしこのつぎになにかあったらきっと直さんに云うわ、だからこんどだけは忘れて頂戴、お願いよ」

　まきは哀願と謝罪をこめて、じっとみつめた。直吉は眼を伏せながら、ええと頷《うなず》いた、そして溜息《ためいき》をつき、片手で頸《くび》を撫で、独り言のようにもういちどこう云った。

「だがやっぱり荷が勝ちすぎる、あっしなんぞのひきうける役じゃあなかった」

　決してあてつけでも厭味《いやみ》でもなかった。彼はそんなことの云える人間ではない、本心からそう思ったのである。又二郎から話を聞くまではなにも知らなかった、博奕のことはもとより、清次が職人たちに命じて、注文の仕事をごまかしたり、手をぬいたりしていたという、現に仕事場で行われていたことさえも、気づかずにいた。

　もともと直吉は始めから雑な家具や台所道具などを受持っていたので、かれらの仕事にくちだしをすることはできなかったのであるが、それにしても「紀六」の沽券《こけん》に関わると同時に、職人としてもっとも恥ずべきことを、まるで気づかないでいたというのは、単に古参の責任に限っても相済まない。

　これは彼が不注意だったからではなく、頭がよくて勾配《こうばい》の早い清次と、愚直だけがとりえの直吉との根本的な差であって、初めから勝負にならない相手だったのである。

　その夜かれは家へ帰ると、仏壇に燈明《とうみょう》をあげて、六兵衛の位牌にながいこと詫《わ》びを云った。詫びを云ううちにうらめしくなり、六兵衛が生きてそこにいるような口ぶりで、自分にはとうていつとまらない役だからと訴えた。……そうしてすっかり不平をうちまけてしまうと、少し気持も鎮《しず》まり、胸も軽くなった。

——この役だけはおまえでなければならない、本当に心からまきの身を按《あん》じて呉れる者でなければ、この役は頼めない、それはおまえだけだ。

昂奮《こうふん》のおさまった頭に、六兵衛の云った言葉が思いだされた。彼は腕組みをしてながいこと考えこんだ、いろいろな思考の断片が、あらわれたり消えたり、もつれたり解けたり、終点のない歯車のように堂々めぐりをしたりした。そのうちにふと清次の少年の頃の姿が眼にうかんだ、——美貌《びぼう》ですばしっこくて、ひとの気持のさきへさきへとまわる神経、自分がつねに先手を取ろうとする意地の強さなど。それはすべて勝負師の気構えといってよいだろう、いつも勝っていたい、負けてはならないという姿勢。

——そうだ、と直吉はいま思い当るのであった。そういう気質は清次の生いたちに原因があるのかもしれない、兄妹《きょうだい》のなかで自分だけ母親が違うということ、自分がその家族のなかでよけいな者だという感情、おとなしくしていては軽侮されるし、欲しいものも取ることができない。勝っていかなくてはだめだ、負けてはだめだ。

——こういう意識が清次の生き方を支配したのではないか、生れつきの性分もあろうが、それをあのように増長させたのは境遇のためかもしれない。

——あのひとも可哀そうなのよ。

まきの言葉のしみじみとした調子が、いかにもそっくり清次の正体を示しているようだ。直吉はまた深い溜息をついた。

「そうだ、本当はあいつも可哀そうな人間なんだ、怒るよりも劬《いたわ》ってやらなきゃあならないのかもしれない」頭を垂れながら彼はこう呟《つぶや》いた。

「——人間はそれぞれ弱いところや痛いところをもっている、お互いに庇《かば》いあい助けあってゆくのが本当だ、そうだ、あいつも悲しい男なんだ」

こっちの気の持ち方がちがったためか、それともほかに理由があるのか、五日泊りの旅から帰って以来、直吉に対する清次のようすが少しずつ変っていった。ものを云う態度も穏やかになり、これまでになくたびたび話しかける、冗談を言って笑うようなこともあるし、ときどき夕食などに奥へ呼んで、いっしょに酒を飲んだりした。

「こんど町内で江の島鎌倉へゆくそうだが、直あにいもいっしょにいって来ちゃあどうだ、たまにあ息をぬかねえと軀《からだ》が続かねえ、あにいときたらちっとも出ねえんだから」

そんなふうに云うこともあった。——直吉はその変化をすなおに受取ったが、そのままぜんぶは信じなかった。いままでのことを悔いてそうなったのかもしれないし、なにか含むことがあってそんな態度をとっているのかもしれない、愚鈍な自分を騙《だま》すくらいぞうさもないと思っている相手だ、まだまだ、気を許してはいけないと思って、ひそかに注意を怠らなかった。

九月にはいってまもなく隣りの倉造が死んだ。足の骨を腐らせていた病気が、血に混って軀じゅうにまわったのだという、四五日まえから頭もおかしくなり、妙なことを口ばしったりとつぜん寝床から這《は》いだしたり、子供のように泣き喚《わめ》いたりしたが、まえの晩から動けなくなり、唸《うな》りどおしに唸って、その日の午すぎに息をひきとった。——孝一という上の子が知らせに来たので、直吉はすぐに駆けつけていった。遺骸《いがい》はもう蓆《むしろ》の上に移してあり、茫然《ぼうぜん》と坐っているおいとのまわりで、子供たちがばたばた暴れまわっていた。

「このほうがよかったんです、いっそこのほうがよかったんですよ」

おいとは直吉に笑ってみせながら云った。

「病人も楽になれたしあたしもこれで息がつけます、薄情なことを云うようだけれど、もうあたしは精も根もつきはてましたからね、本当にこのほうがよかったんですよ」

二の四

直吉にはなにも云えなかった。おいとの言葉に嘘はないだろう、この家族にとっては病人の死はたしかに救いである。しかしつれそう良人《おっと》に死なれて、それを悲しむよりさきに、まずよろこばなければならないとはなんという生活であろう。その日その日を食ってゆくこと、家族が飢えずに生きるということ、それだけがぎりぎりいっぱいの生活。直吉は眼をつむって遺骸の前に頭をさげた。

――御苦労さまだった倉さん、お互いに運の悪い者はしようがねえ、まあ悠《ゆっ》くり休んでくんな、あとのことはどうにかなるからな、……本当に御苦労さまだった。

近所の者が来はじめたので、直吉はおいとを呼んで立ち、「葬式のことはなんとかするから」と云ってそこを出た。せめて二分くらいは都合したいと思って、店へ帰ってすぐ清次に頼んでみた。清次は笑って首を振った。

「今日は秋田屋へ勘定を払ったんですっからかんだ、そうでなくっても知ってのとおりこっちのふところが苦しいんだから、――直あにいもこれまで面倒をみるだけみてやったんだし、死んだあとのことまで心配することあねえやな、うっちゃっときゃあ町役がなんとかするよ」

直吉はいち言もなくひきさがった。それから家へ帰ってちょっと考えたのち、着替えをして外へ出た。愛宕下か八丁堀かと迷ったが、近いので愛宕下へゆくことにして、汐留橋《しおどめばし》を渡り、芝口《しばぐち》を虎《とら》の門《もん》のほうへと急いでいった。すると土橋《どばし》の広小路のところで、

「直あにい、直あにい」

とうしろから呼びとめられた。振返ると又二郎が追いついて来た。唐桟縞《とうざんじま》の袷《あわせ》にひらぐけを締め、新しい雪駄《せった》を穿《は》いて、いま髪結床から出て来たような頭をしていた。このまえとは人が違うようにりゅうとした恰好《かっこう》である。

「すっかり御無沙汰《ごぶさた》をしちまって、――これからどっちへ」

「愛宕下へ用があってゆくんだが」

「いつかの話ですがね」又二郎は並んで歩きながら、ちょっと声をひそめて云った。「――清次の野郎ほんとになんとかしなくっちゃあいけませんぜ、あっしは洒落《しゃれ》や冗談で云ったんじゃあねえんですから」

「わかってるよ、おめえの云って呉れたとおりだった、けれども今はもういいん

だ」

「今はいいって、……どういいんです」

「おれは知らなかったがおかみさんが感づいたんだ、そして泣いて意見をしたらしい、もうこれっきり、こんどこそやめると約束した、それからこっち足踏みもしないと」

「ちぇっ、それこそお笑い草だ」又二郎は無遠慮に遮った。

「——この眼で見ねえことは云わねえ、見た数だけ云っても五日にいちどは賭場《とば》へ来ますぜ、おとついなんざあ仲門前《なかもんぜん》の鉄火場で、二十なん両てえものはたいてましたよ、……おかみさんや直あにいがそれじゃあもういけねえ、紀六の店もなげえこたあありませんね」

又二郎はこう云うと、もうなにも話す興味もなさそうに、さっさと横丁へ別れていった。直吉はそのうしろ姿を見送りながら、頭のくらくらするような気持で暫くそこに立停っていた。

——又の云うのが事実だ、こんどは少しの疑いもなくそう直覚した。この頃の清次のあいそのよさ、こっちのきげんをとるような態度、ときどき口にするおためごかし。夕餉《ゆうげ》に奥へ呼んでいっしょに酒を飲んだことなど、いまいましいほどはっきり思いだされた。

——そんなにおれはあめえ人間か。

直吉は軀が震えてきた。そうだ、あいつは底ぬけにあまいやつだ、あいつを騙すのは赤子を騙すよりたやすい、あんなにまたのろまでぐずでとんまなやつもないもんだ。——こう云ってせせら笑う声が耳いっぱいに聞えた。もう紀六の店もながいことはないね。……だが彼はぎくっとして立停った、いつのまにか、あと戻りに歩きだしていたし、あたまのなかで鑿《のみ》を逆手《さかて》に摑《つか》んでいるのに気づいた。

——ああいけねえ、そんなことで済む話じゃあねえ、おちつくんだ、おちつくんだ。

脇《わき》の下に汗が出ていた。彼はしいて苦笑しながら、道を愛宕下のほうへ曲っていった。幸い島造は店にいて、頼みがあるというと気がるに立って奥へ案内した。

——そのとき仕事場に伝次《でんじ》という職人がいるのをちらと見た、その正月に紀六からひまを取って出た若者である。向うもこっちに気がついて、にこっと笑いながら頭を下げたが、直吉は逆にへどもどして、逃げるようにそこを通り過ぎた。

「じつあおめえをいちど呼ぼうと思っていたんだ、よく来て呉れた、今日はひとつ悠くりしてってって呉れ、久しぶりで一杯やりてえし、話もあるんだ」

「有難うござんすが、少し急ぎのお願《ねげ》えなんで、それもごく云いにくいことなんで、——きいて貰《もら》えるかどうかわからねえが」

　直吉は膝を固くして、片手で頸を撫で撫で隣りの不幸を語った。島造はあらまし聞くとすぐに立ってゆき、戻って来ると紙の上へ小粒*で二両ならべてさしだした。

「ええこんなに、冗談じゃあねえ、とんでもねえ、二分ありゃあもう充分なんだから」

「いいからそれだけ持ってってやんねえ」

　島造はこう云ってじっと直吉を見た。

「おめえが、その家族にしてやっていたことは、伝次から聞いて知ってた、人間にあ気の毒だと思う気持はあっても、じっさいになると一合の米を恵むということも、なかなかできるものじゃあねえ、まして合い長屋というだけの、縁もゆかりもねえ者に、半年以上も欠かさず、米を貢《みつ》ぐなんて、……正直なはなし、うちのやつあ涙あこぼしてたぜ」

「冗談じゃあねえ、とんでもねえ、そんなことを云われちゃあ冷汗だ」

「冷汗をかくなあこっちだ、おれがここでたとえ十両だしたって、それあただ有るものを出しただけのこった、おめえの貢いだ米の一粒にも当りあしねえ、これっぱかりで恥ずかしいが、おれの気持だけだから持ってって呉れ」

「そうですか、……そうですか」

直吉は幾たびもこくんこくんと頭を下げた。

「じゃあ済みませんが、あつかましいようだが、お借り申していきます」

「貸すんじゃあねえ香典だ」

島造はこう云ってから、ちょっと坐《すわ》りなおすかたちで、直吉を見た。

「そんなわけじゃあ悠くり話もできねえ、また改めて来て貰うんだが、――おめえ紀六を出て独り立ちになる積りはねえか」

「あっしがですか、店を出るってえと」

「あの店はもういけねえ、自分の育てられた店をこんなふうに云っちゃあ、亡くなった親方に申しわけがねえが、清次のやつがすっかりかきまわしちまって、もう根《ね》太《だ》からがたがたになってるんだ」おめえは知らねえだろうがと、島造の話すのを聞いて直吉は茫然となった。

――去年の一周忌のまえあたりから、清次がしきりに商売の不振を訴え、すぐに返すからと云ってはよく金を借りにきた。亡くなった親方への義理もあり、また頼まれてもいるので、島造は気持よく貸してやったのであるが、そのうちに八丁堀へも無心にゆくこと、また金は商売のためではなく、博奕《ばくち》に遣うということがわかった。

そこで二人は清次を呼んで膝詰めの意見をした。清次は神妙にあやまって、これからまじめに稼ぐからと誓ったが、二人はさらに念を押してこう云った。

——おまえさんが本当にその証拠をみせて呉れるまで待とう。それまではこっちも店へはゆかない、おまえさんのほうからも来て呉れるな、親方の法事なんぞも勝手だがこっちはこっちでするから。

それだけ云えばこたえるだろうと思った。しかし清次は依然として賭場でいりをしていたらしい、飯倉と往来が絶え、愛宕下も八丁堀もそうなってからは、顧客《とくい》さきといわず木地屋といわず、古くから紀六にひっかかりのあるところを、片端から借りまわって、今ではにっちもさっちも動けない状態だという。

「おれもそこまでたあ思わなかった、現に一日じゅうそばにいるおめえが、なんにも気づかねえ、あいつはそういう人間なんだ、おれたちにあとても歯が立たねえ、おまきさんや紀六の名跡《みょうせき》のことはあとの相談として、とにかく店を出るこった、おめえのことは八丁堀とおれとでひきうけるから、……」

直吉は全身が萎《な》えたような気持で、日の傾いてきた街をふらふらと歩いていった。

いろいろなことがわかった、八丁堀や愛宕下がずっと店へ来なかったこと、注文の木地をごまかし、塗りをごまかし、仕事の手をぬき、寸法ちがいの物を押しつけ、そうして納める品がしばしば突返されたのも、そんな借金が嵩《かさ》んで、良い材料がはいらなくなったためだということなど、——直吉はまた頭がくらくらした。幾たびも躓《つまず》いたりよろめいたりした。とつぜん喚きだしたいような、またげらげら笑いたいような衝動がこみあげ、喉《のど》のあたりが掻《か》きむしりたいほどむずむずした。

「——*山王《さんのう》の、お猿さあんは」

彼は口のなかで唄《うた》った。

「——赤いおべべが、だいおう好き、ありゃりゃりゃんこりゃりゃりゃん……」

汐留橋まで来て彼は立停った。ひき潮で、びっくりするほど高くなった石垣や、すでに秋の色を湛《たた》えた水の上に、人もなくもやってある荷足船《にたりぶね》などを、放心したように眺めまわしながら、小さい声で唄ったり、口のなかでぶつぶつ呟いたり、かなり暫《しばら》くそこに佇《たたず》んでいた。

「なにを考げえてるんだね直さん」うしろでこう呼ぶ者があった、「——まさか身投げをしようてえんじゃああるめえな」

直吉はとびあがるほど驚いた。ああと声をあげて振返ると、左隣りに住んでいる左官の梅吉だった。こっちがあんまり驚いたので梅吉もぎょっとしたらしい、こんどはまじめな顔になって、どうかしたのかときいた。――直吉は瘧《*おこり》でもおちたような表情で、しずかに頭を振りながら云った。

「可哀《かわい》そうなことをした、隣りの倉さんが亡《な》くなったよ」

二の五

そのとき、もし倉造の死という出来事がなかったら、直吉はどんな思いきったことをやっていたかわからない。

なにもかも余りにいちどきであり、余りにゆき詰っている、ぜったいのっぴきならぬ絶望感は、とうてい単純な彼のあたまでは処理のつかないものであった。彼は夜もおちおち眠れず、ともすると鑿を逆手に持つ空想に悩まされた。そのまま逃げだしたくなったり、すべてをぶち毀《こわ》したい衝動に駆られたりした。

直吉は清次の顔を見るのが不安だった、それで倉造の初七日《しょなのか》が済むまでは仕事を休み、付いていてあと始末の面倒をみた。倉造の身内はどこにいるかわからず、多《た》摩川《まがわ》の在で貧しい百姓をしているというおいとの弟が来た。しかしその弟は病気持ちらしく、精のないようすでぼんやり坐っているか、子供を遊びに伴《つ》れだすほかは、なにもしなかった。……しぜん直吉が長屋の人たちの先に立って、自分のことのようＵに世話をやき、駆けまわったのであるが、その煩雑《はんざつ》な忙しい時間が、彼のつきつめた感情を鎮《しず》めて呉れたのは、慥《たし》かである。

初七日の済んだ明くる日から仕事に出はじめた。気持は暗くふさがれて、鉋《かんな》や鋸《のこぎり》が手に重たかった。ちっとも根気がなく疲れやすくて、溜息《ためいき》をついたりとぼんと窓の外を眺めたり、ふと井戸端へいって立っていたりした。清次とはできるだけ顔を合わせないようにし、職人たちとも殆《ほと》んど口をきかなかった。

——なんとかしなくてはいけない、このままでは亡くなった親方に済まない。

——よせよせ、もうこうなってはおしまいだ、愛宕下も八丁堀も投げているのに、おれなんかが出てなにをしようというんだ、へたに意見をしたところでまた騙《だま》されるか、お笑い草にされるのがおちだろう、なるようになっちまえ。

——だがそれじゃあ済まない、なんとかしなくっては人間の義理が立たない。

絶えずうしろから追われているような、おちつかない苛々《いらいら》した気持で、三日四日と経っていった。するとその朝、ちょうど急がれている仕事があって、いつもより早く店へいった。脇の木戸からはいって井戸端のほうへ出ると、そこに寝衣のままでまきがいた。

顔を洗いに出たのかと思ったがそうではなく、苦しそうにしきりと嘔吐《おうと》しているのである、だが生唾《なまつば》ばかりで、ほかに出る物はないらしい、それでよけい苦しいのだろう、肩から背中へ波をうたせるのがみえた。

「どうしたんですおかみさん」

直吉は急いでいって背中を撫でてやった、そこは思いがけなく痩《や》せて骨ばっていた。気がつくと俯向《うつむ》いている頸筋《くびすじ》も肉がおち、膚《はだ》も艶《つや》のないいやな色にみえた。

「なにか悪い物でも喰《た》べたんですか」

「有難う、もういいわ」

まきは肩で息をしながら、向うを見たまま虚脱したような声で云《い》った。

「食中《しょくあた》りじゃあないの、心配はいらないのよ」

「心配はいらないって――」

こう云いかけて直吉は、ああと思い当った。去年の冬まきは流産したが、そのまえ五十日ばかりそんなことがあった。一日に幾たびもそんなふうに苦しみ、ものをよく食わずに寝ていたりしたことがある、それだと思った。

「そうですか、おめでたなんですね」

「――もう月が月だから、おさまってもいい筈なんだけれど、……こんどはいつまでもこんなぐあいで、――有難うもう大丈夫よ」

まきはようやく振返り、蒼白《あおじろ》く硬《こわ》ばった顔に泣くような微笑をうかべた。髪がほつれかかり、涙で頬が濡《ぬ》れていた。そのとき直吉は決心がついたのである。

――そうだ、ここで投げてはいけない、まきは子を生むのである、亡くなった人との約束は云うまでもないし、まきのために、生れてくる子供のために、自分にできる限りのことをしなくてはいけない。

決心のぐらつかないうちにと思い、清次を見かけるなり「晩に話があるから」と云った。その調子でなにか感づいたのかもしれない、清次は唇の隅でにっと笑い、「待ってるよ」とおとなしく答えた。

夕餉のあといちど長屋へ帰り、着替えをして店へ戻った。そして二階の部屋へ二人にあがって貰い、まず仏壇をあけて燈明《とうみょう》と線香をあげた。

清次はふしぎに神妙なようすで黙っていたが、まきはすっかり蒼ざめ、おろおろと立ったり居たりした後、やがてそこから出てゆこうとした。

「いやおかみさんも此処《ここ》にいて下さい、聞いて貰わなくちゃあならないことがあるんだ」直吉はこう云って二人の前に坐った。

「――今夜は亡くなった親方の名代《みょうだい》の積りだからね、親方、おまえさんの名もむかしのように呼ばせて貰うぜ」

清次は黙って頷《うなず》いた。早くも観念したという姿勢である。膝の上に両手をつき、頭を垂れて、もうなにもかもわかっているというふうに、ひと言の弁解もせずに聞いていた。まきは顫《ふる》えていた。両手の指を揉《も》みあわせたり、しきりに唇を嚙《か》んだりした。

直吉はできるだけ感情を抑えて、意見というより相談をするという調子で話した。清次が顧客さきや商売なかまを借りまわったことなどは、まきにはわからないように濁して云った。

「おれは今さら亡くなった親方の遺言を、盾に取ろうとは思わない、こんど博奕をしたら縁を切る、そういったって夫婦になってまる二年の仲を、そうやすやす割けるもんじゃあないんだから、そいつは亡くなった親方もわかって下さると思うんだ」

直吉は仏壇のほうを見た。それから少し言葉をつよくしてこう続けた。

「だがおめえとしちゃあそれじゃあ済まねえ筈だ、おめえは死んでゆくひとと約束したんだ、生きてる人間なら、怒ることも撲《なぐ》ることもできる、けれども死んだ者には苦情を云うこともできやあしねえ、おめえが本当に博奕をやめて、おまきさんをしあわせにし、紀六の店をしっかりやってゆく、大丈夫まちがいないと信じて安心して眼をおつぶんなすった、——それを裏切るってえのは罪だぜ、清次、そうじゃあねえか」

清次は深くうなだれた。直吉は眼の裏が熱くなるのに困った、うっかりすると騙されるぞと思いながら、おとなしく鞭《むち》をうけるような清次の恰好《かっこう》を見ると、ついずるずるとひきこまれそうになる。可哀そうなやつなんだ、そういう気持がだんだん強くなってきた。

「そればかりじゃあねえ、もちろん知ってるだろうが、おまきさんには子供ができた、子供が生れてくるんだ、おめえだって子供を不幸にしたかあねえだろう、——清次、こんどはその場だけのごまかしでなく本音を聞かせて呉れ、亡くなった親方の位牌も聞いておいでなさる、おめえの性根から出ることを聞かせて呉れ」

愛宕下や八丁堀や、そのほか不義理のあるところは自分がひきうける、なんとしてでも店の立ってゆくようにするから、おまえもこんどは正直のところを云って呉れ、直吉はこう云って言葉を結んだ。

清次はうなだれたままぽろぽろ涙をこぼした。それから低いかすれた声で、ひと言ずつ区切りながら云いだした。

「親方にも、直あにいにも済まねえ、まきにも済まねえ、本当に申しわけがねえ、――おらあ自分でも自分にあいそがつきてたんだ、いっそ死んじまえと思ったこともある、おれってやつは情けねえ人間なんだ」

「おめえほど頭のいい者がそれだけわかっていて、それで博奕ぐらいがやめられねえのか」

「やめたんだ、悪いと思うからぷっつりやめたんだ、嘘じゃあねえ、幾たびもきれいに足を洗うんだ、――もう二度と再び賽《さい》ころを持つめえ、博奕場のほうへは寄りつきもしめえ、そう心願にかけてやめるんだ、……けれども友達てえやつがいる、こいつがどうしても、放さねえ、こいつがなんのかのと誘い出すんだ、いやだと云やあ店に迷惑が掛る、――しようがねえ、やっぱりずるずる引摺《ひきず》りこまれちまう、直あにい、おれもずいぶん苦しかったんだ」

「――だがそいつは、そいつはおめえ、……なんとかなるんじゃあねえのか、今どきそんな無法なことが」

「いや直あにいは知らねえんだ、ああいうなかまのこたあ法も無法もねえ、もともと御定法《ごじょうほう》の裏をゆく稼業《かぎょう》で、世間の義理だの人情なんてもなあ、これっぽっちもありあしねえんだ」

だからその手を遁《のが》れるにはたった一つの手段しかない、清次は涙を拭《ふ》きながらこう云った。それは自分が江戸から足をぬくことである。二年か三年、よその土地へいって、そのあいだ関係を断っていれば、縁が切れる。これが唯一《ゆいつ》の方法であると云った。

「だがそれにはまきを伴れてゆくわけにもゆかず、店のことも放ってはおけねえ、博奕と縁を切るにはそのほかに手段はねえが、そうかといって身動きできねえ、——むりにやるとすれば、店のことからまきのことまで頼めるのは直あにい一人だ、……直あにいにあこれまで云いようのねえ世話になっている、このうえそんなことを頼めた義理じゃあねえ、——おらあそれで進退きわまっていたんだ」

「おれのこたあいい、おれにそんなしんしゃくはいらねえ、けれども、……」

直吉は、腕を組んで黙った。

二の六

それから一年という月日が経《た》った。

清次を旅に出すまでのいきさつは、あとから想《おも》うと、すべて彼の計画にはまったようなものであった。彼は頼むとは云わなかった、直吉からすすんでひきうけた。

旅費も直吉が愛宕下から借りてやった。

まきも自分の物を売って、かなりの額を持たせたらしい、まるでどこかおおどこの息子が、遊山旅《ゆさんたび》にでもゆくように、清次はふところ手で支度をさせ、余るほどの金を持って、江戸を立っていった。

――あいつらに感づかれるといけないから、当分は居どころを知らせない、信《たよ》りがなかったら無事だと思って呉れ。

遅くも三年めの、親方の忌日《きにち》には帰って来る。それが云い残した言葉であった。

直吉はそのあと愛宕下や八丁堀はじめ、関係のある筋を奔走して、店のたてなおしにかかった。そうしてようやくわかったのであるが、清次が旅へ出たのは、博奕《ばくち》なかまと縁を切るためではなかった。いやそれも手段の一つだったかもしれない、慥かにそういう積りもあったろうが、事実は江戸にいられなくなっていた。四方八方といいたいが百方借りで、到《いた》るところに不義理が嵩んでいた。しかもそれはぎりぎり結着の、殆んどどん詰りにきていたのである。

清次がこんど堅気になるために旅へ出た。こう直吉が云うと、たいていの者が、「野郎逃げたか――」と罵《ののし》った。なかには生かしてはおけないやつだと云う者さえ、幾人かあった。

まきはなにもかも投げだした。亡くなった父母の形身も、自分の着物も、髪道具も簞笥《たんす》や長持や、鏡台や、大切にしていた紫檀棹《したんざお》の三味線も、金になる物は洗いざらい金に代えた。店と住居をひっくるめて抵当にいれ、はけないで溜《た》まっていた品は叩《たた》き売りに売った。

それでもなお八十何両という借金が残ったけれど、幸い愛宕下と八丁堀が仲に立って、紀六の店だけは続けてゆけるように、話がついた。

こうしてともかく一段落ついたのは、年の暮にちかい頃だったが、或《あ》る日、島造と平五が揃《そろ》って来て、清次にはもう望みがないから、これを機会にさっぱり離縁をするようにと云った。たとえ当人がいなくとも、自分たち二人が証人になる。もしそれが不承知なら、自分たちは今後いっさいの事から手をひくと云った。

まきは泣いていて答えなかった。直吉はよく考えた後、これまでの二人のして呉れたことに礼を述べ、しかし離縁することは待って貰いたいと頼んだ。清次がこんな不始末を残して逃げたのはまったく悪い、けれどもこれで本当に真人間になるかもしれない、こんどこそ足を洗うと云って出ていったのである、もういちどそれを信じてやりたいと云った。

——もうひとつには生れてくる子が可哀《かわい》そうだ、この子を父無《ててな》し子にするのは不《ふ》憫《びん》である、とにかく、清次の帰るまで待たせて貰いたい。

　島造と平五はよほど固く話し合って来たものだろう、それでは薄情のようだが、自分たちはこれで手をひく、これからはどんな事があっても相談に来て呉れるな。はっきりこういって、帰ったのであった。

　それからはもちろん仕事は縮小したし、職人もたいていひまを取った。あとは卯《う》之《の》吉《きち》という十六になるのと直吉だけで、それこそ俎板《まないた》を削るようなことも厭《いと》わずに働いた。

　年が明けて春になり、夏になった。

　まきが子を産んだのは五月のはじめである。生れたのは男の子で、亡くなった六兵衛の幼な名をとって「文吉《ぶんきち》」とつけた。――世間はまわり持ちだという、お産の前後からまきがすっかり肥立つまでは、隣りのおいとが来てなにもかもやって呉れた。

「直さんには親身も及ばない世話になってますからね、こんなことで恩返しができるとは思わないけれど、あたしで間に合うことならなんでもしますからそ云って下さい、遠慮をされちゃあこっちが困りますよ」

　そう云い云い、煮炊《にた》き洗濯から縫いつくろいまで、捜し出すようにてきぱきとやって呉れた。直吉はすっかり赤児《あかご》のとりこになって、――まだ眼もあかないうちから抱いたり背負ったりした。ぶくぶく肥えてはいないが、肉の緊《し》まったきりっとした軀《からだ》つきで、髪毛も眉《まゆ》もはっきりと濃く、おちょぼ口で、ひとから、「女のお子さんですか」とよく云われた。まきにはそれが気懸りだったらしい。

「縹緻《きりょう》よしはあのひとに似たのね、眉のとこなんかそっくりだわ、――もし気性まで似ていたらどうしよう」

「ばかなことを云っちゃあいけねえ、自分じゃあわかるめえがこの子はおまえさんに似ているんだ、眉毛だって口だっておまえさんの小さいときに瓜二《うりふた》つだぜ、――おらあおまえさんがこのくらいのじぶんをよく知ってるんだから」

「そうかしら、そうであって呉れるといいけれど」まきは祈るような口ぶりで、いつもそっとこう云うのであった。

「――少しは頭がわるくってもいいわ、どうかあのひとの性分にだけは似ませんように」

つわりがひどかったせいだろう、まきは肥立ちがはかばかしくなく、秋になるまで寝たり起きたりが続いた。――そして九月十二日の宵のことである。夕食のあと下の茶の間で、まきは赤児に乳をやりながら、ふと、しみじみとした眼で、直吉を見た。

「――そうなのね、親子二代というわけね」

「――なんです、いきなり」

「あたしも直さんの背中を濡《ぬ》らしたし、この子も直さんの背中を濡らすんだわ、こんなのってないわね」

「――そんな、あたりまえなことを云いなさんな」

「あたし覚えてるわ、ずいぶん小ちゃな、おかしいようなことまで覚えてるの、いろいろなことをして遊んだわね、こうやって眼をつむるとはっきり見えるくらいだわ、直さん、……この子もあたしと同じように、また直さんに遊ばせて貰うんだわね」

「――つき当りはまだ空いてますからね」

直吉はこう云って笑い、さてもうひと仕事やるかと立ち上った、まきの回想を、それ以上聞いているに耐えなかったのである。

仕事場では卯之吉が鉋《かんな》の刃を研いでいた、彼はやりかけの茶箪笥の前に坐《すわ》り、鑿《のみ》を取って仕事を始めた、それからほんの暫《しばら》くして、ちょうど宵の八時ころだったろう、茶の間のほうで赤児の泣くこえがしたと思うと間もなく、ぶきみな地鳴りと共にいきなりぐらぐらと地震がきた。

　地鳴りは遠くから、波のよせるように来た。そして地震は初めから上下動で、あと立った直吉は足をとられ、卯之吉の軀がころころ転がるのが見えた。まきはどうしたか――直吉はすぐにとび起き、引戸を明けて奥へゆこうとした、そのとたんにくらくらと眼がまわり、どこかへ軀を叩きつけられた。眼がまわったのではなく、そのとき家が潰《つぶ》れたのである。

　凄《すさ》まじい物音が鎮《しず》まり、あたりがまっ暗になった。彼はようやく、家が潰れてその下敷になったことに気がついた。叫ぼうとしたが、舞いたつ壁土に噎《む》せて、激しく咳《せ》きこみ、すぐには声が出なかった。

　幸い軀にはけがはないらしい、まわりを手でさぐると、裂けた天床《てんじょう》が頭の上にあり、柱と柱の組合ったあいだにいることがわかった。――するとそこから板間をぬければ茶の間であるが、運悪くそこは倒れた柱と落ちた壁とで塞《ふさ》がれていた。

「――おまきさん、おまきさん」

　直吉は咳きこみながら叫んだ。

「――聞えませんか、おまきさん……卯之吉、卯之吉はいるか」

　余震が来て、潰れたままの梁《はり》や柱がきしみ、がらがらとなにか崩れた。するととつぜん赤児の泣きだす声が聞えた、堰《せき》を切ったように激しく、喉《のど》いっぱいの泣き方であった。

「——ああ坊や、坊や」直吉は気が狂いそうになり夢中で壁土を掻《か》き崩しながら絶叫した。

「おまきさん、おまきさん」

その叫びが長屋の人たちに聞えたのである。そして直吉がまず掘り出されたのだが、そのときは茶の間の倒れた行燈《あんどん》から火が移って、ぶすぶす煙がもれ始めていた。

「おかみさんがいるんだ、赤ん坊を抱いておかみさんが茶の間にいるんだ、どうか頼む、みんな手をかして呉れ」

彼は半ば泣きながら喚《わめ》きたて、瓦《かわら》の落ちた裸の屋根へ素手のままとびかかった。

まきは台所の脇から救い出された。そっちへ逃げようとして潰されたのである、茶の間にいたらけがはしなくても、燃えだした火でやられていたに違いない。まわりの人たちのおかげで間もなく消し止めたけれども、あとで見ると茶の間と店の半分はすっかり火で焦《こ》げていた。

「よかったよかった、けがはねえな、大丈夫だなおまきさん、どこも痛かあねえな」

杵屋《きねや》という質屋の表にある蓆《むしろ》の上に坐らせて、まず水を飲ませながら、直吉はまきの軀をそこ此処《ここ》と撫《な》でまわした。赤児は駆けつけて来たおいとに抱かれて、ついそこでぐずぐず泣き渋っていた。——まきは水を飲み終ると、茶碗《ちゃわん》を手さぐりで下に置き、

「文吉はおいとさんに抱かれているのね」

とうつろな声で云った。それから怖いものでも見るように、そっと泣きごえのするほうへ振返り、冷やかな、感情のぬけた囁《ささや》き声でこう云った。

「みえない、なんにも、——直さん、あたしなんにも見えないのよ」

「見えないって、おまきさん、眼、眼がみえねえのか」

「なんにも見えないの、なんにも、まっ暗だわ」

直吉は茫然と、まきの顔をみまもった。

三の一

そのときの地震は大きいことは大きかったが、ぜんたいからみると被害はさしたるものではなかった。

市中のそこ此処《ここ》で石垣や崖《がけ》が崩れたとか、どこかの寺の鐘楼が倒れたとか、深川

のほうで家がなん十軒か潰れたそうだ、などという漠然とした風評が、じっさいには、その半分にも達しないくらいだった。また木挽町《こびきちょう》付近にしても、三十間堀《さんじっけんぼり》の石垣がところどころ崩れたのと、ごく古い家がとびとびに、十五六軒倒れたほかは、屋根瓦《やねがわら》が*ずったり、土蔵の白壁が剝《は》げたりした程度のことであった。

紀六の家が倒壊したのは、建物が古いというよりほかに原因があるようだ。つまり地盤がゆるいとか、また地震の震動に筋のようなものがあって、ある方向にある幅だけ強く揺れるとか、そういうことでやられたもようであった。それというのが、倒れた十五六軒の家をずっとたどってみると、ほぼ東北から西南へ一列になっているし、三十間堀の石垣の崩れたところも、その筋に当っていた。

紀六は二階建てのうえに階下の大部分が空間の多い仕事場で、いっそう倒れるのが早かったのだろう、……小僧の卯之吉は梁《はり》の下になって死に、まきは頭のどこかを打って、にわかに眼が見えなくなったが、茶の間から出た火をそこだけで消し止めることができたのは、せめてもの仕合せであった。

長屋のほうには別に異状がなかったので、まきはその夜から直吉の家へ移った。

誰から伝わったものか三日めに、愛宕下《あたごした》と八丁堀《はっちょうぼり》から若い者がみまいに来た。そして倒れた家のあと片づけをしたのだが、壊れたうえに火で焦《こ》がされたり水浸しになったりして、使えるような物はごく僅《わず》かしか残ってはいなかった。両方の若い者たちは、代る代る七日ばかり手伝いに来て呉れたうえ、しまいにはかなりな額の金を、親方からと云《い》って置いていった。

「手間を欠かせたうえにこんな物を貰《もら》っては済まないんだが、正直のところなにより欲しいばあいだし、ほかにあてもねえから有難く頂いて置きます、有難うございましたとそう伝えておくんなさい」

直吉は、まきには聞えないように、使いの者にそう云った。

愛宕下と八丁堀とはいつかの話からこっち、往《ゆ》き来《き》のできないかたちになっていた、清次と縁を切るか、それがいやなら今後のことは自分たちは知らない、こっちも顔出しはしない、そっちも来て呉れるな、こう断わられたのである。……二人がそう云うのは無理もない、直吉にはよくわかったが、まきにはこころよくはなかったに違いない。清次を離縁しろという話からして、あまりに無情だと思ったろうし、出入りを止めるような口ぶりはもっとかちんときたらしい。

――もとはうちの職人じゃないか、うちでいちにんまえになった人間じゃないか。

はっきり言葉には出さないけれども、そういう気持が折にふれて感じられた、したがってあと片づけの手伝いくらいはやむを得ないとしても、金のみまいだけは受けたくなかったのである。

――しかし直吉にはさし迫った金が必要だった、まきと赤児の身のまわりの物も買わなければならないし、まずなによりまきを医者にかけなければならない。死んだ卯之吉は親がひきとっていったが、これにも悔みの金をやらないわけにはゆかなかった。またこんどのことで世話になった近所の人たちへも、たとえ気持だけにしても、礼をしなければ済まないだろう。

そしてもうひとつには仕事場を失ったげんざい、なんとか稼ぐ方法のきまるまで凌《しの》いでゆかなければならない。これらの事情から、どうしても貰わずにはいられない金であったが、しかしまきには知らせたくなかったのである。

紀六の店のあった土地は、地主にとりかえされてしまった。せめて小屋のようなものでも建てて、店の跡を残そうと思ったが、地主のほうは売ることにきめたということで、こちらにはもとより金の無いため、結局は返すよりしかたがなかった。

「清さんが帰って来たら怒るだろうが、おれに甲斐性《かいしょう》がないんだからしようがない、くやしいけれどおかみさんも諦《あきら》めておくんなさい」

「災難なんだもの、あのひとだって怒りゃしないわ、それどころじゃないじゃないの」

「亡《な》くなった親方にも申しわけがねえんだが」

直吉にはその地面から店の無くなることが、ひじょうに重大であり、またすべて自分の責任のように感じられて、ながいこと思いきることができなかった。

まきの眼は少しもよくならなかった。頭を打ったとき、眼の機能がどうにかなったのであろう、みたところは白眼が濁って、少し血の筋が出ているくらいのもので、さして変ったところもなく、涙と眼脂《めやに》が絶えず出るほかは、かくべつ痛むということもなかった。

眼科の上手だという医者につぎつぎと診て貰ったが、それぞれみたてと治療が幾らか違うだけで、どの医者にもこれがこうというはっきりした診断も療法もないらしい。麹町《こうじまち》の平河町《ひらかわちょう》に蘭方《らんぽう》の名高い医者がいたので、いちどそこへもいってみた。たいへん*権式《けんしき》の高い人で、七日ばかりかよったのであるが、

「これは眼球の底に異状が起こったので、洗うとか薬をさすとかいうようなことでは治らない、まあ軀《からだ》に精分をつけて、しぜんに治るのを待つよりほかはないだろう」

こう云って、薬一帖《ちょう》も呉れようとはしなかった。

「なんとか療治のしようはないものでしょうか」

「西洋では外科の方法で治療もできるらしいんだが、まだ今のところわれわれには手が出ない、なにしろ病気ではないんだから」

しかし譬《たと》えていえば筋を違えたようなもので、大切に養生をしていればなにかの拍子に元へ戻るかもしれない、とにかく気ながに養生するよりしかたがないだろう。こんなふうなことで、つまりその蘭方医には匙《さじ》を投げられたような結果になった。

「もういいわ、直さん、平河町のお医者の云うことが本当よ、あたし気ながにやってみるわ、お医者も薬もむだだからもうよして頂戴《ちょうだい》」

まきは案外さばさばとそう云った。

「そうかもしれないが、それでもどんな名医にだってみたて違いということはあるんだから、ともかくできないことはしないから、そう気を遣わないでいておくんなさい」

「だってみすみすむだなことじゃないの、お医者や薬屋へ払うだけ、美味《うま》い物でも喰《た》べるほうがましだわ」

そして直吉は、それからもいい医者があると聞くたびに、近いときにはまきを伴《つ》れて、遠いときにはまきを伴れて、飽きずに診察を受けにいった。

「あたし、ことによると死ぬわよ」

「なにを云うんだ、とんでもねえ、そんなばかなことを云って、びっくりするじゃねえか、なんていうとんでもねえことを」

「ほほほ、嘘《うそ》よ、冗談じゃないの」

「冗談にも程があらあ、嘘にもそんなばかなことを云わねえもんだ、おれがせっかくこんなに苦労しているのに」

「ごめんなさい悪かったわ」

まきは俯向《うつむ》いてそっと眼がしらを指で押えた。

「もう云わないわ、かんにんして……」


直吉も、顔をそむけながら立っていった。

赤児《あかご》は丈夫に育っていった。そういう躰質《たいしつ》なのだろう、ほかの子のように肉はそう付かなかった。七八つの子供かなんぞのようにひき緊《し》まった軀《からだ》つきで、顔かたちなどもすっかり調和がとれてととのっていた。——直吉はずっとまえから日本橋槙町《にほんばしまきちょう》の「指松《さしまつ》」という店へ、通いで仕事にいっていた、その指松の、どっちかというと駄物《だもの》ばかりを受持つので、余りいい稼ぎにはならないけれども、酒も煙草《たばこ》も口にしないで稼ぐ一方の彼には、生活したうえに、ときおりの医者や薬代ぐらいには、困らずに済んだ。

留守のうちは隣りのおいとがまきの世話をして呉《く》れた。しかし家にいるときは、直吉がなにもかもやった。赤児を背負って煮炊《にた》きもし、洗濯もした。

「ほうら、泣かない泣かない、はい見て下ちゃい、坊は泣きまちぇんよ、ねえ、――坊がけむいでちから煙はあっちへいって下ちゃい、いって下ちゃい、ほうらあっちいったねえ、もうけむくないねえ」

「直さん、直さん、あたし抱くからおろして」

「なあにもうすぐだから、なあ坊や、お家《うち》ん中は気が詰っていやでちねえ、直とおんぶでちねえ、ほうらぷうぷう、ぶくぶくぷう、――ふきだしまちたよ、御飯がぷうって、もうすぐでちょ、ああちゃんって、すぐでちょって」

抱いても背負っても、ひっきりなしに赤児とそんな話をしている。夜なかに泣きだしでもすると肌へじかに負《おぶ》って、半刻《はんとき》でも、一刻でも外で子守り唄《うた》をうたってだました。自分の子というより、お祖父《じい》さんが孫を溺愛《できあい》するようなありさまで、近所の人たちは感心するよりも寧《むし》ろ呆《あき》れるくらいであった。

三の二

紀六の店のあった跡には、小さな紺屋《こうや》と仕出しをする魚屋が建った。もと材料置場のあったところが紺屋の干場になり、甘酸《あまず》っぱいような染料の匂《にお》いが絶えずながれてきたし、泥溝《どぶ》にはいつも色のついた水が溢《あふ》れるようになった。

魚屋も長屋などには用のない品ばかり扱っていて、ぴかぴか光る真鍮《しんちゅう》の箍《たが》のはまった盤台を幾つも重ね、天秤棒《てんびんぼう》をぎっぎっときしませながら、いせいのよい若い衆が三人、まるで駆けるような勢いで、せっせと毎日とくいまわりに出ていった。帰って来ると盤台その他から店の隅々まで、水をぶちまけるようにして洗い、床板や大俎板《おおまないた》などは「しっしっし」といったような掛声をあげて磨くのであるが、若い衆たちのまっ白な半股引《はんももひき》や、豆絞りのきりっとした向う鉢巻や、よく光る真鍮箍の、きれいに磨き砂で洗いあげられた盤台など、なにかしら威圧的で、怖いようにさえみえた。

肥《ふと》った赧《あか》ら顔の亭主と、すんなりした小柄な軀つきの若い女房とは、家にいて、仕出しの椀《わん》や刺身や、またびっくりするほど大きな鯛《たい》の焼物を作ったし、十四五になる小僧が、岡持《おかもち》でどこかへ届けに出はいりしていたが、その小僧からして、長屋の者などは相手にせず、ときになにか買いにゆく者でもあると、

「ああなんにもねえよ、今日はもうすっかりだ、またこの次にしてくんな」

こういうけんもほろろの挨拶《あいさつ》で、よければあらでも呉れてやろうぐらいは、云い

かねないようなありさまであった。

　この店は魚金《うおきん》といい、あるじは金助《きんすけ》という名であったが、噂《うわさ》に聞いたのか自分で見て感心したものか、ときおり小鯛とかさよりとか、鱚《きす》、鮎《あゆ》などという、高価な季節の魚をよく直吉のところへ届けてよこした。――こっちはとうていそんな魚を買うゆとりはなし、そうかといって只《ただ》もらうというのもいやだから断わったところ、金助というあるじがやって来て、

「晩の酒の肴《さかな》にと思って取って置いたんだが、売れ残ったのがあったんで余っちゃった。べつに珍しかあねえがおかみさんにでも喰べて貰おうと思って届けたんだ、こいつは残り物じゃあねえからあっさり喰べてくんねえ」

　こんなふうに云って置いていった。

　こうしてだんだん魚金と往き来がはじまった。直吉もたのまれてなおし物などしてやったり、大きな神棚や銭箱などを作ったりした。金助の女房はおとみという名で、病身というほどではないが骨ぼその、腰まわりなどは娘のようにすんなりした躯つきだった。直吉の留守にときどき来てはまきと話してゆくらしいが、もと麻布《あざぶ》のほうで店を出していたこと、金助は実は初めの良人《おっと》の兄であること、酒が好きなのと義太夫浄瑠璃《ぎだゆうじょうるり》に凝るほかには道楽もないし、人もごくよいのであるが、おとみ

にはどうしても好きになれない、それがまた向うにもわかるので、あのひともつまらないようだ、そんなこともうちあけていった。

「人間って本当にちぐはぐなものなのね」

まきは身につまされたように溜息《ためいき》をつき、おとみというその女房を哀れがった。

「せんの御亭主というのは女ぐせが悪くて、茶屋小屋あそびのほかにも近所の後家《ごけ》さんとか娘とか、ひとのおかみさんとか、自分の家の下女にまで手を出すようなひとだったんで、そのあと始末をするのはいつもおとみさんで、苦労も苦労だし、泣かされどおしだったというの、そんなひどい御亭主だったのに忘れられないのね、――おかしいのは、今でもよく夢をみるんだそうだけれど、夢のなかでもまだ女でしくじって、おとみ、また困ったことができちゃったよ、そう云って、頭のうしろのところをきまりわるそうに掻《か》くっていうわ」

「ばかにしちゃあいけねえ、とんでもねえやつがあったもんだ、そんな夢のなかでまで……」

「今の御亭主は三十二だそうだけれど、ちょっとお変人のようなところがあるらしいの、代地河岸《だいちがし》のなんとかいう大きな料理屋の板前だったというけれど、おとみさんといっしょになるまで女のひとを知らなかったそうよ」

弟の嫁といっしょになったのは、親類やまわりの者のすすめだろうが、料理屋の板前などをしながら、そんな年まで女を知らなかったというのが事実なら、あるいはひそかにおとみを好いていたのかもしれない。そして弟が亡くなって、いざ夫婦になってみると、おとみは亡くなったやくざな良人を忘れることができず、ひともよし人間も固い彼をどうしても好きになれない。

性が合わないとか、年まわりが悪いとか、世間では簡単に片づけてしまうけれども、直吉はそれとは別に、生れつきの運不運といったような、人のちからでは反抗しようのない、大きな厳しいものの支配、あらゆるものがその支配のままに動かされているように感じられて、人間というもののかなしさ、無力さに、独りでそっと溜息をつくのであった。

まきの眼は明くる年の秋になって、治るような兆《きざ》しをみせた。それまでまっ暗でなにも見えなかったのが、いつからかごく微《かす》かずつ、視界が仄明《ほのあか》るくなりだし、ことに夜になってからの行燈《あんどん》の火などは、他の暗い部分とかなりはっきり区別がついた。

「行燈はそこにあるでしょ、そら、……ちょっと動かしてみて頂戴」

「——見えるのかい、おかみさん」

「ほらこんどはこっち、このへんだわね、そうでしょ、——さあもういちどやってみて」

そのときの二人の、ことに直吉のよろこびは、非常なものだった。丹精の効があらわれた、辛抱した甲斐があった、もうこれからずんずんよくなるに違いない、——彼は仏壇へ燈明《とうみょう》をあげ、明日は赤飯を炊いて祝おうと云った。

「それあ慥《たし》かに治る前兆だ」

魚金のあるじもそう云った。

「そういうときはなんでも滋養の強い物を喰べなくちゃいけねえ、うちから届けるから、口にあ合わねえかもしれねえが、薬食*いだと思って喰べてくれ」

そうして脂肪の多い魚や、とくに大きい魚の肝などをせっせと持って来た。直吉も稼ぎの帰りには鰻《うなぎ》とか鯉《こい》とか、眼によいといわれる物をよく買って来た。下町そだちの女はたいてい淡泊な喰べ物を好む、まきはその好みのつよいほうで、川魚はもとから嫌いだし、なかでも鯉などは切身を手に持つのもいやだったが、眼を治したい一心から、なんでも喰べた。

「ふしぎだわねえ、こんな魚の肝なんてもの聞くだけでも胸がむかむかしたのに、こうして馴《な》れてみると喰べられないこともないわ」

「薬だとなれば熊《くま》の胆《い》さえのむからな」

「本当ね、でも鯉だけはまだどうしてもこの匂いがいやだわ」

こんなふうな明るい会話が、およそ三月ばかりも続いたのである。文吉は丈夫なせいか誕生にはもうよちよち歩きだし、まわらない舌で口もきき始めた。うっかりするとはだしで外へも出かねないので、直吉は仕事にでかけるたびに、うるさいほどまきに注意したものである。

しかしその年が明け、二月のこえを聞くじぶんになると、まきの眼はまただんだん暗くなり、やがて元どおり、黒い闇《やみ》のなかに閉じこめられてしまった。

まきは、それをながいこと黙っていた。

その月の末のことだったが、直吉が仕事から帰ってみると、部屋の中に座蒲団《ざぶとん》があり、茶と急須《きゅうす》の盆が出ていて、それに文吉が、またがって歩く春駒《はるこま》の玩具《おもちゃ》を持っていた。——客でもあったのかときくと、まきはええ八丁堀が来たわと答えた。

「珍しいことがあるもんだ、あんなに、もう来ないからと云っていて、——なにか用でもあったんですか」

「あんたに話があるからって」

まきは、しかんだ*ような笑い顔をした。

「明日にでも、仕事の帰りでいいから寄って呉れって、……文吉にその玩具と、それから菓子折のような物を貰ったわ」

「あっしに来いって、……なんの用だろう」

「隣りのおいとさんに、お茶を出して貰ったのよ、この折をあけて、お菓子かなんかだったら少し持ってってあげて頂戴」

直吉は手を洗って、夕餉《ゆうげ》の膳《ぜん》ごしらえをした。煮炊きはおいとがして置いて呉れるので、温める物を温ため、湯を沸かせばそれでよかった。直吉の帰りが遅いようなときには、おいとが来て、二人だけ先に喰べさせて呉れるのだが、まきはもとより文吉までが、彼といっしょに喰べるのを好むので、たいてい三人で膳をかこむことになった。

その明くる日、直吉は八丁堀へ寄るからと断わって出た。そして仕事を少し早めにきりあげて長沢町《ながさわちょう》へいった。平五は紀六にいるじぶんは、かくべつ腕がいいとも云われなかったし、じっさいまた腕ばかりでもないだろうが、長沢町の店はたいそうな繁昌《はんじょう》ぶりで、腕っこきといわれた愛宕下を遥《はる》かに凌《しの》ぐいきおいだった。

店の脇《わき》に石だたみの路地があって、そこをはいってゆくと住居になっている、直吉はいちど店へ顔をだしてから、住居のほうへいった。

「いまちょっと客で、すぐ来ますから、済みませんちょっと待っていて下さいね」

二三ど会ったことのある女房が、こう云って六帖《じょう》へとおして去ると、間もなく若い下女のような女が茶を持って来た。すぐ右隣りが茶の間らしく、その女がおばさんおばさんといって、女房と親しそうに話すのが聞え、それからはにかんだようなくすくす笑いをしたり、

「いやだあ、あたし知らなくってよ」

などという媚《こ》びた声をあげていたが、こんどは漆塗の木鉢に入れた菓子を持ってあらわれ、それを彼の前へ置くと、急にまっ赧《か》になって、逃げるように廊下のほうへ出ていった。もう二十《はたち》か二十一になるだろう、眉毛《まゆげ》と髪のつやつやと濃いほかには、どこといって特徴のない、しかし陽気な顔だちの女だった。直吉はこの家の親類の者だろうと思った。

「待たせて済まなかった、どうもわけのわからねえ客で……」

こう云いながら平五がはいって来た。

「清次からなにか便りがあるかい」

茶をひと口啜《すす》ると、すぐこう云いだした。

「出てってからいちど、そうですね、去年の梅雨じぶんだかに手紙がありました」

「そのときあ処《ところ》はどこんなってた」

「ところ書はないんです、上方《かみがた》だということは書いてありましたっけ、……初め出てゆくときがああいうわけで、わざと居どころも知らさねえ、便りのねえのは無事だと思って呉れ、そういうことで出ていったんですから」

「その去年の手紙っきり便りはねえんだな」

直吉はへえと頷《うなず》いた。どういうわけで今ごろまた清次の話などをもちだすのかと、不安なようなおちつかない気持になり、平五の次の言葉をじっと待った。

三の三

「実は昨日ちょっとおまきさんにも話したんだが、――これは愛宕下ともずっとまえっから相談していたことなんだが、……木挽町のああいう暮しにも、もうそろそろ片をつけなくちゃあいけねえと思うんだ」

直吉は頭を垂れ口をかたく結んだ。

「はっきり云っちまうほうがいいと思うが、あの狭い家でおめえとおまきさんがいっしょに暮すというなあ、褒めたことじゃあねえ、おれたちにあわかってる、二人の気性も知っているし、あの災難で、おまきさんがあんなになって、おめえの処へいっしょになるよりしかたがなかった、そういう事情も、おれたちにあわかってるが、世間の人がみんなそうわかって呉れるもんじゃあねえ、おめえはその年でまだ独り身、……おまきさんも眼こそああなったがまだ若くて縹緻《きりょう》よしだ、これまでいやな評判が立たなかったのは、まっ正直なおめえの人柄の徳だろう、だがそいつは決していつまで続くものじゃあねえ、なげえうちにあきっと火のねえ煙の立つときがくる、――直、おめえそうは思わねえか」

直吉は下を向いたまま黙っていた、平五は音をさせて茶を飲み、それを下に置くと、できるだけくだけた調子で、こう続けた。

「おととしはあんなふうに云ったけれども、愛宕下にしろおれにしろ、それで放っておけるものじゃあねえ、それでいろいろ話し合ったうえ、おまきさんにおれの家へ来て貰い、おめえはおめえで独り立ちのできるように、愛宕下とおれで心配しようということになった、昨日はおまきさんにちょいとその話をして来たんだが」

「おかみさんに、……そんな話を、おかみさんにしたんですか」

「だってそれが順当じゃあねえか、おまきさんはそうしてもいいという口ぶりだった、これまでずいぶんおめえの世話になってるから、自分のほうから云いだすわけにはいかないけれども、おめえさえ承知なら、そうしてもいいと云いなすった」

直吉はじっと唇を噛《か》んだ。平五の云うことは尤《もっと》もかもしれない、独り身の自身とまきとがひとつ家に寝起きしているというのは、世間に対して遠慮すべきことかもしれない。けれども、けれどもそれは少し違う、どう違うかということは、はっきり云えないが、自分たちのばあいはそれとは違うのである。

「これもついでに相談するんだが、おめえかみさんを持つ気はねえか、いや、もうかみさんを貰わなくちゃあいけねえと思うが、どうだ」

直吉はえっと云って平五を見た。

「愛宕下もおれも気にしていたんだが、これまでの暮しのかたちじゃあかみさんを持つわけにあいかねえ、だがおまきさんと別々になるとすりゃあ、いつ世帯を持ってもいい筈《はず》だ、実はひとり世話をしてえ者があるんだが」

「そんな、おまえさん、あっしなんぞ」

直吉はどぎまぎして首を振った。

「そんなも鉋《かんな》もありあしねえ、おめえもう三十を出てるじゃねえか、いちにんめえの職人でその年になって、かみさんを持たなきゃあ、片輪と思われたってしようがねえ、——世話をしてえというなあ、今ここへ茶を持って来た娘なんだ、おめえ見ただろう」

「いえ、ええ、その」直吉は赧《あか》くなり、眼のやりばに困るという顔になった、「――別に、はっきりとは見なかったが」

「この町内の経師屋《きょうじ》の娘なんだ、今年ちょうどおめえとひとまわり違うだろう、縹緻はあんまりよかあねえが、気の好《よ》い賑《にぎ》やかな性分で、評判の働き者だ、うちのやつもぜひ直さんにと云ってるんだが、むろん今ここですぐといってもしようがねえ、さっきの話と、これとよく考げえたうえで、なるべく早く返辞を聞かして呉れ」

夕飾のしたくが出来たというのを断わって、間もなく直吉は八丁堀の店を出た。もう街は昏《く》れて、家々の障子《しょうじ》は灯《あかり》をうつしている。まきと別れる、文吉もいなくなる。自分が承知さえすればまきはそれでいいと云ったという。……そんなものだろうか。

もちろん自分には充分なことはできない。八丁堀へゆけば、もっと美味い物も喰べられる、きれいな部屋に寝起きして、きちんとした物を着て、もっといい医者にもかかることができる。坊やだって玩具もろくろく買って貰えず、あんな裏長屋の汚ならしい家にいるよりは、そのほうがずっと仕合せかもしれない。

そうだ慥かにそのほうがいい、まきにも文吉にも、そうするほうが仕合せだ。

「だがそうなったら」、直吉は河岸《かし》沿いの暗い道を歩きながら、誰かに訴えでもするようにこう独りで呟《つぶや》いた、「——そうなったら、おかみさんも坊やもいっちまったら、……おれ独りでどうしたらいいだろう」

家へ帰ると文吉はもう寝て、したくの出来た膳を前に、まきがしょんぼりと坐《すわ》っていた。直吉は声をかけて、すぐ台所へゆき、手足を洗って着替えをした。

「遅くなっちまって済みません」

わざと元気に云いながら膳へ向った。

「この火鉢にお汁《つゆ》が掛っててよ」

「なんだおかみさんまだですか、先い喰べて呉れればいいにさ」

「なんだか、おなかが空《す》かないもんだから」

ではいっしょにと云って、直吉は彼女へも給仕をした。この頃では散蓮華《ちりれんげ》を使って、手さぐりではあるが独りでもたいてい喰べられる。

それが却《かえ》って直吉には悲しかった。そうやってだんだん慣れてゆく、眼の見えないということが、身についてゆく姿、——そのようすを眺めると、もう一生盲目《めくら》になった人のように思えて、いいようもなく悲しくなるのであった。

「八丁堀で、どんな話だったの……」

「どんな話って、……昨日おかみさん、聞いたんじゃあねえんですか」

「ああそうそう、あたし、聞いたのね」

飯が終って茶になっていた。まきは直吉から受取った湯呑茶碗《ゆのみぢゃわん》を両手で持ち、意外なくらい明るく笑って、首をかしげた。

「それでそのひと、どうだった、直さんの気にいった」

「――そのひとって」

「あらいやだ、隠すことないじゃないの、逢《あ》ったんでしょ、そのひとと」

直吉は膳の上のよごれ物を重ね、それを盆へ載せながら、ぶすっと云った。

「あっしあかみさんなんぞ持つ気はありませんよ、そんなこたあ考げえたこともありあしねえ」

そして台所へ洗いに立っていった。彼は涙が出そうだった、――洗い桶《おけ》へよごれ物を入れ、水瓶《みずがめ》から水を汲《く》んで、茶碗の音をさせながら、直吉はがまんできない気持で云いだした。

「おかみさんが八丁堀へゆけば、こんなところにいるよりは、仕合せなのはわかってる、おらあ、こんな人間で、甲斐性がねえから、ろくなお世話もできやしねえ、……それあ初めからわかってた、おらあいつも済まねえ、申しわけがねえと思ってたんだ」

「直さん、あんたなにを云いだすの」

「あっしあなにも云やあしねえ、おかみさんにこそ、云って貰いたかったんだ、これが不足だ、こうして呉れ、あれが喰べたい、こういう物を拵《こしら》えろ、――云って呉れれば、おらあどんなにでもする気でいた、……半端《はんぱ》でぐずな人間だろうけれど、おかみさんと坊やのためにあ、どんなことでもするつもりでいたんだ」

「そんなこと云わないで、直さん、お願いだからそんなふうに云わないでよ」

まきは自分を抑えるような調子で、直吉の言葉を遮りながら云った。

「済まない申しわけがないと思ってるのは、あたしのほうじゃないの、世間がどんなに広くったって、直さんがあたしにして呉れたようなことの、出来る人はいやあしないわ、あたしがなにか不足に思っているなんて、たとえ嘘にもしろそれはあんまりよ、直さん」

「それが本当なら、どうして八丁堀へなんぞいくんですか、ここにいるよりいいからこそ」

「いいえ違うの、それは話が別よ」

まきはすらすらと明るい口調で云った。

「ねえ、そうじゃなくって、直さん、あたしは帰って来るひとがいるわ、待つあてがあるわ、でも直さんはあたしとは違うでしょ、あのひとが帰って来れば、あんたはまた独りにならなければならないひとだわ」

「そんなことは初めからわかってますよ」

「いいえわかっていないことがあったの、自分のことばかり考えて、あたし直さんのことをちっとも考えなかった、そして昨日、八丁堀に云われて、初めて気がついたのよ」

「なんです、八丁堀がなにを云ったんです」

「直さんがもう三十一にもなるということ、これまでの苦労もたいへんだったし、これからの苦労にもきりのないこと、このままでは直さんの一生がだいなしになってしまうということよ」

「そんなつまらねえ、ここへそんなあっしのことなんぞ」

「いいえつまらなかあないわ、あんたが三十一にもなると聞いて、あたし顔から火が出るような気持だった、――いくらうかつといったって、身勝手といったって、そのくらいのことにも気がつかないなんて、自分ながらあんまりだと思ったわ、……あたしどうしたって、どう考えたってこのままじゃいられないのよ」

直吉は洗った物を拭《ふ》きながら、自分に述懐でもするようにこう云った。

「あっしはおかみさんと坊やを、清次から預かったつもりでいた、清次はあっしに、帰るまでを頼むと云っていった、——おかみさんも坊やも八丁堀へいってしまって、清次が帰って来たときなんと云ったらいいだろう、……むかしっからぐずだのろまだと云われてきた、こんども頼み甲斐のねえ能なしだと嗤《わら》われるんだろう、しようがねえ、それが身に備わった運なら」

そのとき堪《たま》りかねたようにまきが泣きだした。声をころして、身もだえをするような泣き方である、直吉は思わず台所から出ていった。

三の四

「どうしたんです、どうしてそんなに泣くんです」

「ここへ来て頂戴、直さん」

まきはこう云って、直吉の坐ったほうへ向きなおり、袂《たもと》で涙を拭きながら云った。

「あたし云ってしまうわ、本当は云いたくなかったんだけれど、それではわかって貰えないから云うわ、——直さん、あたしいま帰って来るひとを待つあてがあるって云ったわね、でも本当はそうじゃないの、あたしもう待つあてなんかなくなったのよ」

「――だって、それあ、どうしてです」

「十日ばかりまえのことだわ、あんたには黙ってたけれど、店にいた又二郎がここへ来たの」

「又が、――ここへですか」

直吉は、ぎくっとした。

「あんたの留守だったわ、又二郎も店を出てから、あの仲間にはいっていたんですって、それが去年の春じぶん、なにか仲間にまちがいがあって、上方《かみがた》へいったのね、やっぱり同じような仲間をたよっていったんでしょう、そうして、大阪の博奕場《ばくちば》をまわっているうちに、あのひとに会ったというの」

「――清次にですか」

まきは声をひそめるような表情で頷いた。又二郎から初めて聞いたときの、驚きと落胆とが、今また新しく心をしめつけるらしい。硬《こわ》ばった顔をそむけ、片手の指で眼を押えながら、ふるえる声でまきは続けた。

「あっちではもう、しょうばいにん仲間でもいい顔で、あにき分の扱いだったということだわ、……又二郎が声をかけたら、いちどはびっくりしたようだけれど、べつに云いわけをするでもなく、平気でいっしょに遊んだっていうの」

直吉は黙って自分の膝《ひざ》を見ていた。信じられないようでもあるし、やっぱりそうだろう、きっとそんなこったろう、と思う気持もあった。

「出てゆくときのひどい不義理もあるし、向うでもそんな暮しをしているとすれば、初めから帰るつもりはなかったのかもしれない、――よしそうでなくっても、もう帰る気持のないことは慥《たし》かだわ、直さん、……あたしがなぜ八丁堀へゆく気になったか、これであんたもわかって呉れるでしょう」

清次の帰るあてがあればこそ、世話にもなっていられるが、その望みがない以上、こんなことを続けている意味がない、どうにかしなくてはと思って、八丁堀へは自分から使いをやったのである。ちょうど平五のほうでも直吉に嫁の世話をしようと考えていたところで、自分たち母子《おやこ》を引取ることもすぐ承知して呉れた。こういうわけであるから、お互いのためにここで別れることにしよう、――まきがそう云うのを黙って聞いていた直吉は、そのとき頭を振って、まきの言葉を遮った。

「あっしは清次は帰ると思う、おそくとも三年めの、親方の忌日《きにち》には帰ると云った、おかみさんもそれはちゃんと聞いた筈だ、そしてあっしはその日までおまえさんを預かると約束したんだ、来年の八月、親方の命日が来るまでは、どんなことがあったって待たなくちゃあならねえと思います、……またよしんば清次が帰らねえにしろ、あっしは亡くなった親方からも頼まれた、まきのことを頼めるのはおめえ独りだ、どうか頼むと親方に云われてるんだ」

「だって直さん、そんなことを云ったって、それじゃああんたはどうなるの、あんたの苦労のぬける時がないじゃないの」

まきは身を揉《も》むようにして云った。

「それじゃあおかみさんや坊やの世話を、あっしが苦労にでもしていると思うんですか」

「もう堪忍《かんにん》して、もうたくさんよ、直さん」

こう云ってまきは袂で顔を掩《おお》い、身もだえをしながら泣きだした。直吉は膝へ両手をつき、頭を垂れて、低い訴えるような声で云った。

「ここにいてお呉んなさい、おかみさんや坊やがいればこそ、働く甲斐も生きる張合もあるんです、八丁堀へは断わってお呉んなさい、お願《ねげ》えです、これまでどおりどうかここにいてお呉んなさい」

まきはもう泣くばかりで、直吉の言葉にはなんの返辞もしなかった。

そしてその夜は、どっちとも話を定《き》めずに寝たのであるが、明くる朝、直吉が仕事に出ようとするとき、まきはなにげない口ぶりで彼にこうきいた。

「それで、もし八丁堀が来たら、……お嫁さんのほうの話はどう云っておくの」

直吉はどきっとして振返った。しかし、その云い方は、まきがここにいる気持になったことを示すものだ、ということに気づき、ぱっと顔を明るくしながら、

「そいつはあっしから返辞をしますよ」

こう答え、そこにいる文吉を抱いて、二度も三度も乱暴なくらい高くさしあげた。

「おとなしく待ってるんだぜ、坊、今日は直がいいお土産を買って来るからな、早く帰って来るからな、いいか、おとなしく待ってるんだぜ」

まきは泣き笑いのような表情で、直吉のよろこびにあふれる声を聞いていた。

八丁堀へは二三日おいて直吉が断わりにいった。平五はふきげんだったが、怒るよりも呆れたと云いたいようすで、ただ嫁のことだけはよく考えてみろと念を押した。――その縁談にはよほど乗り気だったとみえ、暫《しばら》くしてまた問い合せて来たが、直吉はきっぱりと断わった。

夏のかかりに文吉は麻疹《はしか》を病んだ。それはごく軽く済んだけれども、まだ発疹《はっしん》のひかないうちに、魚金であるじが死に、そっちこっちで直吉は五六日仕事を休んだ。

金助は病死ではなく、裏の紺屋《こうや》の干場で首を吊《つ》って死んだのである。女房のおとみの話によると、まえの夜はいつもよりよけい酒を飲み、きげんよく酔って浄瑠璃

を語ったりした。少しもおかしいようすはなく、酔いつぶれるようにして十一時ごろに寝た。それが朝になったら裏で死んでいたのである。……いつぬけだしたものか、そばに寝床を並べていたおとみも、まったく気がつかなかったという。

そんな死に方なので町方から役人が来たし、ちょっとごたごたして、葬式が出たのは、三日めのことだった。集まっていた親類の人たちも帰り、ひとおちつきした夜、おとみはまきを訪ねて来て、一刻《とき》あまり話していった。

「あたしにはわからない、どうしてあのひとが死んだのかわからないわ、まるで見当もつかないの、今でも本当だとは思えないわ」

おとみはなんどもそう云って溜息《ためいき》をついた。直吉は女同志の話があると思って、まだ起きていた文吉を負《おぶ》って外へ出た。銀座のほうをひとまわりするうち、子供が眠ったので、寝かせに戻ってみると、まだ話が続いていた。

――まきはおとみが帰ってからも沈んだようすで、なにかひどく思いわびているような顔をしていたが、やがて寝床へはいってから暫くして、低い声でこう問いかけた。

「――ねえ、おとみさんはああ云ったけれど、御亭主がなぜ死んだかわからない、見当もつかないって云ったけれど、あれ本当だと思って、直さん」

「——さあ、……そいつはねえ」

「——商売もうまくいっているし、躯《からだ》も丈夫だし、べつに義理の悪いことをしたわけでもない、死ななければならないようなわけは一つもないというのよ、……それがはっきりしていれば、それだけで、なぜ死んだかということはわかる筈だわ」

直吉は黙っていた。彼にはどうとも云いようがなかったのである。まきはそれから深い溜息をつき、思い余ったようにこう呟いた。

「——女って罪の深いものねえ」

魚金の店はそのまま畳んで、おとみは麻布の親類へ身を寄せていった。おとみの姉のとつぎ先だそうで、新網町《しんあみちょう》で糸綿屋をしているとのことだった。まきとはよほど気が合ったとみえ、麻布へいってからもおりおり訪ねて来、ときには半日も話しこむようなことさえあるが、金助のことは、ついにいちども口にしなかったということである。

直吉も金助の死はおとみのためではないかと思った。弟の妻をその兄がもらうというのも、世間にはちょっと例の少ないことだし、その年まで女を知らず、お変人などと云われていた性質から考えてみると、彼は相当おとみが好きだったに違いない。しかしおとみは彼を嫌った。いや、はっきり嫌ったのならまだいいが、どういうわけだか好きになれないという、どっちつかずの感情で、しかもかたちだけは夫婦として暮していた。

　こちらが好きであればあるほど、こういう関係は男にとっては耐え難いものだ。金助にもし、溺《おぼ》れこむような道楽があれば、そっちへ避けることができたかもしれない。またそのくらいのことではびくともしない人間も多いだろう、——だが金助にはそうできなかった、激しい感情のはけ口にする道楽もなかったし、こんなものがなんだと、居直る気持にもなれなかった。そうして彼は自分の愛情がついに酬《むく》われないだろうということを知り、深く酔って、くびれてしまったのである。

　女は罪の深いものだ。

　まきがこう云ったのは、まきも金助の死がおとみのためであると思ったからであろう、そして当のおとみがそのことを察しようともせず、かくべつ心を痛めるようすもないのをみて、なかば非難をこめてそう云ったのに違いない。

　——そうだ、あの女は薄情だ。

　直吉もいちどはそう思った。けれどもやがて思いなおしていった、男が悪いのでもなく女に罪があるわけでもない。好く好かないというごく単純な、しかも自分ではどうしようもない愛情の哀《かな》しさなのだ。それは人を生かしもするが、あるばあいはこのように殺しもするのである。

——泣くのも笑うのもこのためだ、そして誰も彼もそれなしには生きられないし、またそれから逃げることもできない、人間というものは哀しいもんだ。

直吉はこう考えては、溜息をついた。

三の五

その年は二百十日の前と後に三度もたいへんな暴風雨があった。そのうち二度の豪雨で関東一帯が洪水にみまわれ、木挽町あたりも床まで水に浸《つか》った。

暴風雨の被害はずいぶん広い範囲にわたったそうで、凶作をみこして米麦は云《い》うまでもなくあらゆる物価が昂騰《こうとう》し、九月になると市中は到《いた》るところに打壊しが始まった。大きな商家や米屋が襲われ、建物家財を壊されたり焼かれたりしたうえ、金や米雑穀を奪われた。暴徒の多くがその日の食にも窮して、本当に飢に迫られている人たちだったから、初めのうちは役人にも手が出ないようなありさまだった。

直吉もその渦の外には、いられなかった。仕事さきの「指松《さしまつ》」が店を閉め、その世話で芝金杉《しばかなすぎ》の「建庄《たてしょう》」という建具屋へ通うようになったが、世間がそんな状態なので仕事もごく少なく、物価のばかげて高くなったのと共に、それだけではとうてい暮してゆけなくなった、愛宕下か八丁堀へと思わないでもなかったが、こんな時勢ではそっちもそっちなりに苦しいだろうし、これまで再三のゆきがかりからいっても、困るときばかり頼みにゆくというわけにはいかなかった。

建庄に仕事のないときには直吉はなんでもした。荷車を曳《ひ》いたり、土運びをしたり、崩れた石垣を組む土工もやった。日本橋の茅場河岸《かやばがし》へ荷揚げにいったこともある、これは日雇賃を米で呉れるというのでいったのだが、船から岸へかけた渡り板がどうにも苦手で、とうとう向うから断わられてしまった。――そんなぐあいで生活は苦しく、直吉は食事らしい食事をしない日がよくあった。

「今日は朝と昼の弁当が出るそうだから」

まきにはそんなふうに云ってでかけた。

「今日は晩飯つきだった」

そう云って夕餉《ゆうげ》を喰《た》べずに寝ることもたびたびあった。こうしてまきと文吉にはひもじい思いをさせないように努めたのであるが、それでもなお白い飯ばかりは続かず、野菜を入れた雑炊《ぞうすい》とか、粥《かゆ》うどんなどで凌《しの》ぐことが少なくなかった。

十月、十一月、十二月と、世間の不況はひどくなるばかりだった。打壊し騒ぎはとっくに鎮《しず》まり、貧しい者にはお救い米*が貰《もら》えるようになった。物価も賃銀も一定されて、高価に売買したり、不当に安く人を使うことは禁ぜられた。けれど、いつの時代でもそういう禁制や法令は、表むきだけのことである。男女老若《ろうにゃく》に分けて一日にこれこれ、そう触出《ふれだ》されたお救い米も、じっさいその人間の手に渡るのはよくて三分の二、たいていは半分というところである。

——今日は河岸からまだ米が出ない。

——文句を云う者には渡さない。

こう云われてしまえば、みすみす係りの者が悪いことをしているとわかっていても、黙ってひきさがるよりしかたがないのである。日用の品でも触出された価格では、なに一つ買えなかった。賃銀もお上で定めただけ払うところは稀《まれ》であった。

これには、水害で田畑や家を流された者が、江戸へゆけばなんとかなるというので、相当多数はいって来たためもある、そのまま居つく者もかなりの数で、人口はもちろん、労力が余っていたのだ。

隣りのおいとの困り方もひどかった。米が不自由になり始めた頃、彼女は大きい子を一人だけ伴《つ》れて多摩川在の兄の家へいった。そのときは母子で米や麦などを背負って帰り、まきと文吉へと云って、米を二升ばかり持ってきて呉れた。

「いつかのことを思いだしますよ、亡《な》くなったうちが病んで寝ているじぶん、直さんが三日にいちどずつ一年ちかくもお米を持ってきてお呉んなすった、あのときのことを思えば、その有難い嬉《うれ》しい気持はとても口で云えるもんじゃありません、あたしもうちも、直さんの後ろ姿へ手を合わせたもんですよ」

そのときの感動を新たにしたのだろう、おいとはこう云って涙ぐみさえした。

「なあにおまきさんや坊やの足し米ぐらいは、こんどはあたしがしますよ、実家は溝《みぞ》ノ口《くち》というところからちょっとはいるんですけど、土地が高くなっているんで水にもやられなかったし、収穫も相当よかったらしいんですから、……兄嫁が渋い顔をしたって、こんどはあたし大いばりでいってやりますよ」

おいとは十日ばかり間をおいてまた実家へゆき、それから三度か四度はでかけたらしい。しかし無心をきいて呉れたのは初めの一回だけで、あとは殆《ほと》んど話にならなかったようだ。

留守の煮炊きを頼んでいるので、まきにはすぐわかったのだが、おいとがこっちの雑炊などを拵《こしら》えていると、小さい子供が見ていてぐずるのである。

「おっかあ、おれもめし食いてえ、ねえ、おれもめし食うよう」

そんな声がよく聞えるのであった。まきは自分の喰べるのを控え、これは余ったからと云っては遣《や》り遣りしたが、ある日、おいとが来て泣いて実家の話をしたそうである。

「兄嫁というひとがとても強くって、四度めにはもう来て呉れるなと云ったそうよ」

まきはそのときの話を、こう直吉に告げた。

「おととし建てた土蔵の中には、米も麦もどっさり有るんですって、倉造さんが亡くなったときだって、すればもっとできたらしいのね、――親のいるうちはいい、兄弟の世帯になるとおしまいだっていうけれど、……それにしたっておいとさんは四人の子を抱えて、女手ひとりでやってるんですもの、あんまり薄情すぎると思うわ」

「人間は誰しも自分が可愛《かわい》いもんですよ、その兄嫁というひとだって、やっぱり他人にはわからねえ苦労があるでしょうからね」

直吉は沈んだ声でこう云った。

「まあなんだ、お互いに苦しいときは助け合える者同志が助け合って、それできりぬけてゆくよりしようがねえ、貧乏人の辛《つら》さは、貧乏人にしきゃわからねえものだ、なんとかするからって、おいとさんにそう云ってお呉んなさい」

こうして彼はまた隣りへの補助を始めた。それまでがすでにいっぱいだったので、幾ら僅《わず》かでも、よそへ足し前をするということは苦しかった。しかし直吉はたとえ三文五文にしろ、こういうことは気持だけでも違うからと云って、毎日きまって、幾らかずつはまきの手から遣るようにした。

十二月にはいってからのことであるが、ある夜まきがこちらの気を許るような調子で、

「ねえ、あたしお願いがあるんだけど」

そんなふうに云って笑い顔をみせた。

「四丁目のお師匠さんが、半日だけてつだいに来て呉れないかって、云うんだけれど、いけないかしら」

「――お師匠さんって、長唄《ながうた》のですか」

「ええ勘梅《かんうめ》さんよ、世間って広いものだわね、こんなに困っている人が多いのに、あそこはまたお弟子さんが殖《ふ》えるばかりなんですって、もう年が年でとても独りじゃお稽古《けいこ》がしきれないって云うのよ」

「――だって、そう云っちゃなんだけど、三味線もずいぶん久しく持たねえのに」

「いいえ大丈夫、そこはもう試してあるの、あんたは初めから筋がよかったけれど、今でもちっとも崩れていないって、お師匠さんが褒めて呉れたのよ、……午《ひる》っから

夕方までだし、それにあたしだって気がまぎれるし……」

直吉はくっと胸が詰った。まきの云うことはぜんぶ拵えごとではないかもしれない、木挽町四丁目に杵屋《きねや》勘梅という女の師匠がいて、まきは七つの年から稽古に通い、おさらいのときなどは三味線も唄も群をぬいていると、師匠ばかりでなく、みんなからよく褒められた。ひところは勘梅が、

――大師匠（＊六左衛門《ろくざえもん》）についてみっちりやる気はないか、この道で立ってゆける素質がりっぱにあるのだが。

そう云って熱心にすすめたこともあった。母親のほうはその気もあったらしい、だが父親の六兵衛がそういう派手なことが嫌いで、女が食えるような芸を身に付けて、ろくなことのあった例《ためし》はないと、てんから相手にならず、

――師匠がまきをそう褒めるのも、つまりは付届けが多いからさ、己惚《うぬぼ》れちゃあいけねえ。

そう云って笑っていた。そんなふうで、十五六になると稽古もやめてしまったが、それでもときどきは四丁目へさらって貰いにいったし、総ざらいのときなどは必ずひきだされた。

――親方の一周忌の晩、清次の唄、まきの三味線で、道成寺《どうじょうじ》の鞠唄《まりうた》をやったとき

は楽しそうだった。……こういう過去があるので、師匠が助けに来て呉れと云ったのも、そうすれば気がまぎれると云うのも、まるっきりの拵えごとではないだろう。しかし直吉にはそうとばかりは思えなかった、まきはそうして幾らかでも生活を補おうという気持ではないか、それがいちばん強く頭へきたのであった。

「それあおかみさんの気ばらしになるんならいいけれど、それだけならいいけれど」

「そればかりじゃなく、お師匠さんだって助かるわ」

「おかみさんの気ばらしならいいと云ってるんですよ、……けれど、もしも礼なんか貰うんだったら、そんなつもりだったら、あっしはやめて貰いてえと思います」

まきは答えなかった。そうではないと、すぐに云い切れなかったのだろうか、かなりながいこと黙っていたが、

「済まないけれど、行燈《あんどん》を寄せて頂戴《ちょうだい》」

こう云って、静かに向きなおった。

「見て頂戴、直さん、……あたしの眼」

「――どうしたんです」

「濁りが出はじめている筈よ、どう」

直吉はまきの眼を見た。瞳《ひとみ》にごく薄く白いものが浮いている。白眼もいやな色の濁りがみえる。ぜんたいの感じが以前とは違って、どんよりと生気がぬけているのであった。

「――いつからです、いつからこんな」

「春からよ、八丁堀がここへ来たでしょ、あの少しまえからまたなんにも見えなくなってしまったの、お日さまの明るさも見えない、行燈の火も見えない、元どおりまっ暗になっていたのよ」

三の六

直吉は息をのみ、ものも云えずに呆然《ぼうぜん》とまきの顔を見まもった。

「眼が濁りだしたのは、自分じゃわからないけれど、ついこのあいだおとさんがみつけたの、すぐ口止めをしておいたし、あたしも直さんに気づかれないようにしていたのよ、……正直に云うと、お師匠さんとこへはあたしがいって頼んだの、諦《あきら》めたってわけじゃないけれど、このまま治らないときのことも考えなくちゃいけないでしょ、――それにはほかに芸はなし、――たとえ僅かでも足しにはなるし、……直さん、お願いよ、あたしにお稽古をてつだわせて頂戴」

直吉は、すぐには返辞ができなかった。まきの眼が元どおり悪くなっていたという こと、もうそれも春さきからのことだと聞いて、落胆とも絶望ともいいようのない気持に胸をふさがれたのである。

結局はまきの望みどおりにするほかはなかった。現在ちっとずつでも暮しの足しになるとか、一生盲目で終る用意などという気持はやりきれないが、反面には気のまぎれることも慥《たし》かだろう、なんにもせずに、ぼんやり家にばかりいるのも、辛いだろうから、そう思って直吉も承知したのであった。

中旬になって、建庄でも仕事が少しずつ多くなり、日雇いなどには出ずに済むようになった。

まきも楽しそうで、直吉が帰るとしきりに稽古場の話をした。そこでは昔の稽古友達の噂《うわさ》がしばしば出るらしい。

「直さん、酒屋のおかねさん知ってるでしょ、そら五丁目にあった佐渡屋《さどや》の子よ」

「――さあね、どんな子だったたか」

「よくうちへお手玉をしに来たじゃないの、あのひと家がつぶれてから、深川で芸《げい》妓《ぎ》をしているんですって、もういい姐《ねえ》さん株で、土地ではたいそうなはぶりだということよ」

そんな話のなかには左官屋のお光さんとか、河岸の材木屋の八重ちゃんとか、直吉にも覚えのある名も少なくなかった。また長屋にいた石工の伜《せがれ》で、そのころ悪太郎の大将だった吉《きち》というのが、今では新銭座《しんせんざ》でりっぱな石屋になっているなどということも聞いた。

朝からちらちらと粉雪の舞う日のことだったが、仕事から帰ると珍しく、蜆《しじみ》の味《み》噌《そ》汁《しる》が拵えてあった。

「あたしがお稽古へいってる留守に、麻布からおとみさんがこれ持って来て呉れたんですって、自分でとったんですってよ」

「あんなところで蜆がとれるのかな」

「赤羽橋の上《かみ》にひとところあるんですって、寒のうち、あの川でとれるのは眼の薬だって、昔から云われていたそうよ」

「あそこは古川、っていったか、赤羽川っていったか、なんだか小《ちっ》ぽけな川だと思ったがな」

朝にしようと思ったが、珍しいからすぐ汁にしたといって、まきも直吉といっしょに夕食を喰《た》べた。

その翌日、直吉は暗いうちに家をでかけ、建庄へゆくまえに、目笊《めざる》を一つ買って古川へいってみた。増上寺《ぞうじょうじ》の裏門の前を赤羽橋へぬけると、その川は思ったより広い幅で、こちらの岸にはずっと枯芦《かれあし》などがあり、どこか田舎へでもいったような景色だった。

赤羽橋の上というのをたよりに、だいたいの見当で川へはいり、めくら探りに笊で川底をしゃくってみた。そうして少しずつ川上へゆくうちに、水が浅く、底が砂と泥と混っているところで初めて五つばかりとれた。

「へへえ、いることはいるんだな」

独り言を云って思わず微笑し、そのまわりだけでかなり大きいのを四五十とった。店へゆく時刻があるので、その日はそのくらいにしてあがった。軀《からだ》がすっかり冷えきって、手などは指の曲らないほど凍えたが、初めて来てそれだけとれたのと、場所のみつかったことが嬉しくって、店へゆくまで自分でもおかしいくらい気持がはずんでいた。

「今日はじめて気がついたんだが、店のまわりへ蜆売りが来るんですよ、やっぱり赤羽橋のあたりでとれるらしい」

直吉は帰るとそう云って蜆を出した。

「三日にいちどずつ持って来いと云っといたから、飽きるかもしれねえが寒のうちだけ喰べてお呉んなさい」

「だって寒蜆はたかいんじゃないの」

「なあに薬になるとすれあ安いものさ、そう注文しときましたからね」

こうして三日にいちどずつ、彼は家を早くでかけては蜆をとって帰った。自分がとると云えばまきが遠慮するであろう、そう思って内証《ないしょ》にしたのであるが、直吉にとってはそれが楽しみの一つにさえなった。

正月には少しだが餅《もち》も搗《つ》けたし、文吉に着物を一枚つくることができた。おいとはそのころ玩具《おもちゃ》の括《くく》り猿を作る内職をしていた。いちばん上の十二になる太市《たいち》という子は、十一月のうちに下谷《したや》のほうの質屋へ奉公にだしたが、これは食い扶持《ぶち》が減ったというだけで、やっぱり直吉の補助がなければ苦しいらしい。あれからずっと半日ずつ文吉を預けるので、こっちはその礼のつもりもあるのだが、それでは済まないと思うのだろう、おいとは九つになる女の子を、毎晩そっと辻占《つじうら》売りに出していた。まきが初めてそれを他人から聞いた夜、幾らなんでも可哀《かわい》そうだと云って涙をこぼした。

「あの子ばかりじゃあねえ、世間にあもっと哀れな子が幾らでもいますよ」

直吉は、そう云ってまきをなだめた。

「苦しいときは苦しいようにする、貧乏な者は誰に助けて貰うこともできねえ、みんなそうやって小さいうちから自分で、生きることを覚えてゆくんですよ、聞かないつもりにしていておやんなさい、そのほうが却《かえ》って人情というもんですよ」

正月の餅はむろんこっちから分けたし、太市が*藪入《やぶい》りで来たときには小遣もやった。僅か四十日あまりではあるが、他人の飯を喰べたということは争えないもので、坐《すわ》り方も、礼の云いぶりもきちんとしていたし、帰りはちゃんと挨拶《あいさつ》に寄って、

「済みません、お母さんや妹たちのことをお願いします」

おばさんお大事になどと云っていった。まきはよほど感心したものとみえて、奉公にゆくとあんなにも変るものだろうか、それともあの子の性質だろうか、おいとさんもどんなに心丈夫かしれない、やっぱり男の子はたのもしいものだなどと云い、文吉を抱いて強く頬ずりをした。

「坊やも早く大きくなってね、いい子に育ってああちゃんや直さんの力になって頂戴、太市ちゃんに負けちゃだめよ」

「冗談じゃあねえ、坊やの力を借りるようになって堪《たま》るものか、とんでもねえことを云いなさんな」

「だって直さんだっていつかはお爺《じい》さんになるんだもの、ねえ坊や」まきは文吉に

かこつけてこう云った、「――そのときは坊やが働いて、直さんに楽隠居をさせてあげるんだって、ねえ、そうだわねえ坊や」

そのときのまきの言葉は、直吉の心に深くくいいった。おそらくその場かぎりの軽口だったろう、ほんのゆきがかりの言葉にすぎなかったろうが、彼にとっては心のおののく感動であり、恐ろしいほど大きな誘惑であった。

老年になった自分が、りっぱに成長した文吉の家で、文吉に養われて安楽に暮す。……そんなことはあり得ない。親子でもない者がそんな身分になれるわけがない、こううちけすあとから、その夢のような空想は彼を把《つか》んで離さなくなった。

十八日は建庄では法事で、店を休むことになった。その前の日、直吉は目笊を持って暗いうちに家を出た。――寒が明けてからずっと蜆とりはやめていたが、ふと思いだして自分が喰べたくなり、久しぶりに古川へでかけたのである。

春とはいっても、正月十七日のことで、道には霜がまっ白だし、ちょうど吹きだした風も骨にしみるほど寒かった。いつもの場所へゆき、股引《ももひき》をぬいで川へはいったが、暫《しばら》く遠のいていたせいか身の縮む冷たさで、なんども声をあげずにはいられなかった。

蜆はたくさんいるので捜す苦労はなかった。笊*でしゃくうと、大粒のが十も十五もはいってくる、かなり強くなった北風で、まわりの枯芦がしきりに騒ぎ、川面《かわも》は鋼色《はがねいろ》に波立っていた。

——このまま三人で暮してゆけたら。

直吉は、また頭のなかで、いつもの空想に耽《ふけ》っていた。

——おかみさんの云うとおり、清次は帰って来ないかもしれない、本当にもし帰って来ないとすれば、そうすればこのまんまで……三人がいっしょに暮していける。

——そうなったらどんなに楽しいだろう、文吉はりっぱに育つ、職人にするか商人《あきんど》になるか、とにかくいちにんまえになるまで、おれはどんな苦労でもしよう、そうして、文吉がりっぱに家を持って、嫁をとって、やがて子供が生れたら、おれは日向《ひなた》で暢気《のんき》に子供の守をする、おまきさんは眼が不自由だ、子守りはやっぱりおれの役さ。

そう考えてきて、直吉はぎくっとした。

——ばかな、ばかな、なんてえばかなことを。

彼は激しく頭を振り踞《しゃが》んだまま惘然《もうぜん》と水の面《おもて》を眺めた。さわさわと枯芦が鳴り、川波がしきりに岸を洗っていた。直吉はやがてしかんだような、諦めのかなしい苦笑いをうかべ、再び蜆をしゃくい始めた。

明くる日は休みなので悠《ゆっ》くり朝寝をし、蜆の味噌汁で文吉もいっしょに飯を喰べた。三人で揃《そろ》って食事をすることは稀《まれ》なので、文吉は例によってはしゃぎ、蜆の身を自分で取るのだと云って、汁椀《しるわん》をひっくり返したり、直吉に抱かって喰べると云いだしたりした。

「だめよそんな、もう四つじゃないの、あまったれるときかないわよ」

「よしよし、抱かれ抱かれ」直吉はすぐ、あぐらになって抱き入れた。

「たまのこったもの、なあ坊や、四つ*といったってまだまる三つにもならねえんだから、おお威張りであまったれていいんだぜ」

「そんなことを云うからよけい……」

こう云いかけて、まきがふっと口をつぐみ耳をすました。

三の七

隣りでおいいとがなにか云っていた。誰かこのうちをきいたものらしい、有難うという声がしてすぐに、この家の戸口へ人が来て立った。

「おう、みんな達者だな」

こう云う声を聞いてまきがまずああと声をあげた。

両掛《りょうがけ》を肩にし、笠《かさ》を手に持っている。尻端折《しりばしょ》りで脚絆《きゃはん》に草鞋《わらじ》、合羽《かっぱ》を着た旅姿である。その恰好《かっこう》を見ながら、そして日焼けのしたその顔を見ながら、直吉にはそれが清次だとは、すぐにはわからなかった。

眼が見えないために、却ってその声でまきにはわかったのだろう、いきなりああと身を震わしたが、それが異常に感じられたとみえ、文吉が怯《おび》えて直吉にしがみついた。

――そして直吉がようやく相手を認め、慌《あわ》てて食膳《しょくぜん》を押しやったり、手早くそこらを片づけたり、洗足《すすぎ》の水を取ったりするあいだ、彼の袂《たもと》に固く捉《つか》まったまま付いてまわった。

「よかったよかった、よく帰って呉れた」直吉はうろうろしながらこう云い続けた、「――だが、こんな時刻にどうしたんだ、まさか夜道をかけて来たわけじゃあねえだろうが」

「なあに、こっちへ帰る友達といっしょでよ」

清次は、そこへ両掛を投げだし、直吉の持って来た水で足を洗った。

「その男の家が鮫洲《さめず》なんで、ぜひと云うもんだからゆうべはそこへ泊っちまった、今朝は烏《からす》といっしょに起きて来たわけさ」

「そいつあ寒くってたいへんだったろう」

直吉は洗足を助けながら、清次のようすを見た。足も手もきれいだった。合羽をぬぐと渋い紬縞《つむぎじま》の対《つい》で、帯はりゅうとした博多《はかた》の紺献上《こんけんじょう》、珊瑚《さんご》の五分玉《＊ごぶだま》の緒締《＊おじめ》の付いた印籠《いんろう》、そして印伝革《いんでんがわ》の莨入《たばこいれ》など、——それからもういちど、眼をその手指へ戻した。

白くて指先の細い、しなやかなすべすべした、女のようなきれいな手だ。どうみても男の、それも鋸鉋《のこぎりかんな》を使う職人の手ではなかった。

「おい坊主《ぼうず》、どうした」足を拭《ふ》きながら、清次は子供に呼びかけていた、「——どうしてそんなにひっ付いてるんだ、おれが怖いのか、知らねえ顔でびっくりしたな、……直あにい、これがあれか、留守に生れた伜か」

「そうなんだ、名前は文吉とつけたんだが」

こう答えながら、直吉は軀がわなわなと震え、顔色の変るのが自分でわかった。いま怒ってはいけない、穏やかに話さなくてはいけない、おちつくんだ。けんめいにそう自分を抑えつけた、しかし清次をそのままあげる気には、どうしてもなれなかった。

どれほど人をみくびったにせよ、清次がその身装《みなり》とそのきれいな手で、この家の閾《しきい》を跨《また》げる道理はない、どんな人間にもそこまで人を踏みつけにし、愚にする権利はない筈《はず》である。

「帰って来たばかりでなんだが」

直吉は、できる限り静かにこう云った。

「あがって貰うまえに、ちょっと断わっておきてえことがあるんだ、挨拶もそれからにしてえと思うんだが」

「おらあ、そのまえに湯へいって来よう」

「それもいいが、ちょっと待って呉れ」

直吉は、そう云って文吉を抱き、隣りのおいとのところへ伴《つ》れていって預けた。戻って来ると自分は上へあがり、きちんとかしこまって、手を膝へ揃えて置いた。

「初めに詫《わ》びを云わなきゃあならねえ、おめえが立っていった明くる年の秋、地震があって家が潰《つぶ》れ、卯《う》之を死なせたばかりか、おかみさんの眼を不自由にしてしまった」

「そうだってなあ、いま表の質屋であらまし聞いて来たが」

「おめえから預かった大事な二つ、店を跡方もなくしてしまい、おかみさんをこんなにしてしまった、いかに災難とは云いながらまことに申しわけがねえ、勘弁して呉れ」

　直吉は低く頭を下げた。

「まあいいやな、地震じゃあしようがねえ、どっちにしろ人間の力に及ぶことじゃあねえんだから」

「これで詫びが済んだわけじゃあねえが」

　と云って直吉は顔をあげ、相手の眼を見た。

「こんどはおれのほうで聞くことがある、おめえは三年まえに此処《ここ》を出ていった、どういうわけで旅へ出たかということを、――おめえ覚えてるか」

「わかってらあな、そんな、今さらそんなおめえ、どうしてまた、そんなことを云うんだ」

「念のためにきくんだ、妙な噂《うわさ》も耳にへえってるし、おれにも腑《ふ》におちねえことがある、忘れちゃあいめえが、おらあ亡くなった親方から、おめえとおかみさんの後見を云いつかった、清次が博奕《ばくち》へ手を出したら縁を切って呉れ、こう云いつかったことはおめえも知ってる筈だ、……おめえは博奕へ手を出した、しかしおらあ縁は切らなかった、親方の云いつけには反《そむ》くが、おかみさんが身ごもっていたしおめえもこんどこそきっぱり止《や》めると云った、それには江戸から二三年足をぬいて、悪い友達と縁を切るほかはねえ、そう云っておめえは旅へ出ていった筈だ」
「ちっとばかり諄《くど》かあねえか、そんなこたあわかってると云ったじゃあねえか」
「まあ聞いて呉れ、おめえはそう約束して出ていったんだ、いいか、それで改めてきくが、これあきいていいと思うが、おめえあれからまじめに職人で稼いでいたか」
「そのほかにおめえ、——おらあ職人だから、それで稼ぐよりほかにしようがねえやな」
「博奕はしなかったか、賽《さい》ころを手にしたようなこたあねえか」
「そんなおめえ、そんなこたあ今さら、念を押すこたあねえやな、いくらおめえ、なんだからって、おれだって約束したからにあ」
「じゃあ又二郎と大阪で会ったなあ嘘《うそ》か」
「ああ又の野郎か」清次は唇の端でにっと笑った、「——会ったこたあ会った、そうさな、明けておととしの冬じぶんだったか、道修町《どしょうまち》てえとこでちょっと顔を合わせたっけ、あいつ今でも暇を出されたのを恨んでるとみえて、おれの仕事先へいっちゃあ悪口を触れてやあがった、いっぺん痛えめをみせてやりてえくれえだ」
「だが、又はおめえと博奕場で会ったと云ってるぜ」

「それあいつのこったし、今も云うとおり、暇を出されたのを恨んで、あっちでもおれの蔭口《かげぐち》を触れまわったくれえだから」

「又はまたこう云ってるんだ、おめえはその土地でしょうばいにん仲間でもいい顔だ、あにき株で立てられてる、――こいつも嘘か」

清次はちらっと奥を見た。まきは血の気をなくした硬《こわ》ばった顔で、こっちを向いて坐っていた。白くなった唇も、膝の上の手も、見えるほどぶるぶると震えていた。

「まるでこれあ、お白洲《しらす》へ曳《ひ》き出されたかたちだぜ」

清次は苦笑しながら、ちょっとひらきなおった。

「それもいいが直あにい、おめえ又二郎の蔭口と、このおれの云うことと、おめえどっちを信用するんだ、悪い事をして店を逐《お》い出された人間と、このおれとどっちの云うことを信用するか、そいつをまず聞こうじゃあねえか」

「正直に云えば、おらあどっちの云うことも信用しねえ」

こう云って直吉は、ぐっと眼をあげた。

「口はどうにでもきくことができる、おらあこのとおりぐずでのろまだから口じゃあどうにでもごまかされる、だが人間にはごまかしのきかねえものがあるんだ、駕《か》
舁《ご》きと縫箔屋《ぬいはくや》とは足が違う、指物《さしもの》職人と遊び人とも違うところがある、どこが違う、

どこがごまかせねえと思う、清次、……手なんだ、ふだん鑿《のみ》や鉋をいじってる職人と、まっとうでねえ事をしてぶらぶらしている人間たあ、手が違うんだ、――こいつだけあごまかせねえんだ、清次、おめえ自分の手をここへ出して、これが職人で稼いだ手だと云えるか、云えるなら云ってみて呉れ、それが職人の手か」

清次はもういちどまきを見た。それから印籠をぬき、なにか小粒の薬を出して、口へ入れてぽつぽつと嚙《か》んだ。さすがに顔色は蒼《あお》くなったが、唇の端では相変らず苦笑していた。

「人間は御調法*なもんだ」せせら笑うように清次は云った。

「――泥棒のうわまえをはねるような事をして、その云いわけに相手へ難曲《なんくせ》をつけるか、自分でぐずだのろまだと云いながら、巾着切《きんちゃくき》りも顔負けの知恵をまわしゃあがる、たいへんな野郎があったもんさ」

「それあおれに当てつけて云うのか」

「見えすいてるってんだ、てめえの肚《はら》ぐれえ見とおしだってんだ、直、ひとの女房とわるい事をしたやつはな、もうちっと挨拶のしようがあるもんだぜ」

「――ひとの女房、……清次、てめえ」

「おっと待て、世間はめくらかもしれねえが、おれにあ眼があるんだぜ、三十過ぎて独り身の男と若え女が、こんな小ぽけな家であしかけ四年もいっしょに寝起き、これだけだってあたりめえじゃあねえ、それより動かねえ証拠はてめえたち二人の挙動だ、亭主が四年ぶりで帰ったのに、女房はお帰んなさいとも云わず、男は上へもあげねえで逐い出しにかかる、へん、わかりすぎてこっちが恥ずかしいや」

「それだけあ云うな、清次、そいつだけあ」

直吉は、両手の拳《こぶし》をふるわせながら、悲鳴のようにこう遮った。しかし、清次はぬいだ足袋を穿《は》き、草鞋をはきながら云った。

「なによう云やあがる、へたにきれいな口をきくより、欲しけれあ欲しいと云うがいい、こっちあ片輪者の女なんぞにみれんはねえんだ、呉れてやるから好きにしやあがれ」

「待って呉れ清次、そいつは違う、それだけあ違うんだ、待って呉れ、そいつだけあ待って呉れ」

「うるせえ、まきはてめえに呉れて遣る、それで文句はねえだろう」

清次はすでに足拵《あしごしら》えをし、両掛と笠を手に持った。そして閾へ片足をかけながら、こっちへふり返ってこう云った。

「断わっておくがな、おらあ慥《たし》かに博奕を打った、博奕を打ったなあ慥かだが、そのために女房の着物一枚なくしたこたあねえぜ、いいか、こいつあはっきり断わっておくぜ」

そして表へ出ていった。

三の八

直吉は石のように固くなって、眼をつむり歯をくいしばってがまんした。喉《のど》の裂けるほど喚《わめ》きたい、追っていって相手をずたずたにしてやりたい、なにもかもぶち壊し、自分も死んでしまいたい。

そういう烈《はげ》しい衝動で、搾木《しめぎ》にかけられるか、火《ひ》炙《あぶ》りにでもされるほど苦しかった。

そうしてやや暫《しばら》くして、彼は立って台所へゆき、水を汲《く》んで柄杓《ひしゃく》のまま飲んだ。二杯つづけさまに飲んで、流しの前に茫然《ぼうぜん》と立った。

「——可哀そうなことをした」

身を灼《や》くような怒りとは無関係に、そういう呟《つぶや》きがふと口からもれた。直吉はやっぱり直吉である、忿怒《ふんぬ》の血が、まだ軀《からだ》じゅうにたぎっているのに、頭のなかではもう、別のことを考えていた。

——旅から帰って来たばかりじゃあないか、あしかけ四年ぶりじゃあないか、……久しぶりで妻に会いたい、留守に生れた子の顔が見たい、親子三人しみじみと話したい、そう思って帰って来たんじゃあないか。

——おかみさんだって今日という日を待っていたんだ、眼の見えるおれより先に、ひと言こえを聞いて清次だということがわかりなすった、……待ちに待っていたんだ、そしてその人が帰って来たんだ、おれさえいなければとびついたろう、お互いに手を取り、抱き合って泣いたに違いない、それが夫婦というものなんだ。

——おれはあいつを上へもあげなかった、知ったような顔で理屈をならべ、云いわけもろくすっぽ聞かなかった、がらにもねえ、あたまからぽんぽん人をやりこめた、そうして、四年ぶりに会う親子夫婦の仲を、慈悲も人情もなくひき裂いちまったんだ。

五躰《ごたい》はまだ怒りで震えていた。口惜しい、情けない、どうして呉れよう。こういう気持も胸に揺れかえっている。しかし一方では、二人に済まないというおもいが、しだいに強くなり、拡《ひろ》がっていった。

彼の手から柄杓が落ち、流しの上で大きな音をたてた、直吉はその音ではっとわれにかえり、台所をとびだして、まきの前へいって坐《すわ》った。

「おかみさん勘弁してお呉んなさい、あっしが悪かった、あっしが云い過ぎたためにこんなことんなった、なんとも申しわけがねえ、どうか勘弁してお呉んなさい」

さっきからそこに坐ったまま、木で作ったかのように身じろぎもせず、ひと言も口をきかなかったまきが、そのとき初めてそっと首を振り、かすれたような声でこう云った。

「あたしちゃんとここにいたのよ、ここでちゃんと初めからしまいまで聞いていたのよ、直さん、あんたはちっとも悪かあないわ、ちっとも云い過ぎやしないことよ」

「そうじゃあねえ云い過ぎた、ばかっ正直で頑固で、てめえが偉えような口をきいた」

直吉は顔を伏せ、眼を拭きながら続けた。

「清次の云うことにも理屈はある、おらあ親方の遺言だけを守り本尊にしていたが、あいつは誰にも負けねえ腕っこきの職人だ、いまあいつが云ったとおり、女房子の着物一枚なくしたわけじゃあなし、博奕ぐれえの道楽はさせてもよかったんだ、……おかみさん、おらあきっと清次を捜して来る、聞くとこを聞けあわかる筈だ、きっと捜して伴れて来る、どうかおれのことは勘弁して、気をおとさずに待っていてお呉んなさい」

「よして、直さん、いいえいや、あのひとを捜すことなんかなくってよ」

あたしの顔を見て頂戴、こう云ってまきは坐りなおした。硬ばっていた表情がとけ、明るい静かな微笑がうかんでいた。

「あたし笑ってるでしょ、ちっとも悲しそうな顔じゃないでしょ、胸の中もこのとおりなの、本当に云ってさっきは笑いたかったのよ」

「——そんなことを云って、だっていったい」

「あのひとは腕っこきの職人で、道楽のひとつぐらい持ってもいいかもしれない、それはそうかもしれないわ、けれどもあのひとは博奕だけはしちゃあいけない筈よ、それは亡くなったお父さんが念を押していったじゃないの、それだけは、どんなことがあっても、それだけはしちゃあいけない筈だわ」

まきの頰には血がのぼった。膝《ひざ》の上で両手の指を組み、それを揉《も》み絞るようにしながら言葉をついだ。

「今あのひとそこで威張ったわね、博奕はしたが女房の着物ひとつ剝《は》いだことがないって、……あたしが笑いたかったのはあのときよ、着物一枚なくしたことはないって、直さん、あんた忘れやしないでしょ、あのひとが旅へ出たあとのこと、どこもかしこも不義理だらけで、愛宕下や八丁堀にも口をきいて貰い、あんたが云いわけにとびまわったことを、売れる物はなにもかも売って、家じゅうががらんどうになったこと、それでも八十なん両という借金が残ったこと、……忘れやしないでしょ、直さん、あんたは忘れてもあたしはちゃんと覚えていてよ」

まきは息をつき、声の調子をおとした。

「あたし初めのひと言で、あのひとだということがわかったわ、そうわかったのに、……慥かにあのひとだとわかったのに、どうしてもあのひとの声じゃなかった、まるで他人の声にしか聞えなかった、話せば話すほど、あたしとは縁もゆかりもない、まぐれて来た人のようにしか聞えなかったの、――あたしが黙っていたのはそのためよ、あんまりよそよそしくって、どうにも口がきけなかったのよ」

「そんなことを云って、だってそれじゃあ、これからいったい、どうしたらいいんです」

「お願いがあるの、済まないけれど、これからちょっとつき当りへ伴れてって頂戴」

「――つき当りって、……あの河岸《かし》のですか」

「そうよ、坊やは預けてあるし、このままでいいの、さあいきましょう」

直吉はすなおに立上った。草履を穿かせてやり、手を取って外へ出た。おいとに断わって路地を出て、そろそろと溝口《みぞぐち》さまの屋敷の角を曲っていった。

まきの云う「つき当り」は、殆《ほと》んど昔のままだった。変ったといえば道のほうに低い柵《さく》が出来たのと、広い空地のまん中どころに、武家屋敷のほうから川へ下水が掘られたくらいのもので、そのほかはなにもかも昔どおりだった。ところまばらに枯草の茂みがあり、小さな、いじけたような灌木《かんぼく》もあった。

「あたしが初めて歩いたのどこ」

「——このへんでしたかね」

「あの頃と変っていない」

「——ええ、あのじぶんのとおりですよ」

まきは肩をすくめ、くすっと笑いながら、自分でそろそろと足さぐりに歩いた。

「いいの、大丈夫、自分でわかるわ、——ねえ、此処だわね、転んで瘤《こぶ》をだしたの、それからこっち、そう、ここらだわ」

「——ああ危ねえ、川へ落ちるぜ」

直吉は駆け寄って押えた。まきはその手にぎゅっと縋《すが》りつき、見えない眼で直吉へふり向いた。

「ここで初めて、初めてあたし、おしっこをさせて貰ったのね、直さん、――覚えてるわ。あたしみんな覚えてるわよ」

まきは直吉の手に縋ったまま、初めてそのとき涙をこぼした。くくと喉を鳴らし、絶え入るような声で咽《むせ》びあげた。

「あんたに負《おぶ》さって、あんたの背中を濡《ぬ》らした頃から、良人《おっと》を持って、子を生んで、その子が四つになる今日まで、あたしはずっとあんたの世話になりとおしたわ、――辛いとき悲しいとき、苦しくって堪らないとき、いつも助けて呉れたのはあんただった、……あんたひとりだったわ、直さん」

まきは身もだえをし、きりきりと歯をくいしばって嗚咽《おえつ》を耐えた。

「あたしのことを本当に心配し、あたしのために本気で泣いて呉れたのは、この世の中で直さんたったひとりよ、――眼が見えなくなってから、初めてそれがわかったの、なんにも見えないまっ暗ななかで、じっと坐って考えているうちに、だんだんそれがはっきりしてきたわ、……眼の見えるうちは気もつかないようなことが、見えなくなってからはよくわかるの、――あのひとを良人に選んだのは眼が見えたからよ、見えない今は声だけでわかるの、……なにもかもよ、直さん」

「――」

「むかしも今も、あたしにとっては直さんひとりだった、これからもあたしには直さんだけだわ、……ねえ、そう云《い》ってもいいわね、直さん」

こう云って直吉の胸へ身をすり寄せ、堰《せき》を切ったようにまきは泣いた。直吉はその肩を抱いた、二十幾年かの長いとしつきをまわって、むかしの二人がいまめぐり会ったようだ。

——そうだ、これが本当だ、これでようやくおちつくんだ、長いとしつきだった。

直吉はまきの背を撫《な》でながら云った。

「おらあ口がへただから、思うことの半分も云うことができねえ、——ただひと言だけ云うよ、おまきさん、……おめえと坊やと二人、おらあきっと仕合せにするぜ」

「今でも仕合せだわ、あんたと暮すようになってから、あたしずっと仕合せだったわよ」

まきは男の胸へ顔を伏せたまま、おののくような声で囁《ささや》いた。

「あたしの望みはもう一つしきゃないの、それだけでいいの、——聞いて呉れて、直さん」

「あっしにできることでしょうね」

「今でなくってもいいの、いつか、あんたの気持がそうなったら、――もしもそんな気持になるときが来たら、……」

空地の向うの端で、船から砂を揚げる賑《にぎ》やかなざわめきが聞えだした。直吉は赧《あか》くなった顔で、とまどいをしたように、曇り日のどんよりした空をふり仰いだ

注解

15＊かもじ屋　髢《かもじ》などを売る店。髢は女性が髪を結う時に添える毛。

16＊膳が高くなって　「膳」は料理をのせる台。ここでは、料理に手が出しにくくなることをいっている。

17＊荷足　荷足船。河川や港湾で、小荷物を輸送した小形の船。

18＊株　江戸時代、同業者の組合員が独占した職業上の権利や権限、また営業上の専売特権などをさす。金銭で売買されるものもあった。

18＊諸式　品物の値段。物価。

19＊四半刻ばかり　約三〇分。「四半刻」は一刻の四分の一。江戸時代には、昼夜をそれぞれ六等分し、その一つを一刻とした。そのため一刻の長さは季節によって変った。

20＊水茶屋　当時、道端や寺社の境内などで、茶などを飲ませて人を休息させた店。

21＊かんにして下さい　「かんに」は「かんにん」（堪忍）の変化した語。ごめんなさい、の意。

28＊うえ　その人に関する消息、事情。

29＊三度飛脚　月に三度、日を決めて大坂と江戸を往復した、町人営業の飛脚。町飛脚。

31＊一刻ほど　約二時間。

32＊株　ここでは職業上での身分、地位。

34＊町役　町役人。町人の中から選ばれて町の行政事務に従事する役人の総称。町奉行のもとで触《ふれ》の伝達や町人の訴願の取次ぎなど、多様な業務処理を行った。

35＊あと　後妻。

39＊三匁　「匁」は通貨の単位。江戸時代、丁銀、豆板銀などの銀貨は秤量貨幣（重さで価値が決まる貨幣）として用いられた。一匁は三・七五グラム。六〇匁（二二五グラム）で小判一両に相当した。
39＊押っ付けて　すぐさま、ただちに、の意。
45＊しっこし　尻腰。度胸、意気地。
45＊薬ほどもない　ほんの少しもない、の意。
45＊二三間　五メートルほど。「間」は尺貫法における長さの単位。一間は約一・八メートル。
46＊北　新吉原遊郭のこと。江戸城の北方にあったことからいう。新吉原は傾城《けいせい》町（遊女屋を集合させた地域）の地名。
47＊状　回状。順番に回して用件などを伝える文書。
56＊桃の湯　湯屋では、夏の土用に桃の葉を入れる風習があった。あせもに効くといわれた。
64＊荷葉飯　蓮の葉を蒸して細かく刻み、塩を加えて混ぜた飯。
64＊刺し鯖　背開きにして塩漬けにした鯖を二枚重ね、頭を刺し連ねたもの。
67＊潮がさしひきした　地震による津波の影響で川の水位が増減したことをいう。
67＊後架　便所。
68＊露次ぐち　露地口。
69＊いたずら　何かすることを謙遜していう語。
70＊三つばん　「三つ半鐘」の略。近くで火事が起きた場合、半鐘の三連打を少し間をあけながら繰り返す。
70＊条をなして　「条」は細長いかたちをいう。
73＊じゃんとくる　半鐘が鳴る、の意。
73＊番たび　そのたびに、の意。

74 *立花さま　筑後の国柳川藩藩主立花家のこと。下屋敷が浅草寺の北西にあった。
77 *色消し　見た目が悪いこと。
77 *さんじゃく帯　三尺帯。長さが鯨尺で三尺の木綿の帯。職人などが締めた。鯨尺は、和裁用の物差しで、一尺は約三八センチメートル。
77 *ゆくたて　いきさつ。
78 *軽子　船着き場や市場で荷物運びに従事する者。
80 *鬨　大勢の人が一度にどっとあげる声。
90 *たまぎるような声　「たまぎる」（魂消る）は肝をつぶす。ここでは、恐怖に耐えられないような声、の意。
94 *一尺角　約三〇センチメートル四方。「尺」は尺貫法の長さの単位。
94 *腰っきり　腰まで、の意。
95 *身をのしだした　ここでは、思い切りよく体を前に進めた、の意。
98 *瘧　マラリアの古名。一定の周期で発熱や悪寒がおこる病気。
105 *お救い小屋　火災・水害・飢饉などに際し、窮民を救済するために設けられた施設。
108 *人別　「人別帳」の略。江戸時代の戸籍簿。
112 *下屋敷　大名の江戸藩邸のうち、上屋敷の控えとして設けられた屋敷。
112 *書替役所　幕臣の俸禄支給のための手続きをする役所。
113 *逼息　逼塞。落ちぶれて引きこもること。
114 *紀文　紀伊国屋文左衛門のこと。当時の豪商。幕府御用達の材木商として巨利を得た。
114 *騰貴　物価が上がること。
115 *元禄　西暦一六八八〜一七〇四年。第五代将軍綱吉の時代。

115 ＊紀文大尽　「大尽」は大金持。

115 ＊奈良屋茂左衛門　当時の深川の材木商。「茂左衛門」は通称で、ここは四代目勝豊。日光東照宮の修築で巨利を得た。

115 ＊芭蕉　松尾芭蕉。江戸時代前期の俳人。

115 ＊其角　榎本其角。江戸時代前期の俳人。芭蕉の弟子。

115 ＊嵐雪　服部嵐雪。江戸時代前期の俳人。芭蕉の弟子。

115 ＊狩野家　室町時代中期、狩野正信に始まり、江戸時代を通じて将軍御用達の絵師として栄えた。常信、探信、友信は元禄期に活躍した。

115 ＊菱川吉兵衛　菱川師宣《もろのぶ》。江戸時代前期の浮世絵師。

115 ＊鳥井清信　鳥居清信。江戸時代前期の浮世絵師。

115 ＊土佐掾　山本角太夫のこと。江戸時代前期の浄瑠璃の太夫。角太夫節を創始した。

115 ＊江戸半太夫　浄瑠璃の太夫。半太夫節を創始した。

116 ＊宝永　元禄一七年（一七〇四）三月一三日に改元。

129 ＊早鐘　ここでは、水害の緊急事態を知らせるために激しく打ち鳴らす鐘。

133 ＊ひといろ　一色。一種類。

134 ＊番太の木戸へ…　「番太」は、ここでは自身番（町内の自警などのための組織）の番人のこと。「木戸」は、町木戸。江戸城下の町家地域で、町と町の境目に設けられた木戸。家主や番人が詰める自身番に付属し、午後一〇時頃以降は閉めて不用の者は通さなかった。ここでは、暴れないように、酔いがさめるまで自身番に預けられていたことをいっている。

141＊香こ　漬物。

144＊何百里　「里」は、距離の単位。一里は約三・九キロメートル。

148＊おとなに　おとなしく。

149＊めんちゃい　ごめんなさい、の意。

152＊佐野正の店　おせんは足袋のこはぜかがりの仕事をもらっていた。

159＊家作もち　「家作」は人に貸すために作った家。ここは、家持ちの意。

162＊うち　ここでは、夫のこと。

167＊掛け買い　代金を後日払う約束で品物を買うこと。

167＊年を越す苦労　掛け買いをしていると、年末に、その清算をしなければならない。

167＊白くはないが　もち米以外の穀物も混ぜているが、の意。

167＊賃餅　手間賃を払ってついてもらう餅。

167＊老人　ここでは、おもんの父親のことをいっている。

172＊二貫目あまり　約八キログラム。「貫」は重さの単位。一貫は三・七五キログラム。

173＊気ぶっせい　気づまりなさま。

175＊てんでん勝ち　めいめいの好き勝手。自分勝手。

175＊すえ始終　末始終。行く末長く、のちのちまで。

175＊舟八百屋　小舟で野菜などを売る八百屋。本所深川の辺りは堀割が縦横にめぐらされていたので、舟で商いをする八百屋や魚屋がいた。

181＊おてえさい　お体裁。世間の人の目にうつる自分の姿、の意。世間体。

182＊五升ばかり　約九リットル。「升」は尺貫法における容積の単位。一升は約一・八リットル。

182 ＊寒　暦の上で、小寒から大寒までの期間。太陽暦では、一月六日頃から二月四日頃までの約三〇日間。一年で最も寒い時期とされる。

182 ＊水餅にして　水を張った容器に餅を漬けて貯えることをいう。

191 ＊労咳　肺結核のこと。

192 ＊ふりだし　振り出し薬。布などの小袋に入れた薬を湯の中で振り動かし、成分を溶け出させて飲む。

193 ＊ がらがら　遠慮がなく、がさつなさま。

193 ＊歯を汚なくしていた　当時は、身だしなみとして房楊枝（柳の小枝の先端を叩いて房状にしたもの）などで歯の汚れを取った。

197 ＊油元結　ここでは、びんつけ油と元結、の意。「元結」は髻《もとどり》（髪を頭頂で束ねた部分）の根本をくくる紐。

201 ＊眉の剃跡　江戸時代、既婚女性は眉を剃った。

201 ＊黒く染めた歯　歯を黒く染める風習は平安時代の貴族に始まり、当時は既婚女性の象徴として行われた。

214 ＊心配　世話をすること。

214 ＊一文　「文」は銭を数える語で、貨幣の最小単位。

214 ＊いまわり　自分が居る場所の周囲。

217 ＊お神さん　お上さん。庶民が他人の妻を敬っていう語。

224 ＊宿六　自分の夫を卑しめていう語。宿（自分の家）のろくでなし、の意。

225 ＊こうっと　思い迷った時に発する語。さてと。

225 ＊相談するがものはない　相談する価値はない、の意。

229 ＊溝口主膳　溝口主膳正直養《なおやす》。江戸時代中

期の大名。越後の国新発田《しばた》藩藩主。中屋敷が木挽町にあった。

229＊堀田摂津　堀田摂津守正敦。江戸時代中期の大名。下野の国佐野藩藩主。中屋敷が木挽町にあった。

229＊三丁ばかり　約三三〇メートル。「丁」は距離の単位。一丁は約一一〇メートル。

232＊しかつめらしく　まじめくさった、の意。

233＊痛めても　ここでは、厳しくしても、の意。

234＊俎板削り　長く使って中央が窪んだ俎板を削り直して平らにすること。ここではそのような小さな仕事をする者。

249＊輾転　寝返りをうつこと。

265＊ひち堅い　「ひち」は非常に、甚だしくの意。

266＊七両　「両」は江戸時代の貨幣単位。一両は小判一枚。

266＊くれて　「くれる」は与える。受け手を卑しめる気持を込めていう。

270＊太田の呑竜さま　現在の群馬県太田市にある大光院のこと。浄土宗の寺。慶長一八年（一六一三）、徳川家康が、先祖と仰ぐ鎌倉時代の武将新田義重の追善のため建立。開山の呑竜上人は貧民の子どもを弟子の名目で育てたため「子育て呑竜」と呼ばれ、現在も子どもの健康と成長を願う人々の信仰を集める。

292＊小粒　「一分金」の通称。江戸時代の長方形の小形金貨の一種。四枚で小判一両にあたる。ここでは八枚置いたということ。

295＊山王の…　赤坂の日枝神社に昔から伝わる手鞠歌。「山王」は「日枝神社」の別称。

296＊瘧でもおちたような　「瘧が落ちる」は、

ある事に夢中になっていた状態から覚めること。

304 ＊ぎりぎり結着　まったく余地のない状態になること。

312 ＊ずったり　すべって動いたり。

315 ＊権式　気位。

323 ＊薬食い　本来は、冬、保温や滋養のために、鹿や猪の肉を食べることをいう。

324 ＊しかんだような　「しかむ」は眉のあたりにしわが寄ること。

344 ＊お救い米　火災・水害・飢饉などに際し、窮民を救済するために米や味噌などが支給された。

349 ＊六左衛門　杵屋六左衛門。長唄の三味線方、唄方。杵屋宗家。

356 ＊藪入り　奉公人が正月と盆の一六日前後に休暇を貰い、実家などに帰ること。

357 ＊しゃくう　杓う。すくう。

359 ＊四つといったって…　年が明けて文吉は数え年で四歳になったが、満年齢ではまだ二歳だから、の意。

361 ＊五分玉　直径が約一・五センチメートルの玉。「分」は、尺貫法で長さの単位。一分は一寸の一〇分の一で、約三ミリメートル。

361 ＊緒締　印籠の口を留め、また印籠を提げるための緒を一本に纏める役割をする具。

366 ＊調法　都合のよいさま。重宝。

山本周五郎を読む

山本周五郎と私

坂の途中で

原田マハ

山本周五郎は、あらゆる意味で、私にとって特別な作家である。出会い方が、まず、特別だった。私は、山本周五郎という作家を、もっとも身近な作家である兄、原田宗典によって知らされた。かれこれ二十年以上もまえのことである。

当時、私は商社に勤務し、アートコンサルティング業務をしていた。美術関連の図書以外に、もちろん小説を読むのも好きだったが、主な愛読書は、アゴタ・クリストフ、マルグリット・デュラス、それに美術絡《がら》みのサスペンスなど、海外ものが多かったように思う。ほかには大江健三郎や安部公房など、純文学がもっぱらだった。日本の時代小説などからは、もっとも遠い読者であった。

このような読書の傾向は、実は兄の影響であった。兄は大変な読書家で、本棚には常に多くの小説が並んでいた。私は中学生の頃から、兄の本棚から本を抜き取り、読み耽《ふけ》った。その習慣は社会人になっても変わらなかった。兄の家を休日ごとに訪ねては、作家となった彼の書棚を物色したものだ。

あるとき、都内の大学の文化祭で兄の講演会があった。私は聴衆のひとりであった。テーマはどんなものだったか忘れてしまったが、兄は講演の中で、忘れ難いエピソードを披露した。それは、山本周五郎にまつわることだった。

自分は周五郎の熱心な読者ではない、と正直に前置きしつつ、兄は、最近新聞で、とある凄惨《せいさん》な事件の遺族である男性のインタビューを読んだ、と語った。

何者かに妻と子供を殺害され、先日、犯人がみつからぬまま時効を迎えた。どれほど長く苦しい日々を過ごしたことだろう。どんなに求めても、もう妻も子も還《かえ》らない。しかも、犯人はみつかっていないのだ。

なんという悲劇、なんという人生。それなのに、その男性は、インタビューの中で、犯人に対する恨み辛《つら》みを並べることなく、こう結んでいた。

「これからの人生は、山本周五郎の『ながい坂』など読んで、静かに暮らしていきたいと思います」

兄は、この一文にとてつもない衝撃を受けた、と語った。ありとあらゆる人生の中で、もっとも堪え難い人生を生きてきたその人を、鎮《しず》め、励まし、歩んでゆく力を与える――そんなことができる小説がある。そんな小説を書ける作家がいた。そのこと自体に、自分は大いに勇気づけられた、と。

いつか、自分も年をとって、つらく苦しいことがあったら、この小説を読もう。そう決めて、いまは読まずに、大切にとってあります。

そんなふうに言って、兄は話を締めくくった。

さて講演を聞き終えた私は、兄同様、少なからず衝撃を受けた。山本周五郎とは、名前は知っているものの、兄の書棚に見かけたことはなく、また、自分も時代小説などに興味がなかったから、いままで手に取らずにいた。しかし、あんな話を聞いたからには、いささか気になる。いや、大いに気になる――と、帰り道のその足で、大学付近の書店に直行した。そして、私は年をとるのを待たずに、その日から三日のうちに『ながい坂』を読了したのだった。

以来、周五郎は、私にとって特別な作家になった。読み始めると、止めることができないのである。早く続きを読みたいと気が急《せ》くくせに、読み終えるのが惜しくなる。ページが残り少なくなると、ああもう終わってしまうのだと寂しさがこみ上げる。そんな読書体験は初めてだった。

周五郎の描く物語は、必ずしもハッピー・エンドで終わるものばかりではない。ちょっとしたボタンのかけ違いで人間関係がおかしな方向へ転がってしまったり、人災や天災に巻き込まれて、あれよあれよという間に転落し、そのまま這《は》い上がれずにいたりと、冷静に読んでみると、登場人物に対して、作者はなかなか手厳しい。いいことばかりで波乱の起こらぬ人生などあり得ないといわんばかりだ。

しかしそのまなざしはあたたかく、最後にはいつもそっと手を差し伸べることを忘れない。確かに辛いこと尽《ず》くめの人生だったけど、ささやかな幸せを感じたことはなかったかい？　と主人公に問いかけるかのようだ。

『ながい坂』『樅《もみ》ノ木は残った』など、武士が主人公の長編は、いずれも深い感動をもたらすものであるが、本書に収められた『柳橋物語』『むかしも今も』のように、江戸の市井《しせい》に暮らす名も無き人々の物語もまた、胸に迫ってくる。フィクションではあるけれども、これは単なる絵空事ではない、現代を生きる私たちにも起こりうる、私たちの物語だと思わせる力がある。

筋書きを書いてしまえば、ごく単純である。「待っていてくれ」のひと言を残して旅立った恋人を一途《いちず》に待ち、ほかの男に言い寄られようとも思いを貫いたのに、誤解がもとで結局は思い人と結ばれなかった娘の話。指物師の親方の遺言を愚直に守り、その娘の幸せだけを祈り、見守り続けた男の話。だからどうした、と言いたくなるような筋書きであるにもかかわらず、これが読ませる。引きつけて離さない。泣かせる。いったい、どんなマジックを使っているのだろうか。

山本周五郎とは、腕のいい料理人のような作家であると思う。まず、素材選びに余念がない。「江戸」「市井の人々」「人情」などという、万人が親しみを覚える素材を注意深く選んでいる。そして、それらがもともと持っているポテンシャルを最大限に引き出すように調理をする。料理人の自我や主張はなるべく消す。押しの強い味付けはしない。素材の風味を生かし、味わい深く仕上げるのだ。

でき上がった料理は、見た目はひどく地味かもしれない。が、ほんのひと口含めば、もう止められない。最後に箸《はし》を置く瞬間には、深い満足感に満たされる。そして、その余韻は長く続く。またきっと食べに来よう、と心に誓って店を出る——そんな感じなのだ。

よくある素材でも、その素材を見極め、ポテンシャルを引き出す手腕があれば、極上の一品に仕上がる。周五郎の小説とは、まさにその一品なのである。

それにしても、周五郎の筆による江戸の風景や人物描写は、見事というほかはない。まるで見てきたかのごとき活写ぶりである。私は、恥ずかしながら江戸の歴史や風俗にはさほど通じてはいない。それでも、物語を読めば、たちまちあの時代、その風景の中へと連れ去られてしまう。

『柳橋物語』は、主人公のおせんが秋鰺《あきあじ》を料理する場面からはじまる。「皮をひき三枚におろして、塩で緊《し》めて、そぎ身に作って、鉢に盛った上から針しょうがを散らして、酢をかけた。……見るまに肉がちりちりと縮んでゆくようだ、心ははずむように楽しい」——この描写の妙。読者はたちまちおせんとともに、台所の土間に立ち、包丁を握って、鰺をさばいているような気分になる。そればかりか、脂《あぶら》ののった秋鰺と針しょうがのぴりっとした味が口中に広がるようですらある。つましくもささやかな幸せに満ちた台所、そして秋の食卓の風景。十七歳のおせんが、このあと運命の波に翻弄《ほんろう》されることになる、その片鱗《へんりん》も見せぬ穏やかな導入部。たった数行で、私たちはもう江戸の下町の住人になってしまうのである。

『むかしも今も』の導入もいい。愚直な職人、直吉の恵まれない生い立ちを、これでもかというように書き込んでいく。私たちは直吉に同情し、この先彼に幸せが訪れるのだろうかと気を揉《も》み、心配になる。もちろん、周五郎は安直に主人公を幸せになどしない。これでもか、これでもかと、直吉を追い込んでいく。しかし直吉は、いかにみじめな境遇に追い込まれようとも、正直で、まっすぐで、純粋であることをやめない。亡《な》くなった親方の教えを遵守《じゅんしゅ》し、自分もどん底のくせに近隣の貧者を助け、そして一生を懸けて守ると心に誓った愛する人、まきを支え、守り抜く。読者はなんとしても直吉を応援したい気持ちになる。そして、ハッピー・エンドにしなかったら絶対に作者を許さない、とさえ思ってしまう。こうして、まんまと「周五郎マジック」にかかってしまうのである。

直吉が、盲目になったまきのために、まきには黙って真冬に蜆《しじみ》を採りにいく場面がある。まきの息子が大きくなって自分を養ってくれる、本当の親子ではないけれど、いつまでも三人で幸せに暮らす、という幻想が、ふいに直吉の脳裡《のうり》によぎる。

そう考えてきて、直吉はぎくっとした。

——ばかな、ばかな、なんてえばかなことを。

彼は激しく頭を振り蹲《しゃが》んだまま惘然《もうぜん》と水の面《おもて》を眺めた。さわさわと枯芦《かれあし》が鳴り、川波がしきりに岸を洗っていた。直吉はやがてしかんだような、諦《あきら》めのかなしい苦笑いをうかべ、再び蜆をしゃくい始めた。

この情景のやるせなさ、寂寥感《せきりょう》。ほんのかすかな幻想さえも我が身に許さない直吉のストイックさ。泣ける、ほんとうに泣ける。もう絶対に幸せにしてやってください、さもなければあなたの小説は金輪際読みませんよ周五郎先生！　と心の中でつい叫ぶ。もはや完全に作者の術中にはまっている、というわけだ。

『柳橋物語』と『むかしも今も』の両作品に限っていえば、それぞれに納得できるハッピー・エンドであると言ってもいいだろう。しかし、周五郎は安易なハッピー・エンドを用意したりはしない。そこに至るまでの紆余曲折《うよきょくせつ》、長い道程を体験し、苦難を乗り越えて、主人公は彼らなりの幸福をようやく手に入れることができる。人生を貫く「ながい坂」を上り切ってこそ、最後に訪れるカタルシスは大きいのだ。

それは、読者である私たちの人生にもあるはずの坂道だ。上るのを躊躇《ちゅうちょ》することもある。途中で息切れすることもある。それでも前進することを、前進することをやめない力が誰にもあることを、小説を通して、周五郎は諭してくれている。

初めて周五郎文学を読んだ日から、二十余年が経《た》った。初めは、自分が坂道を上り始めていることにも気づかなかった。いま立ち止まってみて、まだまだ坂の途中であると気がついた。そんなときに、再び山本周五郎の物語を読んだ。それはまさしく人生という長い旅路を潤《うるお》してくれる清水であった。

さて、兄はその後『ながい坂』を読んだのだろうか。次に会ったら、訊《き》いてみよう。

（「波」平成二十五年七月）

解説　〈本当のもの〉とは何か

川島秀一

『柳橋物語』

『柳橋物語』は、昭和二十一年（一九四六）七月、操書房発行の山本周五郎の一人雑誌「椿《つばき》」創刊号に前篇が掲載され、続いて昭和二十四年一月号から三月号にわたって雑誌「新青年」に前篇を再掲載、あわせてそこに、中、後篇も掲載して完成を見た作品である。周五郎四十五歳であった。

十七歳のおせんを襲う、愛の錯誤の物語である。明日上方《かみがた》に旅立つという庄吉の告白に対して、「待っているわ……ええ待っているわ」とこたえたおせん。それまでの穏やかな日常を引き裂いて、一瞬の決断が、おせんの一生を決定してしまう。以来、その約束を守り、おせんはあらぬ世間の噂《うわさ》にも必死に耐える。一方、幸太は、ひそかにおせんを想《おも》い、遠くから見守りつづける。そこへ江戸に大火が襲い、身を賭《と》しておせんを助けようとする幸太の、死の間際《まぎわ》に呻《うめ》くように吐露される愛の告白。気がついてみると、幸太のいのちを贖《あがな》うかのように、おせんは誰のともしれぬ子供を抱いている。地震、火事、記憶喪失、世間の誤解、愛する者たちの死と、過酷な運命がおせんを次々と翻弄《ほんろう》する。それでもおせんはただひたすら庄吉の帰りを待ちつづける。

やがて、飛脚の権二郎の告げ口を信じて、庄吉は上方からもどってくる。庄吉もまた他の人間同様に、悲しい運命に翻弄されつづける。襲い来る運命を前にして、誰もが弱いのだ。

自分の腕のなかの子供が幸太の子でなく、火事場で拾った子供であることを必死に訴えるおせんに対して、庄吉は冷徹に言い放つ。

「それが本当なら、子供を捨ててみな」

「――――」

「実の子でなければなんでもありあしない、今日のうちに捨ててみせて呉《く》れ、明日おれが証拠をみにゆくよ」

た」という。

この言葉に聞き入るおせんは、「唇がひきつり、眼が狂ったような色を帯びてい

だが、庄吉の言葉の意外さに打ちひしがれながら、おせんは子供を捨てることを約束する。ここで周五郎の眼は、日常の陥穽《かんせい》に足をとられるおせんの危機を見逃さない。おせんは、思いをめぐらせる――「云《い》ってみれば、ほんの偶然のめぐりあわせであった。なんの義理も因縁もなかったのにこれだけ苦労して来たのだ。もう誰かに代って貰《もら》ってもいいだろう……」。暗く危ういおせんの思案をついて、人間の真実が問い返される。〈偶然〉と〈めぐりあわせ〉を理由に、すべてが許される日常の合理と、庄吉が口にしたような「証拠」に支えられる論理の是非である。

我が国にあっては、長きにわたった第二次世界大戦は、昭和二十年八月十五日をもって終戦を迎えた。日本の国土は焦土と化し、日本人の精神は深い虚無と諦念《ていねん》に覆《おお》われた。自らが生きるためには、〈偶然〉と〈めぐりあわせ〉を理由に、子供を捨てることも許されるのか。終戦直後の時代を背景に、人間性が瓦解《がかい》に瀕《ひん》するなか、人間の責任と倫理の根源が問い返されるのである。周五郎の眼と文体は、その合理と論理をきっぱり拒絶して、戦後社会を支配する虚無と諦念の深淵《しんえん》をみすえている。しかし、周五郎は決して人間を糾弾しているのではない。その眼はまた、厳しさと

ともに、人間世界を深く包み込んで温かい。

おせんは、最後には子供を捨てることを踏みとどまる。この作品が、人間のすべてが瓦解した終戦直後の荒涼のただ中で書かれたことをもういちど思い起こそう。戦後を批判しつつ、〈愛〉とはなにか、〈本当のもの〉とはなにか、さらに真の人間の条件とはなにか、また人間をどのように回復するのか、周五郎はそれをぎりぎりの、そして危機的な状況のなかで問い返し、沸騰《ふっとう》するような、しかし抑制のきいた筆で描き出すのである。

〈愛〉とはなにか、〈本当のもの〉とはなにかという問いについて言えば、戦後ならぬ、現代こそさらに見えにくく、また危機的である。おせんと庄吉、幸太、三人が身を置いた場所は、けっして、薄れたり遠ざかったりすることのない普遍の光景である。周五郎の文学の原郷としての、移ろいやすい〈思想〉や〈観念〉、さらには大仰な〈歴史〉や〈政治〉によっては推しはかれない価値の創造にかかわる出来事である。ここには、時代の違いなどはないのだ。ひたすらに人が人を想い、いつくしみ、涙する、そのような人間世界の普遍が存在するだけなのだ。人はそのなかに〈本当のもの〉を想い、そのことを信じて生きる。周五郎はひたすらにそのことに身を寄せ、言葉を紡《つむ》ぐ。

おせんちゃんおまえにはわかるまい、おれは苦しかった、息もつけないほど苦しかった、……おせんちゃん、おれは本当に苦しかったぜ。

おせんは喉《のど》を絞るように噎《むせ》びあげた。

「幸太さんわかってよ、あんたがどんなに苦しかったか、あたしには、今ようくわかってよ」

幸太という〈耐えて待つ〉人間。決して諦《あきら》めるのでもなく、愛の想いを棄《す》て去るのでもない、ただおせんの拒絶をうけとめ、耐えて待つ。人を想い、ひたすらにそのものを受け入れる。周五郎文学の核心にある、強い意志に貫かれた一途《いちず》な〈愛のかたち〉である。いつか〈本当のこと〉は明らかになる。真実は、耐えて待つことによって明らかになる。〈愛〉とは、そのように耐えて待つ時間と祈念のうちに真実を明らかにするものだ。周五郎のゆるぎのない確信である。「自分を本当に愛して呉れたのは幸太であった」――いま明らかになる〈愛〉への信頼である。そしてこの信頼もまた、大仰な思想や観念を峻拒《しゅんきょ》しながら、日常性のただ中にその事実を明らかにする。この日常への信頼こそが、戦後という人間不信の時代を支え、また平成現代の私たちにも、身を託すに足る唯一《ゆいいつ》の〈愛のかたち〉として架橋されるのである。

『むかしも今も』

『むかしも今も』は、『柳橋物語』が「新青年」に、昭和二十四年（一九四九）一月号から三月号まで掲載された三か月後、「講談雑誌」の六月号から八月号に発表された作品である。「これで江戸の〝下町もの〟についての目処《めど》がたった。下町ものを書かせたら誰にも負けないぞ」と作者自らに言わしめたという、文字どおり周五郎の自負にあふれた作品だ。

人間の愚直と高貴の物語である。幼い日々を想い、ひたすらにまきを守り通して生きようとする、直吉というあまりにも愚直な男。その二人の前に、清次という男が現れる。直吉十七歳である。そして清次とまきの結婚。直吉はその清次の侮辱やまわりの蔑《さげす》みにも耐えて生きねばならない。時に自らを襲う清次への憎悪《ぞうお》と嫉妬《しっと》。しかしなお自分自身の至らなさを思い、あらためてまきの一生を守ろうと決意する。

愛する者の死、そして直吉とまきに向けられる清次の度重なる裏切りと出奔。そこへ地震が襲う。まきはすべてを失い、失明する。それでも必死になって清次を信じ、待ちつづけるまき。男と女の愛、それは人を生かしも殺しもする、しかもその愛から人はどうしてものがれられない。《愛すること》のほんとうのつらさと悲しさ——周五郎の筆は、そこをしっかりととらえて離すことがない。

親子でない三人が、一つ家に安楽に暮らすという、あまりにも平凡な、しかし夢のような空想。「このまま三人で暮してゆけたら」、直吉はいつもこの空想に耽《ふけ》っていた。そんな時、清次が上方からもどってくる。そしてすべてが明らかになる。

「むかしも今も、あたしにとっては直さんひとりだった、これからもあたしには直さんだけだわ、……ねえ、そう云《い》ってもいいわね、直さん」

こう云って直吉の胸へ身をすり寄せ、堰《せき》を切ったようにまきは泣いた。

まきの肩を抱いて、直吉は思う。

——そうだ、これが本当だ、これでようやくおちつくんだ、長いとしつきだった。

〈むかしも今も〉変わることのないもの——長い間、強くまたひそかに抱きつづけてきたまきへの想いと約束は、〈本当のもの〉として、順当なその真実を明らかにする。人は、運命に支配され、何の抵抗もできず、作者自らが〈厳しいものの支配〉と呼んだものに動かされて生きていくしかない。そのかなしさ無力さを思うよりほかになす術《すべ》のない直吉は、ただ愚直に生きてきた。何もかもが虚《むな》しく過ぎ去っていくなかで、幼い日々を想いつづけ、堅い義理とともに、ひたすらにひとりの人間を、時に世間から愚弄されながらも守りつづけ生きてきた。二十幾年もの年月を経てようやくめぐりあった真実、けっして変わることなく〈むかしも今も〉、さらには〈これからも〉永遠に《本当》でありつづける普遍のもの。読者は、自らの魂の奥に、確かななつかしさを覚えることだろう。

『柳橋物語』の幸太をあわせてみれば、周五郎が自らの生涯を賭して描こうとした《生きること》の尊さと喜び、人間の精神の永遠の喜びと輝きのすべてである。だが現代人は、深い渇仰《かつごう》と郷愁に駆られながらも、ほとんどこれを忘れて生きることを強いられる。いやむしろ、それはもはやとりかえしようもないかのような喪失感の方が深い。『むかしも今も』はそのような現代人の心に突き刺さり、《生きること》の根源を鋭く問い返させるのである。そして、ここにあらわれる人生の真実もまた、〈思想〉や〈観念〉などの仰々しい意匠に縁どられてはいない。厳しい運命に翻弄されつつ、人生の虚しさやはかなさに耐えて生きる。高貴さにも等しいその愚直さは、やがて必ずめぐりくる人生の深い慰めと恩寵《おんちょう》に満ち溢《あふ》れている。

『柳橋物語』と『むかしも今も』は、〝下町もの〟に賭《か》けた周五郎の作家的意欲と自負に支えられた、まさに新しい旗揚げと出発を告げるにふさわしい作品だったのであり、今なお日本の〝下町もの〟で、右に出るものはないといってよいほどの作品なのである。

（近代日本文芸研究者）

本書は昭和三十九年三月、新潮社より刊行された。

編集について

一、新潮文庫の文字表記については、原文を尊重するという見地に立ち、次のように方針を定めました。

①旧仮名づかいで書かれた口語文の作品は、新仮名づかいに改める。
②文語文の作品は旧仮名づかいのままとする。
③旧字体で書かれているものは、原則として新字体に改める。
④難読と思われる語については振仮名をつける。

一、本作品中には、今日の観点からみると差別的表現ととられかねない箇所が散見しますが、著者自身に差別的意図はなく、作品全体のもつ文学性ならびに芸術性、また著者がすでに故人であるという事情に鑑み、原文どおりとしました。

一、注解は、新潮社版『山本周五郎長篇小説全集』（全二六巻）の脚注に基づいて作成しました。

一、改版にあたっては『山本周五郎長篇小説全集　第五巻』を底本としました。

（新潮文庫編集部）

山本周五郎著

樅ノ木は残った（上・中・下）

毎日出版文化賞受賞

仙台藩主・伊達綱宗の逼塞。藩士四名の暗殺と幕府の罠――。伊達騒動で暗躍した原田甲斐の人間味溢れる肖像を描き出した歴史長編。

山本周五郎著

さぶ

職人仲間のさぶと栄二。濡れ衣を着せられ捨鉢になる栄二を、さぶは忍耐強く支える。友情を通じて人間のあるべき姿を描く時代長編。

山本周五郎著

日本婦道記

厳しい武家の定めの中で、愛する人のために生き抜いた女性たちの清々しいまでの強靭さと、凛然たる美しさや哀しさが溢れる31編。

山本周五郎著

ながい坂（上・下）

人生は、長い坂。重い荷を背負い、一歩一歩、確かめながら上るのみ――。一人の男の孤独で厳しい半生を描く、周五郎文学の到達点。

山本周五郎著

青べか物語

うらぶれた漁師町・浦粕に住み着いた私はボロ舟「青べか」を買わされた――。狡猾だが世話好きの愛すべき人々を描く自伝的小説。

山本周五郎著

五瓣の椿

連続する不審死。胸には銀の釵が打ち込まれ、傍らには赤い椿の花びら。おしのの復讐は完遂するのか。ミステリー仕立ての傑作長編。

山本周五郎著

大《おお》炊《い》介《すけ》始末

自分の出生の秘密を知った大炊介が、狂態を装って父に憎まれようとする姿を描く「大炊介始末」のほか、「よじょう」等、全10編を収録。

山本周五郎著

日日平安

橋本左内の最期を描いた「城中の霜」、武士のまごころを描く「水戸梅譜」、お家騒動をユーモラスにとらえた「日日平安」など、全11編。

山本周五郎著

虚空遍歴（上・下）

侍の身分を捨て、芸道を究めるために一生を賭けて悔いることのなかった中藤冲也——苛酷な運命を生きる真の芸術家の姿を描き出す。

山本周五郎著

季節のない街

生きてゆけるだけ、まだ仕合わせさ——。貧民街で日々の暮らしに追われる住人たちの15の悲喜を描いた、人生派・山本周五郎の傑作。

山本周五郎著

おさん

純真な心を持ちながら男から男へわたらずにはいられないおさん——可愛いおんなであるがゆえの宿命の哀しさを描く表題作など10編。

山本周五郎著

おごそかな渇き

〝現代の聖書〟として世に問うべき構想を練った絶筆「おごそかな渇き」など、人生の真実を求めてさすらう庶民の哀歓を謳った10編。

山本周五郎著
つゆのひぬま
娼家に働く女の一途なまごころに、虐げられた不信の心が打負かされる姿を感動的に描いた人間讃歌「つゆのひぬま」等9編を収める。

山本周五郎著
ひとごろし
藩一番の臆病者といわれた若侍が、奇想天外な方法で果した上意討ち！　他に〝無償の奉仕〟を描く「裏の木戸はあいている」等9編。

山本周五郎著
栄花物語
非難と悪罵を浴びながら、頑なまでに意志を貫いて政治改革に取り組んだ老中田沼意次父子を、時代の先覚者として描いた歴史長編。

山本周五郎著
松風の門
幼い頃、剣術の仕合で誤って幼君の右眼を失明させてしまった家臣の峻烈な生きざまを描いた「松風の門」。ほかに「釣忍」など12編。

山本周五郎著
深川安楽亭
抜け荷の拠点、深川安楽亭に屯する無頼者たちが、恋人の身請金を盗み出した奉公人に示す命がけの善意――表題作など12編を収録。

山本周五郎著
ちいさこべ
江戸の大火ですべてを失いながら、みなしご達の面倒まで引き受けて再建に奮闘する大工の若棟梁の心意気を描いた表題作など4編。

山本周五郎著

山彦乙女

徳川の天下に武田家再興を図るみどう一族と武田家の遺産の謎にとりつかれた江戸の若侍。著者の郷里が舞台の、怪奇幻想の大ロマン。

山本周五郎著

あとのない仮名

江戸で五指に入る植木職でありながら、妻とのささいな感情の行き違いから、遊蕩にふける男の内面を描いた表題作など全8編収録。

山本周五郎著

四日のあやめ

武家の法度である喧嘩の助太刀のたのみを、夫にとりつがなかった妻の行為をめぐり、夫婦の絆とは何かを問いかける表題作など9編。

山本周五郎著

町奉行日記

一度も奉行所に出仕せずに、奇抜な方法で難事件を解決してゆく町奉行の活躍を描く表題作ほか、「寒橋」など傑作短編10編を収録する。

山本周五郎著

一人ならじ

合戦の最中、敵が壊そうとする橋を、自分の足を丸太代りに支えて片足を失った武士を描く表題作等、無名の武士の心ばえを捉えた14編。

山本周五郎著

人情裏長屋

居酒屋で、いつも黙って飲んでいる一人の浪人の胸のすく活躍と人情味あふれる子育ての物語「人情裏長屋」など、〝長屋もの〟11編。

山本周五郎著
艶書
七重は出三郎の袂に艶書を入れるが、誰からか気付かれないまま他家へ嫁してゆく。廻り道してしか実らぬ恋を描く表題作など11編。

山本周五郎著
菊月夜
江戸詰めの間に許婚の一族が追放されるという運命にあった男が、事件の真相を探り許婚と劇的に再会するまでを描く表題作など10編。

山本周五郎著
朝顔草紙
顔も見知らぬ許婚同士が、十数年の愛情をつらぬき藩の奸物を討って結ばれるまでを描いた表題作ほか、「違う平八郎」など全12編収録。

山本周五郎著
夜明けの辻
藩の内紛にまきこまれた二人の青年武士の、友情の破綻と和解までを描いた表題作や、〝こっけい物〟の佳品「嫁取り二代記」など11編。

山本周五郎著
明和絵暦
尊王思想の先駆者・山県大弐とその教えをめぐり対立する青年藩士たちの志とは――剣戟あり、悲恋あり、智謀うずまく傑作歴史活劇。

山本周五郎著
生きている源八
どんな激戦に臨んでもいつも生きて還ってくる兵庫源八郎。その細心にして豪胆な戦いぶりに作者の信念が託された表題作など12編。

山本周五郎著

人情武士道

昔、縁談の申し込みを断られた女から夫の仕官の世話を頼まれた武士がとる思いがけない行動を描いた表題作など、初期の傑作12編。

山本周五郎著

酔いどれ次郎八

上意討ちを首尾よく果たした二人の武士に襲いかかる苛酷な運命のいたずらを通し、著者の人間観を際立たせた表題作など11編を収録。

山本周五郎著

風雲海南記

西条藩主の家系でありながら双子の弟に生まれたため幼くして寺に預けられた英三郎が、御家騒動を陰で操る巨悪と戦う。幻の大作。

山本周五郎著

与之助の花

ふとした不始末からごろつき侍にゆすられる身となった与之助の哀しい心の様を描いた表題作ほか、「奇縁無双」など全13編を収録。

山本周五郎著

泣き言はいわない

ひたすら〝人間の真実〟を追い求めた孤高の作家、周五郎ならではの、重みと暗示をたたえた言葉455。生きる勇気を与えてくれる名言集。

山本周五郎著

ならぬ堪忍

生命を賭けるに値する真の〝堪忍〟とは――。「ならぬ堪忍」他「宗近新八郎」「鏡」など、著者の人生観が滲み出る戦前の短編全13作。

新潮文庫最新刊

飯嶋和一著
星夜航行（上・下）
舟橋聖一文学賞受賞

嫡男を疎んじた家康、明国征服の妄執に囚われた秀吉。時代の荒波に翻弄されながらも、高潔に生きた甚五郎の運命を描く歴史巨編。

葉室　麟著
玄鳥さりて

順調に出世する圭吾。彼を守り遠島となった六郎兵衛。十年の時を経て再会した二人は、敵対することに……。葉室文学の到達点。

松岡圭祐著
ミッキーマウスの憂鬱ふたたび

アルバイトの環奈は大きな夢に向かい、一歩ずつ進んでゆく。テーマパークの〈バックステージ〉を舞台に描く、感動の青春小説。

西條奈加著
せき越えぬ

箱根関所の番士武藤一之介は親友の騎山から無体な依頼をされる。一之介の決断は。関所を巡る人間模様を描く人情時代小説の傑作。

梶よう子著
はしからはしまで
―みとや・お瑛仕入帖―

板紅、紅筆、水晶。込められた兄の想いは……。お江戸の百均「みとや」は、今朝もお店を開きます。秋晴れのシリーズ第三弾。

宿野かほる著
はるか

もう一度、君に会いたい。その思いが、画期的なAIを生んだ。それは愛か、狂気か。『ルビンの壺が割れた』に続く衝撃の第二作。

柳橋《やなぎばし》物語《ものがたり》・むかしも今《いま》も

新潮文庫　や－3－11

昭和三十九年三月三十日 発行
平成二十九年九月二十五日 七十五刷
平成三十一年三月一日 新版発行
令和三年十月五日 三刷

著者 山《やま》本《もと》周《しゅう》五《ご》郎《ろう》

発行者 佐藤隆信
発行所 株式会社 新潮社
郵便番号 一六二―八七一一
東京都新宿区矢来町七一
電話 編集部(〇三)三二六六―五四四〇
読者係(〇三)三二六六―五一一一
https://www.shinchosha.co.jp

価格はカバーに表示してあります。

乱丁・落丁本は、ご面倒ですが小社読者係宛ご送付ください。送料小社負担にてお取替えいたします。

印刷・錦明印刷株式会社　製本・錦明印刷株式会社
Printed in Japan

ISBN978-4-10-113486-4　C0193